um tipo de amor

Ray Kluun

um tipo de amor

Tradução de

PATRÍCIA BRÖERS-LEHMANN

EDITORA RECORD
RIO DE JANEIRO • SÃO PAULO
2008

CIP-Brasil. Catalogação-na-fonte
Sindicato Nacional dos Editores de Livros, RJ.

Kluun, Ray, 1964-
K74t Um tipo de amor / Ray Kluun; tradução de Patrícia Bröers-Lehmann. – Rio de Janeiro: Record, 2008.

Tradução de: Komt een vrouw bij de Dokter
ISBN 978-85-01-08007-3

1. Novela holandesa. I. Bröers-Lehmann, Patrícia. II. Título.

CDD – 839.313
08-4135 CDU – 821.112.5-3

Título original holandês:
KOMT EEN VROUW BIJ DE DOKTER

Direitos exclusivos de publicação em língua portuguesa somente para o Brasil adquiridos pela
EDITORA RECORD LTDA.
Rua Argentina 171 – Rio de Janeiro, RJ – 20921-380 – Tel.: 2585-2000
que se reserva a propriedade literária desta tradução

Impresso no Brasil

ISBN 978-85-01-08007-3

PEDIDOS PELO REEMBOLSO POSTAL
Caixa Postal 23.052
Rio de Janeiro, RJ – 20922-970

Dedico este livro a Junt e Naat

Sumário

Monofobia (subst.), medo mórbido de uma vida (sexualmente) monogâmica, o que leva a uma necessidade compulsiva pela infidelidade.

"Yesterday/all my troubles seemed so far away..."

The Beatles, "Yesterday" (*Help*, 1965)

Parte Um
Stijn e Carmen

"What the hell am I doing here/I don't belong here"

Radiohead, "Creep" (*Pablo Honey*, 1992)

UM

"O corriqueiro acaba tomando proporções imensas", penso eu, ao passar uma terceira vez, em questão de dias, pela porta giratória do Hospital Lucas. Desta vez, temos que ir ao primeiro andar; "sala 105", está escrito no cartão de agendamento de consultas de Carmen. O corredor de destino está lotado. Quando fazemos menção de nos acomodarmos entre as pessoas, um velho — com um incontestável topete — nos indica a porta com a bengala.

— Vocês têm que se anunciar primeiro.

Agradecemos balançando a cabeça e, sem graça, entramos na sala 105. "Dra. W.H.F. Scheltema, Clínica Geral" está escrito na placa ao lado da porta. A verdadeira sala de espera é ali dentro — o corredor parece acomodar o excedente, pelo que vejo. Ao passar pela porta, a idade média dos presentes decresce algumas décadas. Os demais pacientes nos observam detalhadamente, de maneira quase compassiva. Um hospital também tem suas precedências. Está claro que somos novatos, turistas na sala de espera, e que aquele não é nosso lugar. Mas o câncer no peito de Carmen discorda disso por completo.

Uma mulher de uns 60 anos numa cadeira de rodas, segurando nas mãos ossudas um invólucro de plástico contendo um cartão de consultas igualzinho ao de Carmen, nos examina de cima a baixo, despudoradamente. Ao notá-la, procuro assumir uma postura de superioridade — minha mulher e eu somos jovens, bonitos e saudáveis; o que não se pode dizer de vocês, bando de peles enrugadas; não pensem que vamos ficar por aqui; logo, logo, sairemos desta confusão cancerosa —, mas minha linguagem corporal não ajuda e trai a insegurança que sinto. Como se eu estivesse entrando no Café De Bommel, em Breda, e notasse, pelos olhares maliciosos, que estou inadequadamente vestido, exageradamente "à la Amsterdã", e me arrependesse de imediato por ter vestido uma camisa cor-de-rosa ao acordar e calçado as botas de couro de cobra. Carmen também não se sente à vontade. Este é um momento de conscientização: daqui para a frente, simplesmente fazemos parte deste lugar.

Na sala 105 também se encontra a recepção. A enfermeira atrás do balcão parece ler nossos pensamentos e pergunta logo se não preferimos esperar na saleta ao lado. Bem na hora! Do canto do olho, vejo que Carmen vai começar a chorar. Fico aliviado por não precisar me sentar ao lado daqueles defuntos em potencial na sala de espera ou no corredor.

— Deve ter sido um baque e tanto, anteontem — comenta a enfermeira, ao voltar com um cafezinho. Percebo, na hora, que "O caso Carmen van Diepen" foi discutido durante a reunião de funcionários. Ela olha para Carmen. Depois, para mim. Mantenho-me firme. Uma enfermeira que não passava de uma completa estranha há cinco minutos não precisa perceber minha autocomiseração.

"Dentre os homens que perseguem muitas mulheres, podemos facilmente distinguir duas categorias. A primeira procura em todas elas aquela mulher subjetiva dos seus próprios sonhos. A outra é levada por um desejo de possuir uma infinita variedade do mundo feminino objetivo."

Milan Kundera, *A insustentável leveza do ser* (1984)

DOIS

Sou hedonista e sofro de monofobia crônica. Carmen achou meu hedonismo um charme — ele criou imediatamente um laço entre nós. Quanto ao meu pavor à monogamia, isso a incomodou logo de saída. No início, ela ainda achava que não era tão ruim assim. Todas aquelas histórias de relacionamentos passados, alinhavadas de traições, a divertiam, como se estivesse ganhando um bônus extra e não uma placa de aviso.

Até que, mais de um ano depois — havíamos acabado de juntar as escovas de dente —, ela descobriu que eu dormira com Sharon, recepcionista da BBDvW&R/Bernilvy, agência de publicidade na qual eu trabalhava na época. A partir daquele momento, ela percebeu que eu jamais seria fiel ou, pior, que não faria sequer o menor esforço para sê-lo. Anos mais tarde, ela me confidenciou que estivera a ponto de me deixar na época, mas que já gostava demais de mim para fazê-lo. Em vez disso, resolveu aceitar minhas traições em silêncio e considerá-las um defeito que, afinal, fazia parte da minha identidade. Um cara tira meleca do nariz enquanto o outro trai. Algo assim. Dessa forma, ela se resguardava emocionalmente do fato de o marido "enfiar o pinto, com grande freqüência, na xoxota alheia".

Durante todos aqueles anos, no entanto, ela continuou repetindo que me largaria caso a história da Sharon se repetisse. Era o seu jeito de fazer com que eu, pelo menos, mantivesse as minhas escapadas discretas. Funcionou.

Durante os sete anos seguintes, nos tornamos o casal mais feliz do hemisfério ocidental e redondezas.

Até três semanas atrás, quando Carmen me ligou, enquanto eu e Frenk procurávamos manter-nos acordados diante da verborréia do gerente de produto do Holland Casino.

"It's the end of the world as we know it"

REM, "It's the End of the World as We Know It" (*Document*, 1987)

TRÊS

Cassinos costumam ser visitados por chineses, esquisitões e mulheres vestindo roupas compradas por catálogo. Nunca vi uma mulher gostosa lá. Horrível!

Quando o gerente de produto do Holland Casino telefonou para nós e disse que estava pensando em tornar-se cliente da agência de criação e marketing estratégico Merk in Uitvoering-MIU, disse-lhe que sou louco por cassinos.

A gente acha que o Holland Casino é bom para passar algumas centenas de horas por ano. Esta tarde, estamos sentados no cassino da Max Euweplein, em Amsterdã. O gerente de produto quis que viéssemos dar uma olhadinha nos bastidores de um de seus *botecos*. Isso mesmo, *botecos*. É esse o palavreado usado por nossos clientes. Não posso fazer nada. Às vezes dizem: "Pôr os pés em cima da mesa e começar uma animada troca de idéias"

Nós — quer dizer, Frenk e eu — vivemos de tempo na **Merk in Uitvoering**. Aqueles que realmente aprenderam um ofício fazem coisas. Também há os que as vendem. É menos charmoso, mas também bastante útil. Frenk e eu não vendemos coisas, vendemos horas. E essas horas não somos nem nós que produzimos. O grosso do trabalho pensante na Merk in Uitvoering é feito por meia dúzia de rapazes e moças de uns 20 e poucos anos, todos altamente motivados — como éramos Frenk e eu, anos atrás, quando ainda não havíamos aberto nosso próprio negócio. Nós polimos um pouco o resultado do trabalho dessa galera inteligente de 20 anos; elaboramos um relatório; pedimos à secretária, Maud — uma tremenda gata —, que arranje uma capa bonita para ele, e, depois, servimos a nossa idéia com extrema autoconfiança aos clientes. Eles costumam reagir com entusiasmo, parabenizam-nos à exaustão e acabam não fazendo nada com ela. Daí, partimos para o relatório seguinte para o mesmo cliente, pago a preço de ouro. É assim que funciona o nosso modelo de negócio.

Frenk faz as perguntas exatas para causar o efeito desejado sobre os clientes, o gerente de produto procura se tornar um campeão mundial de excesso de informação, e eu faço de conta que estou escutando. Fiz disso uma arte. O cliente acha que estou torturando meu cérebro com seus problemas de marketing. Na verdade, estou pensando em sexo, noitadas ou no Ajax. Às vezes, não faço a menor idéia do que o cliente acabou de dizer, mas isso não importa. O simples ar de distanciamento — em combinação com uma testa franzida e silêncios prolongados e misteriosos — funciona como uma vantagem no meu ramo de negócios. Manter os honorários altos também parece ajudar. Frenk sempre diz que, enquanto eu conseguir me manter acordado, tudo irá correr bem.

Esse "manter-se acordado" está difícil hoje. Por duas vezes, cheguei a bocejar ostensivamente, para grande irritação de Frenk. Bem na hora que minhas pálpebras iam sucumbir mais uma vez à doença do sono, o celular toca. Aliviado, peço licença e tiro-o do bolso. "CARMEN CEL".

— E aí, querida? — digo, enquanto giro a cadeira para ficar de costas para a mesa.

A minha querida está chorando.

— O que foi, Carm? — pergunto, assustado. Frenk se vira com o olhar preocupado. O gerente de produto continua, animado, com sua ladainha. Faço um gesto de "não se preocupe" para Frenk e me afasto da mesa.

— Estou no hospital e ao que parece as coisas não vão nada bem — choraminga ela.

O hospital. Havia-me esquecido de que Carmen ia para lá hoje. Dois dias atrás, quando ela me perguntou se eu não via mesmo nada de errado no mamilo dela, que parecia estar em chamas, tentei convencê-la de que era por causa da menstruação que estava por vir. Ou por causa de uma borda mais dura do sutiã. Nada de grave. Igualzinho ao ano anterior, quando também acabou sendo um alarme falso. Eu lhe disse para dar uma passadinha no consultório do doutor Wolters, uma vez que estava tão preocupada, e ele certamente a tranqüilizaria.

Não sou bom com notícias ruins e, em geral, reajo tentando convencer a mim mesmo e aos demais que tudo vai ficar bem. Como se eu me envergonhasse do fato de algumas situações serem apenas indiscutível, inevitável e extremamente fodidas. (Eu já tenho isso desde menino, quando meu pai perguntava o resultado do jogo do NAC Breda e eu tinha de dizer que o placar terminara um a zero para o Veendam. Quando eu era obrigado a admitir isso, parecia que eu mesmo havia feito um gol contra. Receber ou dar uma notícia ruim acaba com o seu dia.)

— Vamos, Carm, acalme-se e me conte o que eles disseram — peço, por telefone, policiando-me para não usar a palavra médico na frente de Frenk.

— Ele também não sabia direito, mas achava que havia algo de estranho no bico do seio e ficou desconfiado.

— Hum... — murmuro. Uso essa expressão apenas em casos de pessimismo extremo; e, para Carmen, é um sinal para entrar imediatamente em pânico.

— Eu não disse que meu peito estava queimando!? — grita ela, com voz entrecortada. — Eu sabia que tinha alguma coisa errada, merda!

— Calma, calma, querida! A gente ainda não tem certeza disso! — tento. — Quer que eu vá para aí?

Ela pára para pensar.

— Não. Você não pode fazer nada mesmo. Eles vão colher amostras de sangue, depois vou ter que deixar urina para análise e ainda vão marcar uma data para fazer uma cirurgia exploratória, como da outra vez, lembra? — Ela parece mais calma. Falar de coisas práticas ajuda a conter a emoção. — Mas agradeceria se você fosse buscar a Luna na creche. Eu também não vou voltar para a Brokers.

O nome completo da Brokers é **Advertising Brokers.** Trata-se da firma de Carmen. Ela teve essa idéia quando eu ainda trabalhava na BBDvW&R/ Bernilvy — o Real Madrid do mundo da publicidade, como costumávamos nos auto-intitular. Carmen tinha horror àquele mundinho. "São uns egos inflados que se acham melhores que seus clientes, colegas e até Deus", costumava dizer. "Gostam de dar uma de artista, mas querem mesmo é dirigir um carrão e ganhar um salário milionário". Ela se divertia provocando os outros naquele meio. Durante uma recepção da Bernilvy, perguntou a um de nossos clientes (Centraal B. te A.), na surdina, por que ele não vendia os direitos dos seus comerciais e publicidade a empresas estrangeiras, que não lhe faziam concorrência mesmo. "Uma espécie de distribuidor de idéias, como acontece com livros, filmes e programas de televisão", disse ela. O cliente achou a idéia brilhante e, no dia seguinte, apresentou-a a Ramon, diretor da Bernilvy. Em nome da paz, ele concordou a contragosto. E assim Carmen deu início ao projeto. Passado meio ano, ela já tinha vendido os direitos dos comerciais para empresas na África do Sul, Malásia e Chile. O mundo da publicidade pôs a boca no trombone. Todos achavam aquilo vulgar. Comércio de gado. Carmen não se alterou. Ela havia achado uma mina de ouro. De repente, todos queriam ser clientes da Advertising Brokers. Foi aí que as agências de publicidade se ligaram. Graças à Carmen, a criatividade deles, de repente, começou a lhes render quatro a cinco vezes mais. E seus clientes, que, durante anos, haviam se contorcido para pagar os honorários exorbitantes dos grandes nomes da publicidade — cuja hora de trabalho era mais cara do que, digamos, a das meninas do Yab Yum, o "clube masculino" mais exclusivo de Amsterdã —, de repente viram as caríssimas campanhas de publicidade render-lhes frutos, só porque Carmen havia conseguido vendê-las a alguma empresa no "Longequistão". Em dois anos, Carmen já tinha vinte funcionários trabalhando para ela e clientes espalhados pelo mundo. Ela saboreia a carreira que construiu e, às vezes, chega a viajar — mas só quando é para algum lugar legal — para visitar um de seus clientes e se divertir horrores. "Não parece piada?", pergunta-se ela a cada novo cliente.

Não tenho vontade de ir para lá com esta cara de choro. Espero conseguir sair daqui antes das seis. E o que vamos fazer com o jantar?

Tenho que rir. Nunca nos incomodamos com as refeições. Somos daqueles casais que só percebem no último minuto que ainda precisam comer algo à noite e, em seguida, constatam, surpresos, que não têm nada em casa além de uma gaveta cheia de potinhos de papinha de neném. A nossa despesa semanal com costelinhas fritas, pizza da Domino's, comida chinesa e lojas de conveniências já se tornou alvo da chacota dos amigos.

— A gente se vira com o jantar. Trate de sair logo daí para eu poder consolar você. E, provavelmente, tudo vai ficar bem como da outra vez — digo, da forma mais animada possível, e desligo. Mas as minhas costas estão molhadas de suor. Algo me diz que nossa vida acabou de sofrer um acidente de percurso. Fico encarando o nada. Deve haver algo de positivo. Mais tarde, vou colocar tudo em ordem. Procurar focos de luz. Algo com que consolar Carmen, que está sozinha naquela merda daquele hospital.

Respiro fundo e volto à mesa, onde Frenk e o gerente de produto continuam sentados. Nosso cliente começa a relatar os problemas que a empresa enfrenta para converter marinheiros de primeira viagem em clientes regulares do Holland Casino.

"Vocês viviam loucamente felizes, mas tudo isso chegou ao fim"

Jan Wolkers, *Turks fruit* (1973)

QUATRO

Estaciono minha Blazer na frente da nossa casa, em Amstelveenseweg, que ladeia a Amsterdamse Bos, a floresta da cidade.

Odeio a mata de Amsterdã, odeio a nossa rua e odeio a nossa casa. Durante cinco anos, moramos bem no centro da cidade, na Vondelstraat, no primeiro andar. Dois meses após o nascimento de Luna, Carmen quis se mudar. Não agüentava mais carregar aquele carrinho de bebê de três rodas, pesadíssimo — mas, Oh! Tão na moda! — escadas acima, e isso depois de ter rodado durante vinte minutos atrás de uma vaga. A gota d'água foi aquela vez que acabáramos de nos instalar no Vondelpark, com uma cesta de piquenique e umas garrafas de rosé, e descobrimos que Carmem havia esquecido as fraldas — "não, Stijn, você disse que ia trazer". A partir de então, ela deu início a uma intensiva campanha a favor de Amstelveen. Uma casa com jardim próprio. Acabou sendo uma casa na Amstelveenseweg.

Nossa casa é a de número 872. É uma típica casa pré-guerra, reformada de maneira magnífica pelos proprietários anteriores. A fachada é pintada de preto e tem um telhado de duas águas de madeira verde, com bordas brancas. O corretor descrevia o telhado como "pitoresco". "Que pitoresco, que nada", pensei, "isso daqui está longe de ser Zaandam. Aquela nem mesmo era uma área de conservação ambiental". Mas a pressão de Carmen para nos mudarmos aumentava a cada dia e eu já me dava por satisfeito por não ter que ir para nenhum subúrbio deprimente como Het Gooi ou Almere. Agora, ainda moramos praticamente em Amsterdã, embora a temperatura sentimental tenda fortemente para Amstelveen. Desde o início, não me senti em casa. Assim que passo por baixo do viaduto da A10, partindo do Olympisch e deixando a cidade, sinto-me num safári. "Olha uma zebra ali", disse eu na primeira vez que fomos visitar a casa. Carmen fez de conta que não achou engraçado. Na frente da nossa casa passa um ônibus, e não um bonde. Para bom entendedor, isso já basta. Mas, enfim, é só por alguns anos mesmo, até a Merk in Uitvoering e a Advertising Brokers produzirem um monte de dinheiro e podermos pagar um apartamento no andar térreo de algum prédio no centro de Amsterdã. Portanto, avante com a zebra.

O Fusca preto estacionado uns cinqüenta metros mais adiante me diz que Carmen já chegou. Tiro Luna do carro, vou até a porta da frente, respiro fundo e coloco a chave na fechadura. Estou nervoso, coisa que não me acontecia desde 1995, quando o Ajax teve que manter o 1 a 0 contra o Milan nos últimos minutos da partida.[1]

Por instantes, parece que esta noite será igual às outras. Assim que Luna vê a mãe, ela abre um sorriso que quase rasga seu rosto em dois. Como de praxe, Carmen chama a menina com seu usual "LUUUNAAA", bem espichado, faz uma careta, imita seu andar pueril e abraça-a, de cócoras. Luna responde um "MAMAAAAA!" intenso. Naquele dia aquela cena me comove mais do que de costume.

Luna é meu solzinho. Ela faz aniversário no mesmo dia que eu. Quando ela nasceu, tive certeza de que meus amigos viriam ao meu aniversário de 60 anos. Afinal, eles não vão querer perder por nada as amigas jovens da minha filha, que certamente também estarão presentes.

— Olá, amor da minha vida — digo, quando Carmen se levanta e eu a beijo na boca. Nós nos abraçamos e ela imediatamente começa a chorar. Foi-se a noite como as outras. Seguro-a firme e olho para o vazio por sobre seu ombro. Digo que tudo deve ficar bem, como há seis meses. Não consegui inventar nada melhor desde a tarde.

[1]Final da Liga dos Campeões, 24 de maio de 1995, Viena, Estádio Ernst Happel, 1 a 0 (Kluivert). Van der Sar, Reiziger, Blind, F. de Boer, Rijkaard, Seedorf (Kanu), Litmanen (Kluivert), Davids, Finidi, R. de Boer, Overmars. (*N. do A.*)

Ela sobe na cama e eu a puxo contra mim. Começamos a nos beijar. Seus movimentos traem como está excitada. Sem dizer nada, desço minha cabeça. Durante o orgasmo, ela aperta sua vulva agora encharcada contra meu rosto.

— Me fode agora! — sussurra ela.

Transamos com fúria. Ela percebe que estou quase lá e diz, com um olhar suplicante:

— Pode vir, me enche de...

Gozo, com mais alguns trancos violentos, mordendo o lábio pois Luna está no quarto ao lado.

> Quando **Carmen** se despe no quarto, olho para seus seios. A primeira vez que a vi nua, meu queixo caiu. Gaguejei ao dizer que jamais tinha tido alguém com um corpo daqueles na cama. Ela riu e disse que mais cedo naquela noite no Rosa's Cantina havia visto meu olhar escorregar para o cânion na sua camiseta preta, de decote ousado. Depois do nascimento de Luna, seus peitos caíram um pouco, mas não perderam a beleza. Ela ainda consegue me excitar apenas tirando a roupa e libertando aquelas tetas maravilhosas. Todas as noites são uma festa para mim. Na verdade, a vida com Carmen é uma festa para o corpo e a alma.

Logo depois do meu orgasmo, ela começa a chorar de novo.

— Vem, minha querida — sussurro. Eu beijo seus cabelos e permaneço alguns minutos sobre ela e dentro de seu corpo.

— Na semana que vem, vamos comemorar o aniversário de vocês como se nada tivesse acontecido — anuncia ela, pouco depois de eu ter apagado a luz. — Talvez seja a última vez que estarei junto.

"Uma característica típica do remorso/é chegar sempre tarde/e jamais na hora"
Extince, "Op de dansvloer" (*Binnenlandse funk*, 1998)

CINCO

Às três e meia, ainda não preguei o olho. Agora, já me desagrada a idéia de, em breve, ter que dar mais uma vez uma notícia ruim a amigos e parentes. Como se os tivéssemos enganado, seis meses atrás, ao dizer que era alarme falso. Novamente vamos ter que mantê-los na dúvida até a biópsia, marcada para a sexta-feira da semana que vem. Daqui a dez dias. Dez malditos dias à espera de uma cirurgia exploratória. "Não tem como antecipar", o doutor Wolters havia dito a Carmen, "e dez dias também não vão fazer nenhuma diferença", tranqüilizou-a. Quando me zanguei com isso, à noite, Carmen, por sua vez, também se zangou comigo.

— E o que é que você queria que eu tivesse dito então, Stijn? Que nós mesmos faríamos a biópsia?

Depois disso, achei melhor calar a boca.

O doutor Wolters. Já se passou seis meses e, na época, não devo tê-lo visto por mais de meia hora, mas ainda lembro nitidamente de seu rosto diante do meu. Uns 55 anos, de um grisalho elegante, cabelo partido para o lado, óculos redondinhos, jaleco branco. Há meio ano, o pesadelo durou quase uma semana. Começou quando Carmen foi se consultar com nosso médico de família, o doutor Bakker, que a aconselhou a fazer um exame das mamas no hospital, só por via das dúvidas. Levamos o maior susto. Foi no Hospital Lucas que chegamos ao doutor Wolters. Ele a examinou e achou melhor fazer uma biópsia. Aí, o susto foi ainda maior. Não que tivéssemos alguma idéia do que seria uma biópsia, mas se, no hospital, começam a fazer algo de que você jamais ouviu falar a coisa por si só não pode ser boa.

Na noite anterior à biópsia, deitado em meio à penumbra, procurei esconder de Carmen que estava chorando. Pouco antes, havia visto o pavor em seus olhos. E era compreensível. O câncer mata.

Agora à noite, de repente, as palavras ditas por Wolters poucas horas após a biópsia vieram-me à mente: "As células estão inquietas, não sabemos bem o que é, mas não é *maligno*, disso temos certeza." Mal ele havia dito isso, levantamos. Estávamos tão aliviados que não queríamos saber de outra coisa senão deixar o hospital — sair dali, ir embora, afastar-nos — e retornar à nossa vida próspera, vivendo por muitos anos ainda e sendo felizes como planejado, com o tempo ao nosso lado e planos para mais cem mil anos.[2] Ao sairmos, caímos nos braços um do outro. Como se tivéssemos acabado de ter um filho saudável, tal era nossa alegria. Transbordando de felicidade, liguei para a mãe de Carmen, para Thomas e Anne, Frenk e Maud, para dizer que não havia sido nada. Carmen estava *com saúde*.

Não é maligno. Será que não deveríamos ter insistido naquela parte em que Wolters dissera "não sabemos bem o que é"? Não deveríamos ter pedido uma segunda opinião em outro hospital? Será que, no final das contas, não foi nossa própria culpa? Será que não permitimos que ele nos enganasse? É compreensível que Carmen estivesse eufórica de alívio, mas será que *eu* não deveria ter teimado e insistido para que ela continuasse procurando até, finalmente, descobrir do que se tratava? O grandessíssimo idiota não era o Wolters, mas eu. Afinal, não sou *eu* o marido dela, não é minha responsabilidade protegê-la?

Quem sabe tudo isso poderia ter sido evitado. A frase não pára de reverberar na minha cabeça.

Desta vez, não vou deixar que se repita. Se, na semana que vem, ele vier com a mesma história de que está tudo em ordem, vou pegá-lo pelo jaleco branco e arrastá-lo por cima da escrivaninha. Disso ele pode ter certeza.

---

[2]Extraído de "Een dag zo mooi", de Tröckener Kecks. (*Andere plaats, andere tijd*, 1992)

"Um sorriso / isso será paródia pura"

Rita Hoving, "Laat me alleen" (*Een rondje van Rita*, 1976)

SEIS

Na plaquinha sobre a porta de vaivém, leio que o departamento do Hospital Lucas responsável por biópsias chama-se "oncologia". Oncologia. Conhecia apenas vagamente a palavra, mas não sabia que tinha a ver com câncer. Soa tão inofensiva. Como uma ciência que se ocupa de pesquisar as razões para a extinção dos mamutes ou coisa parecida.

> O **Hospital Lucas**. Há os que acham o Europarking o edifício mais deprimente de Amsterdã. Outros, o Nederlandse Bank. Ou os prédios de apartamentos de Bijlmeer. Convido-os todos a visitar o Lucas. Fico arrepiado só de vê-lo quando passo pela A10.

Luna acena com Elmo, presente que recebeu pelo aniversário, na semana passada. Carmen está sentada na beirada da cama. Acabaram de pesá-la e colher sangue. A bolsa preta, na qual pela manhã eu colocara seus artigos de toalete, pantufas, uma camisola de seda violeta — que eu nunca havia visto antes — e uma *Marie Claire*, está sobre a cama. Estou sentado ao seu lado, ainda de sobretudo, e pego os dois folhetos que havíamos recebido. Um verde, *Viver com câncer*, e um azul, *Câncer de mama*. Ambos exibem uma logomarca que eu já havia visto nos tubos para coleta. Acredito tratar-se da Fundação Rainha Guilhermina. Começo a folhear o azul, como se faz com o catálogo de artigos de *free shop* durante um vôo, para entrar no espírito. Na parte superior da primeira página leio "A quem se destina este folheto?" e descubro que Carmen e eu pertencemos ao público-alvo. Não gosto de pertencer a um público-alvo, muito menos o deste folheto. No índice, os títulos dos capítulos são "O que é câncer?", "Prótese de mama" e "Combate à dor". Afinal, por que nos entretemos com uma leitura tão animadora? Trata-se apenas de uma cirurgia exploratória, não é mesmo? Não podemos fazer de conta, por ora, que tudo se resolverá? Que o mamilo retraído na mama vermelha — que, aliás, nos últimos dias, ficou ainda mais vermelha e maior, até mesmo para meu olhar leigo — é conseqüência de hormônios ou coisa que o valha?

Nesse meio tempo já são nove horas e uma enfermeira entra no quarto. Ela carrega um dossiê com o nome "Carmen".

— Você já é de casa — digo, apontando para a pasta.

Carmen sorri. Discretamente.

— A cirurgia está marcada para meio-dia — informa a enfermeira.

Ela deve ter uns 50 anos e faz o possível para dar um tom pessoal à informação rotineira. Chega a colocar a mão sobre o joelho de Carmen, que permanece simpática, como é com todos. Sinto-me completamente deslocado e o que mais quero é poder levar Luna para a creche assim que possível e seguir para a MIU. Não tenho idéia do que vou fazer por lá num dia como este, mas tudo que quero fazer é deixar esse hospital de merda. E procurar tornar o dia o mais normal possível.

Carmen percebe tudo.

— Pode ir, eu me viro. Tenho certeza de que o café na MIU é bem melhor do que o daqui. — Ela ri.

— Quando sua esposa acordar da anestesia, ligaremos para o senhor — completa a enfermeira.

Luna e eu fazemos um carinho em Carmen e eu sussurro que a amo. Da porta, jogo-lhe um beijo. Luna acena.

Carmen faz o possível para sorrir.

"I hide my tears behind a painted smile."

Isley Brothers, "I Hide My Tears behind a Painted Smile" (*Soul On The Rocks*, 1967)

SETE

Às dez horas, abro a porta do escritório. Ele está localizado no Olympisch Stadion. Desde o dia em que recebemos a chave, sinto-me mais à vontade lá do que na minha própria casa. Uma parte da minha juventude encontra-se no Stadion. Como moleque de 16, nascido em Breda, eu achava a tumultuada Amsterdã do início da década de oitenta de um vigor sem limites. Aos domingos, sempre que podia, pegava o trem para a capital, para ter o que contar no colégio, no dia seguinte, sobre as brigas da torcida do Ajax, e as depredações no "nove", sentido De Meer, ou no "dezesseis", sentido Olympisch. Eu mesmo sempre me mantinha a distância porque, na época — bem como nos anos anteriores, na torcida do setor B do NAC —, me cagava de medo, mas ninguém precisava saber disso na escola.

Frenk gosta do que é bonito e eu, do Ajax. Por isso, o **nosso escritório** tornou-se um meio-termo, diagonalmente sob o setor TT, onde a torcida do lado F sempre se encontrava quando o Ajax jogava no Olympisch. Exigi que uma foto de sete metros por um e meio cobrisse toda a largura da parede lateral. Nela vêem-se os jogadores entrando em campo para o último jogo da Liga dos Campeões no estádio,* rodeados por um mar de tochas e fumaça vermelha. O escritório da MIU parece com meu quarto quando eu tinha 15 anos, mas é dez vezes maior. E infinitas vezes mais moderno, graças à influência de Frenk e do arquiteto, uma bicha inglesa com uns óculos futuristas. Ele achava que meu fetiche futebolístico não combinava com o todo. Disse-lhe que o azar era dele, mas que lhe permitiria seguir seus instintos criativos contanto que não tocasse na foto. Quando se trata de futebol, tenho meus princípios. A bicha concordou resmungando, com a condição de ter carta branca para o resto do escritório. "Por mim, tudo bem", respondi. E paguei caro por isso. Ele veio com a idéia de colocar três divisórias coloridas de plexiglas, de dois metros de largura por um e meio de altura, naquele espaço aberto. Uma vermelha, uma amarela e outra azul. Depois, decidiu colocar lâmpadas fluorescentes cor-de-rosa atrás dos armários, pintar uma parede de cinco metros de altura de verde-abacate e cobrir outra com almofadas de feltro roxo. Acabou ficando de um colorido extravagante. Além de financeiramente injustificável. Frenk disse que eu devia parar de resmungar, afinal, não tinham feito minha vontade e deixado a foto do Ajax? Depois, nem a bicha nem Frenk me pareceram tão loucos. Nas poucas semanas que estamos aqui, Frenk já me informou, com um risinho abafado, sobre uma visita do *Het Parool*, de outros três jornais internacionais; de todas as revistas de marketing e de publicidade, e de uma sobre monumentos; além de mais duas excursões de grupos de arquitetos (entre elas, um grupo da Dinamarca, com uma gata tão gostosa que decidi, a partir de então, parar de reclamar sobre o excesso de gastos. O que passou, passou!) e, ainda, de um novo cliente. Não é tão difícil assim, ter um escritório de marketing!

*Ajax-Panathinaikos, 3 de abril de 1996, 0 a 1. Van der Sar, F. de Boer Blind, Reiziger, Bogarde, R. de Boer, Litmanen, Davids, Finidi, Kanu, Overmars. Fora de casa, a vitória foi do Ajax, de 3 a 0 (*N. do A.*)

— Bom dia! — digo, ao entrar. Todos já chegaram. Sigo logo para a cafeteira, na pequena cozinha, longe da vista de todos. O resto do nosso escritório no Stadion é tão aberto que não adianta tentar tirar meleca do nariz sem ser visto. A cafeteira foi uma aquisição do Frenk, portanto, aquele café é mais do que justificável. Após apertar o botão, ainda leva meio minuto até o café estar na xícara. Hoje, o meio minuto parece-me curto demais. Ainda me permito ficar mais um tempinho ali, depois de a xícara já estar cheia. Junto toda minha coragem e passo diante da escrivaninha de Maud. Evito seu olhar.

Frenk fica me observando enquanto me sento.

— Bom... Ela está no hospital — procuro dizer da forma mais lacônica possível. Maud também se aproxima. E sinto o olhar dos demais nas minhas costas. — É isso aí, vamos ver no que vai dar! — continuo, ligando o computador. Tenho dificuldade para conter as lágrimas. Maud põe a mão no meu ombro. Cubro-a com a minha e olho para fora. Gostaria de ser criança, assim, poderia me convencer de que toda a desgraça chega ao fim quando se pára de falar a respeito.

"It ought to be easy ought to be simple enough/man meets a woman and they fall in love/but the house is haunted and the ride gets rough"

Bruce Springsteen, "Tunnel of Love" (*Tunnel of Love*, 1992)

OITO

Às cinco da tarde, Carmen me liga enquanto estou dirigindo para a creche. Nem preciso perguntar como ela está. Sua voz já denuncia.

— O médico acabou de sair... Está tudo errado, Stijn.

— Já estou a caminho. Assim que tiver apanhado a Luna, vou direto para aí.

Não tenho coragem de perguntar mais nada.

Com o coração aos pulos e Luna no meu braço, sigo pelo corredor do Departamento de Oncologia. Entro no quarto onde havia deixado Carmen pela manhã. Ela já está vestida, sentada sobre a cama, com um lencinho de papel amassado entre os dedos, olhando pela janela. Os olhos estão vermelhos e inchados. Ao seu lado encontram-se dois outros lencinhos, no mesmo estado. Ela nos vê entrar e cobre a boca com a mão. Um gesto que ela sempre faz quando algo terrível acontece. Sem dizer uma palavra, aproximo-me dela e a abraço. Carmen encosta a cabeça no meu ombro e começa a chorar copiosamente. Continuo sem coragem de perguntar coisa alguma. Não consigo nem fazer uma pergunta. Nem dizer uma palavra sequer. Luna ainda não se fez ouvir desde que entramos no quarto do hospital.

Carmen beija Luna e ainda consegue forçar um sorriso.

— Oi, querida da mamãe — diz ela, enquanto afaga a cabecinha de nossa filha.

Pigarreio.

— Então? — pergunto. Não há escapatória.

— Câncer. E um tipo extremamente perigoso. Difuso, chamaram. Não é um caroço, e sim uma forma de inflamação que já atingiu toda a mama.

Bum.

— Eles têm certeza? — Não sei o que mais perguntar.

Ela faz que sim com a cabeça, enquanto assoa o nariz no lencinho que não comporta mais qualquer umidade extra.

— Chama-se mastite carci-eu-não-sei-das-quantas...

Faço que sim, como se compreendesse.

— Se quiser, pode dar uma passadinha na sala do doutor Wolters. Ele que disse. São algumas portas mais adiante.

Wolters. Só o nome já basta. Nós havíamos nos negado a pronunciá-lo durante toda a semana que passou. Procuramos descartar imediatamente as insinuações de Thomas, Anne e da mãe de Carmen, de que, no ano anterior, teriam cometido um enorme erro. Quem sabe já estava lá e, mesmo naquela época, teria sido tarde demais, rebatemos. Fim da discussão. Só de pensar que Carmen poderia morrer devido a erro médico...

Wolters encontra-se atrás da escrivaninha. Reconheço-o de imediato de meio ano atrás, mas ele não. Bato na porta aberta.

— Pois não? — Ele franze a testa.

— Boa tarde — Cumprimento-o sem rodeios. Que ele não se esqueça de que a culpa de tudo é dele. — Sou o marido de Carmen van Diepen.

— Perdoe-me, Sr. Van Diepen. Boa tarde! — desculpa-se, levantando de um pulo para me estender a mão. — Sente-se, por favor.

— Prefiro continuar em pé. Minha mulher está esperando por mim.

— Certo! Suponho que esteja aqui para saber o resultado da biópsia.

"Não, múmia, quero saber qual foi o placar do jogo do NAC contra o Ajax!"

— Isso mesmo.

— Pois é. Algo parece não estar em ordem.

— É, isso eu já entendi — retruquei, com um cinismo que ele não deve ter nem percebido. — Daria para me explicar o que está acontecendo?

Wolters explica porque, desta vez, trata-se de um tumor maligno. Só ouço metade do que diz e compreendo menos ainda. Pergunto se ele está cem por cento certo.

— Quase... Ainda temos que fazer alguns exames, mas parece ser uma mastite carcinomatosa. No momento, não há muito que fazer.

Balanço a cabeça. Wolters me dá a mão.

— Só posso desejar muita coragem, para vocês dois. A doutora Scheltema os receberá amanhã. Ela é clínica geral e pode explicar tudo que está se passando. Está bem?

Faço que sim de novo. E não o puxo por cima da escrivaninha. Pior: não digo nada. Absolutamente nada. Eu me fecho. Quando um cliente se atreve a criticar uma de minhas estratégias, sou capaz de lhe arrancar os olhos. Agora, que um erro desse idiota de meio ano atrás "cancerou" nossas vidas, eu me comporto como um jogador de algum clubezinho de Limburgo que joga pela primeira vez na vida uma partida fora de casa, no ArenA.

Quando entro no quarto, Carmen está com Luna no colo, olhando para o estacionamento quase vazio do hospital.

— Você pode ir embora ou ainda tem algo para fazer aqui? — pergunto.

— Acho que estou pronta — responde Carmen e revista o quarto com os olhos, procurando a bolsa preta. Em silêncio, dirijo-me para a mesa onde está seu casaco e ajudo-a a vesti-lo, coisa que nunca faço. É uma tentativa de me sentir útil.

— Mais para a frente — reclama ela, enquanto mantenho o casaco aberto atrás de suas costas. — Não consigo abrir muito os braços por causa do corte no seio.

— Oh! Desculpe! Vem, Luna, vamos indo. — Eu levanto a menina da cama. Ela continua especialmente calma.

Carmen ainda põe a cabeça na abertura da porta da sala das enfermeiras e diz "tchaaau". A enfermeira — a mesma de hoje de manhã — empurra o prato com seu jantar para o lado, levanta-se da cadeira, segura a mão de Carmen entre as suas e nos deseja sorte.

— Vocês vão conseguir superar esta noite?

— Com certeza — afirmo, resoluto, e aceno com a cabeça, tranqüilizando-a.

Seguimos para o elevador, os três, em silêncio.

"The times are tough, just getting tougher/I've seen enough, don't wanna see anymore/turn out the light and block the door/come on and cover me"

Bruce Springsteen, "Cover me" (*Born in The USA*, 1985)

NOVE

De casa, ligo para Frenk e dou-lhe a notícia de que Carmen está com câncer de mama.

— Que merda! — resume ele.

Carmen liga para Anne. Conta-lhe a situação. Em menos de uma hora, Anne está na porta da frente com Thomas. Ela me abraça por um longo tempo. Depois, ainda de casaco, dirige-se à sala e segura Carmen num abraço. Minha mulher começa logo a chorar de novo.

Thomas me dá um abraço desajeitado.

— Que merda, amigo! — murmura. Ele entra e mal tem coragem de olhar para Carmen. Com os ombros caídos e as mãos nos bolsos, fixa o olhar no chão. Ainda está de paletó e gravata.

Thomas também é de Breda-Noord e nos conhecemos desde o primário. "We liked the same music, we liked the same clothes, we liked the same bands",* canta Bruce, e assim era com Thomas e eu. Aos 12, íamos juntos aos jogos do NAC; aos 16, assistíamos às bandinhas punk no Para; e aos 18, íamos à caça no De Suykerkist aos sábados à noite. Thomas era extremamente popular por lá. Eu não. Tinha o rosto cheio de espinhas e usava uns óculos fundos de garrafa. Eu tinha que me contentar com os restos dele.
Depois do Ensino médio, cursamos a mesma universidade onde conhecemos o Frenk. Thomas se formou suando a camisa. Ele nunca foi muito inteligente. Acabou se tornando representante de uma firma que vende sal para ser jogado nas estradas e faz isso até hoje. Seus clientes são funcionários de prefeituras e do

Ministério dos Transportes e Gestão da Água. Thomas se dá muito bem com eles, talvez porque, como ele, os clientes também gostem de piadas de belgas, negros, louras e mulheres que vão ao médico; e porque ele usa camisa social cor pastel da Kreymborg. Nós costumamos nos falar por telefone, mas nos vemos menos do que antes. Tirando o carnaval de Breda, ele não é muito de sair. Prefere passar o fim de semana com uns queijinhos e um copo de vinho, assistindo a filmes com muitos tiroteios, peitos e helicópteros. A redução na vontade de se locomover está diretamente relacionada com uma careca que surgiu há alguns anos e uma barriga que começou a tomar proporções formidáveis. Uma vez, quando percebeu que sua popularidade decrescente com as "gatas" estava assumindo formas monumentais, ele afirmou: "Mas que merda, Stijn, eu sou feito leite e você, vinho". Pragmático por natureza, Thomas partiu para a ação. Quando, há seis anos, viu uma jovem e graciosa estagiária passar pela porta da firma, não perdeu tempo: levou-a para jantar e nunca mais a largou.

*Gostamos da mesma música, da mesma roupa e das mesmas bandas. (*N. da T.*). Trecho de "Bobby Jean", (*Born in the USA, 1985*). (*N. do A.*)

A estagiária... Essa era a **Anne**. Thomas e Anne foram feitos um para o outro. Ela ojeriza modismos (leia-se: qualquer coisa que venha de Amsterdã), também é louca por crianças, queijos e vinhos, e, como Thomas, parece ter uma gravidez crônica. Desde o nascimento dos filhos — Kimberley, de 4; Lindsey, de 3; e Danny, de 1 — Anne se descuidou. Ela diz que a família e a casa são mais importantes do que sua aparência. As camisetas e leggings que usa são comprados na Miss Etam. É o padrão do desleixo, de acordo com Carmen. Mas Anne não sabe disso. Carmen nunca a magoaria. E com toda a razão, pois Anne acabou se tornando sua melhor amiga. Elas se falam diariamente ao telefone e, quando Carmen estava apavorada por causa da biópsia meio ano atrás, Anne não arredou o pé da nossa casa. Embora sua presença me irritasse profundamente sempre que eu voltava do trabalho, não podia negar que ela sabia o significado de uma amizade. Hoje em dia, Carmen e Anne são muito mais próximas do que Thomas e eu. Carmen conta tudo a Anne. Isso eu não faço com Thomas. Pelo menos, não mais, desde que descobri que tudo que eu fazia (e ele também gostaria de fazer) era repassado a Anne. E num milésimo de segundo chegava aos ouvidos de Carmen, e não é bem isso que queremos.
A sinceridade é uma qualidade supervalorizada. Anne não pensa assim. Mas, para ela é fácil falar. Sua aparência não pode ser considerada convidativa para uma relação sexual.* Anne não conseguiria trair nem que quisesse.

*Extraído de "De Avonden", de Gerard Reve (1947). (*N. do A.*)

Anne é realista. Ela nos aconselha a elaborar uma lista de todas as perguntas que queremos fazer à médica no dia seguinte. Concordamos que é uma boa idéia. Juntos, pensamos em tudo que gostaríamos de saber. Eu faço a lista.

Funciona. Temporariamente, rebaixamos o câncer a um objeto neutro que analisamos de forma crítica e quase profissional. Passou-se uma hora e Carmen ainda não chorou.

Às nove e meia, Thomas e Anne vão embora. Ligo para Frenk, Carmen vai para a internet. Quando desligo, ela me pergunta se ainda me lembro da tradução para o inglês do tipo de câncer que ela tem.

— O Wolters não me disse. Só mencionou o nome em latim, mastitis carci-qualquer-coisa...

— Carcinomatosa, isso mesmo. Em inglês é... — Ela olha para o monitor — ... *Inflammatory Breast Cancer*... E "*inflammatory*" significa que é uma forma de inflamação. Um tipo de supuração que, se não for tratado cedo, é imediatamente absorvido pelas células sangüíneas. Não é isso?

— É... Acho que sim — respondo com cuidado.

— Então, meu caro, estou fodida, porque a probabilidade... — sua voz começa a tremer — ... de que eu tenha mais de cinco anos de vida não chega a quarenta por cento.

"Quarenta por cento".

— Como é que você tem certeza de que é a mesma coisa? — reajo, irritado. — Foi isso mesmo que você leu aí?

— Foi sim, ou você acha que sou alguma retardada, Stijn? — rebate ela, aos gritos. — É exatamente isso que está aqui, ou não?

Sem olhar para o monitor, aperto no botão que desliga o iMac.

— Pronto! E agora, vamos para a cama.

Carmen olha desnorteada para a tela negra e, em seguida, para mim. Primeiro, com um olhar assassino; depois, cai num pranto indescritivelmente alto.

— Puta que pariu! Se aquele filho da mãe tivesse visto isso antes, ainda teríamos tido tempo.

Pego-a pelo braço e a arrasto escada acima.

Depois de uma choradeira que parece não ter fim, ela acaba adormecendo nos meus braços. Estou completamente acordado e sem coragem de enfrentar a manhã seguinte. Quando acordar e me conscientizar de que não sonhei nada disso. Que tudo isso é verdade.

Carmen está com câncer.

"Chove mais forte do que eu posso agüentar"

Bløf, "Harder dan ik hebben kan" (*Boven*, 1999)

DEZ

A doutora Scheltema aperta nossas mãos, convida-nos a sentar e senta-se, ela própria, atrás da escrivaninha.

Ela começa a folhear um dossiê. Ele se encontra dentro de uma pasta suspensa marrom, daquelas antigas. Fico olhando junto, de cabeça para baixo, e percebo que se trata do mesmo arquivo que a enfermeira estava segurando anteontem. Nele, encontram-se duas fotos de raios-X (acredito que sejam de Carmen), além de um relatório comprido, escrito à mão (será do doutor Wolters?), e o desenho de uma mama, com uma setinha e um texto ilegível ao lado. Scheltema lê o dossiê como se não estivéssemos presentes. O silêncio no consultório é aflitivo.

> **A doutora Scheltema** não é do tipo que faz você pensar: "vamos dar boas gargalhadas aqui". Cabelos grisalhos, muitas canetas no bolso do jaleco e uma cara típica de alguém que se dedica às ciências exatas. Não nos daremos bem. Percebi isso pela cara que fez ao me avaliar — a mim e à minha jaqueta de couro dos anos setenta, cor de merda — assim que entramos no consultório.

Seguro a mão de Carmen. Ela pisca para mim e faz um movimento vacilante do tipo Mr. Bean, quando Scheltema, após meio minuto, continua lendo o arquivo sem nos dirigir a palavra, vira páginas e depois desvira, para, em seguida, virá-las novamente. Para não cair na gargalhada, desvio o olhar de Carmen, pois acredito que isso não traria benefícios à minha relação com a médica. Dou uma olhadinha ao redor. Atrás da escrivaninha, há uma cópia emoldurada de uma pintura impressionista (não me pergunte de quem — sou de Breda-Noord e já considero uma vitória saber que se trata de um quadro impressionista), e na parede junto à porta há uma prateleira com fôlderes, na qual encontro, além de títulos novos como *Câncer e boa alimentação*, *Câncer e sexualidade*, *Câncer e o combate à dor*, também o meu já conhecido fôlder azul *Câncer de mama*.

A doutora Scheltema levanta os olhos do dossiê.

— Como tem passado nos últimos dias? — começa ela.

— Poderia ter sido melhor — resume Carmen, atenuando bastante a situação.

— Imagino — concorda a médica. — É lamentável para você que anteriormente as coisas tenham sido conduzidas de uma maneira tão ruim. Pode-se dizer que foi... uma negligência extrema.

— Pois é, tendo em vista que agora já é tarde, não é mesmo? — resmunga Carmen.

— A senhora ainda não deve pensar assim — contrapõe Scheltema. — Ainda temos algumas ferramentas a nosso favor. Não adianta olhar para trás agora, temos que procurar saber o que ainda podemos fazer.

Chocado com a atitude de "o que não tem remédio, remediado está" que ela adota ao falar do erro crasso do colega, olho para Carmen. Ela parece se conformar. Acho melhor me controlar também.

— O nome do que eu tenho é "*inflammatory breast cancer*", não é? — pergunta Carmen.

— O nome oficial é "mastite carcinomatosa", mas "*inflammatory*" é o nome em inglês... e... como é que a senhora sabe disso?

— Procurei na internet ontem.

— É melhor a senhora tomar cuidado com isso — aconselha a médica, irritada.

"Só porque você quer", penso eu, "porque isso tornaria as coisas mais difíceis para você". Dou uma risadinha discreta e, ao contrário de ontem, quando me zanguei com Carmen por ela ficar imaginando o pior após ter pesquisado dezenas de sites sobre todos os tipos imagináveis de câncer de mama, sinto-me orgulhoso por ela saber mais do que agrada à médica.

— E é verdade que apenas quarenta por cento das mulheres com esse diagnóstico sobrevivem aos primeiros cinco anos? — quer saber Carmen.

— Receio que seja menos ainda — responde Scheltema, fria numa aparente tentativa de desencorajar de uma vez por todas a leitura desse tipo de sites —, tendo em vista que a senhora ainda é jovem e as células se dividem com velocidade maior do que em pessoas idosas. O tumor na sua mama esquerda mede treze centímetros por quatro, e cresceu, provavelmente, em questão de alguns meses.

Treze por quatro? Uma abobrinha mede treze por quatro! E isso em apenas alguns meses? Deve ter sido mesmo. Desse tamanho, não poderia ter passado despercebido nem ao doutor Wolters na época.

— Não dá para remover? — pergunta Carmen. — Nem que me tirem o seio?

Não acredito no que estou ouvindo. Sem pestanejar, ela diz que seu orgulho, sua marca registrada, pode ser ampu...

Scheltema sacode a cabeça.

— Seria perigoso operar neste estágio — explica. — O tumor é grande demais. Não sabemos ao certo até onde as células se espalharam. Se formos cortar, corremos o risco de o tumor se alojar no tecido da cicatriz da mama amputada, o que pioraria a situação. Somente quando tivermos certeza de que o tumor está diminuindo de tamanho, poderemos optar pela cirurgia como uma possibilidade.

Ela diz como se devêssemos nos alegrar com isso.

— Outro meio que usamos para combater um tumor é o tratamento com hormônios... — *é mesmo, tratamento com hormônios! Eu me lembro de haver lido algo a respeito* — ... mas isso também não será possível. Está fora de cogitação para a senhora. Segundo seu exame de sangue, seus receptores de estrogênio são negativos. Suas células cancerosas não reagem a hormônios. Mas o pior é que sua biópsia mostrou que... — *ain-*

da tem pior? — ...se trata de um tumor difuso, conseqüentemente, já deve estar no sangue e, aí, a senhora já sabe o resto...

Não, não sei, porque eu me dedico às ciências humanas, e, por mais estranho que possa parecer, até bem pouco tempo atrás os dias se passavam sem que eu parasse para pensar em câncer. Uma vez que a fisionomia de Carmen revela que ela também não sabe, Scheltema continua, como se fosse a apresentadora de algum programa infantil explicando por que os adultos fazem guerras.

— Veja, a situação é a seguinte: as células sangüíneas percorrem todo o corpo humano. E, agora, suas células cancerosas também. Os marcadores tumorais no seu sangue ainda não chegaram a uma quantidade alarmante, ainda assim, é provável que já haja células espalhadas pelo corpo.

Carmen e eu nos entreolhamos, longamente, em silêncio. Fico alisando sua mão com meu polegar. Scheltema também permanece calada. Mas não por muito tempo.

— Se não tomarmos nenhuma atitude agora, receio que lhe restem apenas alguns meses de vida. No máximo, um ano.

A observação não passa da mera conseqüência lógica de toda a informação anterior, mas nos atinge como uma martelada. Pronto, agora está dito! E é assim que acontece. *Uma mulher vai ao consultório médico e ouve que não lhe restam senão alguns meses de vida.* Carmen começa a tremer, leva a mão à boca e começa a chorar sacudindo os ombros. Meu estômago se contrai. Abraço-a com o braço livre, enquanto a outra mão não deixa de segurar a sua.

— Isso dói, não é mesmo? — constata Scheltema, mordaz. Não respondemos. Estamos envoltos em nosso abraço. Carmen, chorosa; eu, anestesiado.

— E agora? — pergunto, passado um tempo.

— Minha sugestão é que ela comece a fazer quimioterapia assim que possível — retoma o diálogo Scheltema, visivelmente aliviada por poder falar em termos técnicos. — De preferência, ainda esta semana.

Quimioterapia. A palavra já era previsível há alguns minutos Mas, quando chega, seu efeito é devastador. Quimioterapia. Leia se: careca. Leia-se: passar muito mal. Leia-se: sabemos muito bem que não leva a nada, mas temos que fazer algo.

Scheltema continua:

— A quimioterapia atinge todas as partes do seu corpo, assim, teremos maiores chances de combater o câncer.

— E radiação? — pergunto. Carmen levanta os olhos. "Isso mesmo, radiação, não costumam fazer isso também?" vejo-a pensar, cheia de esperança. De uma forma ou de outra, "radiação" soa menos mal do que "quimioterapia".

Scheltema sacode a cabeça. Pergunta idiota.

— A radiação só tem efeito local. Ou seja, na mama. O que temos que fazer agora é expurgar o câncer do corpo; portanto, quimioterapia é a melhor opção — afirma ela, visivelmente irritada tendo em vista que acabara de explicar isso.

— A senhora poderia explicar mais sobre a quimioterapia? — ouço-me perguntar, como se estivesse me informando sobre o sistema de GPS do novo Audi A4.

Scheltema se anima. Ela parece exultante de poder falar sobre sua brincadeira predileta e nos dá um curso rápido de quimioterapia. O princípio parece simples. O corpo recebe uma descarga e tanto, e a intenção é que as células cancerosas recebam uma descarga ainda maior. Elas saem fazendo qualquer coisa, correm em todas as direções, como um time sem técnico.

— Elas conseguem até atravessar os ossos — diz Scheltema com admiração, ao se deixar levar pelo entusiasmo. — Por isso mesmo, elas também são mais sensíveis do que células saudáveis quando atacadas. Infelizmente, todas as células saudáveis que se dividem rapidamente também são vitimadas. Seu cabelo, por exemplo, Sra. Van Diepen. A senhora terá problema de queda de cabelo. — Scheltema parece se empolgar. — Creio que a quimioterapia com CAF seja a mais indicada para a senhora. CAF são as iniciais de ciclofosfamida, adriamicina e 5-FU... — Assentimos como se compreendêssemos de que aquela criatura está falando — ...e um medicamento para combater a náusea e o vômito causados pela quimioterapia. — Concordamos de novo. — Mesmo assim, em alguns casos, há pessoas que vomitam muito após alguns dias. Mas, para evitar isso, a senhora receberá um medicamento que poderá tomar após cada tratamento, se for necessário. — Aos poucos, começamos a entrar num estágio de desintegração emocional. — Em função disso, muitos pacientes começam a comer menos. É claro que a combinação de náusea e falta de paladar não favorece o apetite... Além disso, também pode ocorrer diarréia. Se ela persistir por mais de dois dias, a senhora deve entrar em contato conosco — diz ela, como se estivesse falando de um vazamento da máquina de lavar. — Também pode haver uma inflamação da membrana da mucosa bucal e a sua menstruação pode tornar-se irregular ou desaparecer. Finalmente, a senhora deve ficar atenta para não ter febre. Se tiver, deve nos contatar de imediato, mesmo que seja de madrugada.

Não quero mais ouvir, não quero saber de mais nada. Carmen já havia desconectado assim que ouviu falar de queda de cabelo. Mas Scheltema persiste mais um pouco.

— Mas ainda pode ser que as células cancerosas no seu corpo não respondam ao tratamento com CAF. Essa chance, no entanto, é de apenas vinte e cinco por cento.

— E aí?

— Aí tentaremos outro tratamento.

— Ah!

— Mas não vamos partir dessa premissa.

— Não.

— Ainda tenho uma coisinha para a senhora — diz ela, enquanto pega uma brochura de dentro da gaveta. — Se quiser, a senhora pode visitar a psicoterapeuta daqui, do Hospital Lucas. Ela acompanha pacientes com câncer. É sua especialidade.

Carmen dá uma olhadinha no folheto e diz que provavelmente faremos isso. Mas é claro! Se damos as boas-vindas ao câncer em nossas vidas, vamos fazê-lo dentro dos conformes, com tudo a que se tem direito.

Olho para a nossa lista de perguntas. Scheltema percebe e olha para o relógio. Escolho uma que não irá ajudar nem um pouco a melhorar o clima.

— Não seria melhor se minha esposa fosse tratada no Hospital Antoni van Leeuwenhoek? Afinal, ele é especializado no tratamento de câncer, não é?

Scheltema reage como Louis van Gaal, o melhor técnico que o Ajax já teve, durante uma coletiva de imprensa.

— Isso não faz nenhum sentido. Debatemos os casos de cada paciente com o Antoni van Leeuwenhoek. Temos conferências semanais, durante as quais cada dossiê é discutido.

Olho para Carmen. Ela logo acena que está tudo certo assim, pois não quer briga com a médica que irá tratá-la. Decido não me exaltar. Dou mais uma olhada na lista. Desta vez, vai ser divertido.

— Última pergunta. A medicina nos Estados Unidos não está muito mais adiantada do que aqui, na Europa?

Scheltema me olha como se eu fosse um molequinho que se atreveu a olhar embaixo da saia da professora.

— Quero dizer, bem... não é que eu duvide de sua experiência — apresso-me a acrescentar, embora duvide, sim, mas tenho que dizer algo para não ser expulso da sala —, mas queremos o melhor para minha esposa, a senhora entende, não é mesmo?

Scheltema não entende, percebo isso pelo seu olhar, que não nega que ela se sente ultrajada. Ela suspira e começa a falar em tom gélido.

— Também lemos todas as informações disponíveis sobre câncer, todas as pesquisas médicas publicadas, Sr. van Diepen. Temos conhecimento de qualquer descoberta feita em Chicago ou Los Angeles, no mesmo dia. E, desde que a internet existe, tudo está às claras. Para quem quiser ver. A sua esposa já descobriu isso...

Ah! Como detesto aquela inflexão cínica na voz, a arrogância que Scheltema demonstra, apesar de sabedora do erro "extremamente negligente" do colega de hospital.

— Mais alguma coisa?

Sim, um rosbife, sua cretina.

Olho para Carmen, que balança a cabeça. Ela quer ir embora. O que até ontem pareciam perguntas relevantes, hoje apenas prolongam uma desagradável consulta médica.

— Não. Era só isso — respondo.

Nós nos levantamos e vestimos os casacos.

— A senhora deve me avisar se quiser dar início à quimioterapia. É o melhor a fazer... — aconselha a médica, enquanto aperta a mão de Carmen, com uma doçura incomparável agora.

— Está bem. Ligaremos amanhã.

— E até logo para o senhor também — despede-se ela, fria de novo. Mesmo assim, ela ainda se digna a me dar a mão.

— Obrigado pelo seu tempo e até logo — respondo.

Enquanto andamos pelo corredor, seguro a mão de Carmen e não encaro ninguém. Sinto o olhar das pessoas que estão esperando a vez no corredor perfurar minhas costas. Como se você estivesse desfilando com uma gostosa numa microssaia, na frente da varanda de um barzinho — você sabe que todos estão olhando, mas faz de conta que isso não lhe afeta. Carmen não está com uma microssaia hoje; está, isso sim, com os olhos vermelhos e um lenço na mão. Meu braço está sobre seu ombro e meu olhar está cravado no final do corredor. Eles devem estar se cutucando, fazendo um sinal em nossa direção e sussurrando entre si: "Ah, meu Deus! Aquela moça, ainda tão jovem e bonita, olha só como ela vai. Com certeza, acabou de descobrir que tem câncer. E dá uma olhada no rapaz ao seu lado, coitados." Sinto a piedade e o sensacionalismo espetarem minhas costas. Que pena que Luna não tenha vindo hoje. Só teria acrescentado à beleza da cena.

"I don't believe in magic/but for you I will/darlin' for you/
I'm counting on a miracle"

Bruce Springsteen, "Countin' On A Miracle" (*The Rising*, 2002)

ONZE

Carmen lê em voz alta o que está escrito no fôlder que recebemos da doutora Scheltema. A psicoterapeuta segue o método de Carl Simonton, que, segundo o folheto,"foi pioneiro nas técnicas de tratamento de câncer, durante o qual não só o corpo desempenha um papel importante, mas também a mente".

— Ele deve ser primo daquele tal de Emile Ratelband, aquele que diz que é instrutor motivacional — comento, sarcástico.

Meia hora depois, saímos de uma livraria com dois livros do Dr. Simonton.

Depois de termos colocado Luna na cama e tirado o fone do gancho, uma vez que ele não parava de tocar, cada qual pega um livro do Dr. Simonton. Carmen abre *Learn to Heal From Within*,[3] e eu começo a ler *Healing Journey*.[4]

"Há pessoas que ficam preocupadas por acharem que damos 'falsas esperanças' aos pacientes. Achamos, contudo, que, numa situação dessas, a esperança é muito mais saudável que o desespero",[5] leio.

Pouco depois, *Learn to Heal From Within* atravessa a sala num vôo rasante.

---

[3]*Aprenda a se curar de dentro para fora*, livro não publicado no Brasil de O.C. Simonton. (*N. da T.*)

[4]*Viagem de cura*, livro não publicado no Brasil de O.C. Simonton. (*N. da T.*)

[5]Extraído de *Healing Journey*, de O Carl Simonton. (1983). (*N. do A.*)

— Mas que merda! Olha eu aqui lendo sobre câncer! A ÚLTIMA COISA QUE QUERO É LER ALGO QUE TENHA A VER COM CÂNCER! — grita Carmen. — ISTO NÃO É JUSTO, NÃO É POSSÍVEL, NÃO PODE SER VERDADE!"

Concordo com ela em todos os sentidos, mas não consigo fazer mais nada senão segurar a minha estridente e sacolejante Carmen, acariciá-la, beijá-la e sussurrar-lhe:

— Calma, querida! Vamos, vamos....

Hoje é o Dia da Rainha. Esta noite, enquanto a cidade inteira está se embebedando, dois montículos de infortúnio se confortam mutuamente na Amstelveenseweg, 872.

"Aí eu quero dançar, dançar, dançar/dançar sobre o vulcão"

De Dijk, "Dansen op de vulkaan" (*Wakker in een vreemde wereld*,1987)

DOZE

Às nove e quinze, a campainha toca. É Frenk. Quase caio duro de surpresa. O dia de folga dele só começa lá pelo meio-dia.

Frenk é preguiçoso, egocêntrico, esnobe e meu melhor amigo. Ao contrário de Thomas, ele sabe tudo sobre mim. Trabalhamos juntos o dia todo. Ele sabe como eu penso; de que frios eu gosto no pão; que transei não só com a Sharon, na BBDvW&R/Bernilvy, mas também com Lies, Cindy e Dianne; que ainda transei muitas vezes com Maud, no início do namoro com Carmen, e — tendo em vista que, no decorrer dos anos, partilhamos muitos quartos de hotel e apartamentos — que barulho eu faço quando gozo.

A libido de Frenk é exatamente o oposto da minha. Quando ainda não o conhecia bem, achava que ele buscava sexo, às escondidas, em casas de má reputação. Agora sei que sexo para ele é simplesmente desinteressante. Não é que isso existe mesmo? Muito, muito raramente, há uma mulher que o empolgue. Aí ele transa. Que eu saiba, isso aconteceu três vezes durante os quinze anos que o conheço. E acho que também sei a razão disso. Frenk colocou-se como o centro do universo, fato que o satisfaz extremamente. Não há lugar para mais nada. Nem mulher, nem família, nada. Frenk só gasta dinheiro com uma coisa — com Frenk. E olha que ele gasta horrores! Fortunas! Mas sempre condizente com sua postura. Frenk tem estilo e todos devem testemunhar isso. Ele vai aos espetáculos de teatro certos. Para os restaurantes da moda. E já desfila com os mais novos Prada antes mesmo de chegarem à P.C. Hooft, a rua com as lojas mais caras de Amsterdã (o que ele não deixa de mencionar, de passagem, enquanto estamos almoçando na MIU). A maior parte do dinheiro vai para objetos caríssimos que decoram sua cobertura na Bloemgracht. Aquela cobertura é um salão de baile e tudo que há nela é caro. Só a cozinha tem o preço de todo o mobiliário de nossa casa na

Amstelveenseweg. Não que ele vá com freqüência à cozinha — ele não sabe cozinhar. Nem passar roupa. Nem lavar, fazer compras ou trocar um pneu. Além disso, ele não tem faxineira, nem carteira de habilitação e também não tem a mínima idéia do que fazer para conseguir essas coisas mundanas. Seu pai vem de Breda, vez por outra, e conserta o que estiver precisando de reparo na cobertura. Sua mãe faz a faxina e lava sua roupa. Duas vezes por semana, ele vem jantar conosco e vê como a coisa mais natural do mundo nos acompanhar sempre que vamos a algum lugar de carro. E ele consegue tudo isso por uma única razão. Frenk é um Amigo.

— Não posso deixá-los sozinhos no Dia da Rainha! — Ao contrário de Thomas, Frenk não se envergonha de me abraçar e beijar. Quando voltamos ao escritório depois das férias, quando aniversariamos ou conseguimos um novo negócio, nós nos abraçamos. Gosto disso. É o tipo de amizade que só se encontra nas músicas de Bruce Springsteen e nas propagandas da cerveja Amstel. O estado de ânimo no lar de Stijn & Carmen se animou de repente. Carmen está alegremente surpresa e Luna dá gritos de felicidade. Ela adora Frenk e Frenk a adora.

Enquanto estamos sentados à mesa da cozinha e Frenk aceita com prazer o convite de Carmen para comer um croissant conosco, ele pergunta como vão as coisas. Carmen faz um relato dos acontecimentos recentes e eu completo aqui e ali. Sempre que ela tem dificuldade de continuar, Frenk põe a mão sobre seu braço. Meu sócio escuta com atenção tudo o que nos foi dito ontem. A explicação da doutora Scheltema, a quimioterapia, como nos sentimos ao passar pelo corredor a caminho da saída do hospital.

A cada minuto que passa, torno-me mais silencioso. Alguns minutos atrás, já havia me levantado para ir ao banheiro, embora não precisasse ir. Agora, não sei mais o que fazer. Por sorte, sinto o cheiro de cocô vindo de longe.

— Vou subir para trocar a fralda da Luna.

Pego-a no colo e subimos. Com os olhos cheios de lágrimas, limpo a bundinha do meu solzinho e ponho-lhe uma fralda nova. Da cômoda, ela olha, surpresa, para mim.

— Oh, amorzinho... Amorzinho do papai.

Aperto os botões de pressão do macacãozinho. Levanto-a e abraço-a com firmeza. Olho para fora enquanto as lágrimas correm pelo rosto. Ainda não consigo acreditar. Temos 36 anos, uma filha linda, cada um de nós é dono de seu próprio negócio, temos a vida que pedimos a Deus, estamos rodeados de amigos, fazemos tudo que nos dá na telha e, agora, cá estamos, no Dia da Rainha, perdendo quase toda a manhã sem falar de outra coisa senão câncer.

Quando acompanho Frenk (que havia perguntado se realmente não temos vontade de dar uma saidinha — Carmen não esboçou a menor resposta) à porta, sinto-me pior ainda. Carmen já tinha dado a entender, logo cedo, que não tinha a menor intenção de se misturar numa massa ruidosa. Claro, dava para entender, mas, agora, com a paulatina concretização da perspectiva de passar uma tarde inteira me lamentando, começo a enlouquecer. Privar Stijn de uma festa é pior do que tirar a chupeta de Luna. Principalmente agora. Quero sair e me embebedar, quero festejar e fazer qualquer coisa, menos continuar falando de câncer.

Suspiro sem pudor ao sentar-me à mesa da cozinha novamente.

— Você poderia ser mais discreto ao mostrar que está aborrecido — diz Carmen, áspera. — Afinal, não tenho culpa de estar com câncer.

— Não tem não, e nem eu — rebato, revoltado.

"I want to run/I want to hide/I want to tear down
the walls/that hold me inside"

U2, "Where The Streets Have No Name" (*The Joshua Tree*,1987)

TREZE

Depois de uma hora, não agüento mais. Carmen está folheando uma revista de decoração, e tenho certeza de que não tem noção do que lê.

— Mas que merda! O que é que a gente está fazendo em casa, afinal?! — exclamo, de repente.

Ela olha para mim e está a ponto de abrir um berreiro. Não, não agüento mais. É a enésima choradeira nas últimas vinte e quatro horas. Procuro me acalmar, ando na direção de Carmen e a tomo nos braços.

— Querida, acho que é melhor a gente fazer alguma coisa. Deste jeito é que não dá. Vamos, pelo menos, levar a Luna para passear no Vondelpark.

Ela limpa as lágrimas.

— OK... Acho que você tem razão...

No Dia da Rainha, o Vondelpark pertence às crianças de Amsterdã-Zuid, área nobre da cidade. Até as artes expostas são de Amsterdã-Zuid. Dois garotos com uma vozinha de cantores de coral vendem torta de laranja feita por eles. Quando eu era criança, nunca assei uma torta, e também não consigo imaginar um dos meus coleguinhas de Breda-Noord fazendo algo assim. Uma garota com um rosto sério demais para a idade — "se eu tivesse uma filha assim, consideraria fazer um aborto pós-natal", comenta Carmen — declama poesia. Quem é que educa um filho dessa maneira? Poesia é como rock sinfônico, a formação numa partida de futebol 4-3-3, comida chinesa — além do meu professor de holandês no tempo da escola e do crítico literário do *Het Parool*, não conheço ninguém que ainda leia poesia. Carmen e eu nos tornamos cada vez mais apáticos com todas aquelas crianças declamando, tocando violino, fazendo malabarismo e... nos irritando. E tudo isso sempre sob o olhar dos orgulhosos pais. Uma menina com um vestido laranja e rabo-de-cavalo mostra o que aprendeu na aula de violino.

— Prefiro apanhar Luna na delegacia de polícia do que na aula de violino — sussurro no ouvido de Carmen. Ela dá uma gargalhada. A mãe da menina de vestido laranja não gostou de nós.

— E aí, até que não foi uma má idéia, não é? — pergunto, com Luna sentada no meu ombro, enquanto seguimos a Cornelis Schuytstraat na direção do ponto de ônibus da De Lairessestraat.

Carmen beija a minha bochecha e dá uma piscadela.

"O belo verão passou de novo/o verão que começou por volta de maio/você pensou que não chegaria ao fim/mas antes de se dar conta, o verão já passou faz tempo"

Gerard Cox, "Het is weer voorbij die mooie zomer" (*Het beste van Gerard Cox*, 1973)

CATORZE

Daqui a três meses, o verão e as sessões de quimioterapia terão passado e Carmen estará careca. No carro, a caminho do Hospital Lucas para a primeira sessão de quimioterapia, passam-me inúmeras coisas pela cabeça às quais poderei dar adeus neste verão. Ir a Bloemendaal no domingo? Não... Quando Carmen estiver careca, certamente não terá um pingo de vontade de ir para lá... Também podemos esquecer os planos de ir para Nova York durante os feriados de Ascensão, quando a "químio" tiver se instalado em seu corpo. Jogar futebol no parque, às terças? *Forget it*! Esqueça! Vou ter que estar em casa para dar o jantar a Luna e colocá-la para dormir, pois Carmen estará de cama, com ânsia de vômito. E pedir ao Frenk ou à Maud para vir, enquanto eu saio para ir jogar futebol...

E nem cheguei à vida pós-verão, pós-quimioterapias. O que está por vir nos próximos meses já é dose — não tenho nem coragem de pensar além. Parece até o Ajax x Juventus, no ArenA, depois de Louis van Gaal. No intervalo, o placar já estava 0 a 2, e ainda tínhamos um tempo e meio pela frente.[6]

---

[6] 9 de abril de 1997. 1-2 Van der Sar, Melchiot, Blind, F. de Boer, Musampa, Scholten, Litmanen, Witschge, Babagida, R. de Boer, Overmars. 0-1 Amaruso, 0-2 Vieiri, 1-2 Litmanen. Fora de casa, então, nem pensar (Lombardo, Vieiri, Amaruso e Zidane). (*N. do A.*)

Quando pegamos o anel rodoviário, começa a chuviscar. Muito bom! Por mim, pode gear durante o verão. Desligo o rádio. Edwin Evers está um pouco animado demais para o meu gosto hoje. Ligo o CD player. Michael Stipe canta que devemos perseverar quando o dia for longo, que devemos perseverar quando temos certeza de que não há saída nesta vida, quando tudo está errado. Ficamos em silêncio, ambos. Carmen também está escutando a música. Ela seca uma lágrima. Seguro sua perna com firmeza. *No, no, no, you're not alone. Hold on. Hold on.*[7] Carmen põe sua mão sobre a minha. *Hold on. Hold on.* "Puh", suspira Carmen, quando termina a música.

Passamos o consultório da Dra. Scheltema e seguimos até o fim do corredor. Primeiro, coletar sangue. Para quê, não sei mais. Tem algo a ver com os glóbulos brancos. Ou vermelhos. Carmen é espetada, recebe um pedacinho de algodão para colocar sobre o furinho, e voltamos para o corredor. Esperar. Se há algo que aprendi em algumas semanas de hospital, é que esperar é a coisa mais natural do mundo. O horário marcado no cartão de consultas não passa de um horário "a partir de". Já havia terminado de ler o *De Volkskrant*, comprado na lojinha do saguão, quinze minutos antes. Constatei, há pouco, que ainda tem um *Voetbal International* entre as *Story* e *Margriet* no corredor, mas eu já sei o resultado de Holanda x Argentina da Copa do Mundo do ano passado, na França. Finalmente, somos chamados para entrar na sala da doutora Scheltema. Não é que ela parece até animada?

— Então, hoje é o grande dia! — exclama ela, como uma chefe de bandeirantes com seu clã de desbravadoras no sopé de uma colina nas Ardenas.

O sangue de Carmen está em ordem. A sessão pode ser iniciada. Podemos nos dirigir à sala de quimioterapia, no terceiro andar, informa a médica.

---

[7]Não, não, não, você não está só. Agüente firme. Agüente firme." (*N. da T.*) Em "Everybody Hurts", REM (*Automatic For The People*, 1992). (*N. do A.*)

Nunca havia estado ali, mas algo me dizia que participar das sessões de quimioterapia não seria nada agradável. Eu havia prometido a Carmen que sempre a acompanharia. Ela ficou aliviada e me disse o quanto apreciava o fato de eu querer fazer isso. "Bem, querer, querer...", cheguei a pensar, a única coisa que eu queria menos do que aquilo era ela ter que passar por tudo sozinha. Não consigo imaginar que alguém queira acompanhar de bom grado outra pessoa à quimioterapia.

Eu estava certo. A grande maioria dos parceiros de pacientes que recebem aplicações de quimioterapia encontra-se em casa, no trabalho ou onde quer que seja, menos na sala de quimioterapia.

Um novo mundo se abre para nós ao entrarmos nessa sala. Ela não é uma sala comum de hospital, não, aqui se percebe certo esforço para transmitir algo como aconchego. Perto da janela, há uma mesa com duas garrafas de café e inúmeras xícaras, além de um prato com um bolo de especiarias já fatiado. Metade das fatias está coberta de manteiga; a outra metade está careca, para manter o espírito quimioterápico. Há duas mesas redondas e baixas, cobertas com toalhas. Uma tem uma plantinha (não me pergunte qual), que já viu dias melhores. Ao redor das mesas, há cadeiras baixas. Tudo foi feito para dar um ar agradável à sala. Pena que os pacientes destoem um pouco da decoração. Eles têm esparadrapos enormes nas mãos, dos quais saem tubinhos transparentes que sobem até um tipo de cabideiro sobre rodas, onde estão pendurados saquinhos com um líquido vermelho e transparente. Percebo, agora, que esse líquido pinga pelos tubinhos e desaparece por debaixo dos esparadrapos, para entrar, temo eu, no corpo. Não parece nada saudável e, muito menos, divertido.

Três dos quatro pacientes têm um cabideiro daqueles. Um homem, do tipo jovial, com tatuagens grandes e desbotadas, não tem cabideiro, e suponho que, como eu, não seja um paciente. Ele deve fazer par com a mulher gorda, mais velha, que está sentada ao seu lado e cuja mão ele está segurando. Sua mulher tem, sim, um cabideiro com sacos contendo líquido. E um cabelo finíssimo, pintado de vermelho-escuro. Dá para ver o couro cabeludo. Na cadeira baixa ao seu lado, está um homem de uns cinqüenta e poucos anos, careca como o Collina, aquele juiz italiano. Também ele tem aqueles olhos esquisitos, esbugalhados. E também está ligado a um cabideiro. Agora que olho melhor para o homem, percebo que não são seus olhos que o tornam estranho, mas o fato de não ter sobrancelhas nem cílios.

O terceiro cabideiro pertence a um rapaz estiloso, com uma boina à la *Great Gatsby*. Calculo que tenha perto de 30 anos. Na semana passada, lembro de tê-lo visto no corredor que dava para a sala da doutora Scheltema. Ele estava acompanhado da namorada, uma moça baixa, com traços italianos, cabelos negros e encaracolados, de comprimento médio. Gostosa, a garota! Lembro-me de ter me alegrado ao ver que não éramos os únicos jovens com câncer. E, afinal, onde será que está a namorada hoje? Ela deve tê-lo abandonado ao descobrir que tem câncer nos testículos ou coisa parecida. E, se ela não o abandonou, então é uma cretina maior ainda, porque onde é que ela está agora, enquanto o namorado está fazendo quimioterapia? Não, não sou um companheiro tão ruim assim, constato, orgulhoso.

— Bom dia! Eu sou a Janine — diz uma enfermeira, estrábica como uma lontra.

— Oi! E eu sou a Carmen — responde Carmen, simpática.

— Oi! Stijn — apresento-me friamente, enquanto dou a mão a Janine.

A enfermeira estrábica apresenta uma garota de uns 20 anos, que também veste um jaleco branco: "E esta é Jolanda, nossa estagiária."

Estagiária? *Estagiária*? Uma ajudantezinha qualquer, de seus 20 anos, vai ficar assistindo ao nosso batismo quimioterápico — do qual já percebo que não me livrarei sem as devidas lágrimas — como parte de seu *estágio*? E logo mais à noite, no barzinho, quando se encontrar com suas coleguinhas de classe, vai contar que "hoje veio uma mulher fazer quimioterapia, tão bonita; tinha, no máximo, 35 anos; se chamava Carmen ou algo assim, muito simpática; com o namorado, um cara nojento e arrogante, ele não disse uma palavra; enfim, eram a mulher e o namorado, vieram pela primeira vez e, de repente, a mulher começou a chorar; aquilo me deu um dó... E aí, mais um chopinho? E como é que vai o seu estágio? Você está naquele centro de reabilitação, não é mesmo?"

Idiota.

A Janine estrábica nos informa que os medicamentos para a quimioterapia de Carmen já foram encomendados na farmácia do hospital e que não vai mais demorar muito, porque não está tão cheio. Hoje, só temos quatro pessoas fazendo aplicação, e Carmen é a última. "O resto já está sentado ali", diz ela, apontando para os três cabideiros com um movimento da cabeça. Às vezes, há oito pacientes ao mesmo tempo, o que é bastante desagradável, porque a farmácia só consegue preparar a última aplicação por volta do meio-dia.

Não consigo entender muito bem, mas isso certamente mudará até o fim do verão. Em três meses, saberei exatamente a que horas devemos chegar para sermos atendidos com rapidez, da mesma forma que sei, com precisão, a que horas devo chegar ao Paradiso para não precisar nem esperar muito tempo na fila nem entrar num salão vazio.

O telefone toca. Janine atende.

— Os medicamentos da Sra. Van Diepen estão prontos — informa ela à estagiária ao desligar. — Você pode ir apanhá-los?

Ela assente e sai da sala.

— Boa garota — diz Janine, enquanto se curva em nossa direção. — Nem sempre é assim com essas estagiárias.

— É. — Carmen sorri. — Eu sei disso.

— A senhora também trabalha com estagiárias?

Carmen e Janine conversam animadamente sobre os prós e contras de empregar estagiárias. Mais uma vez, Carmen consegue me surpreender com a capacidade de papear sobre tudo e nada, com uma espontaneidade ímpar, qualquer que seja a situação. Sei que ela está com os nervos à flor da pele e que sente aversão pelo tratamento quimioterápico, mas, mesmo assim, ela consegue escutar, com interesse, a história da estagiária anterior de Janine.

Eu não. Não quero parecer grosso, mas isso acontece automaticamente, assim que ponho os pés naquele hospital. Não posso evitar. Detesto o câncer e o que está fazendo com nossas vidas. Detesto meu novo status de marido de uma paciente com câncer. Estou furioso, frustrado, impotente. Estou zangado com o doutor Wolters, com a doutora Scheltema, com os enfermeiros, a estagiária, os demais pacientes, com o homem que construiu este deprimente e desolado Hospital Lucas; zangado com o motorista do carro na minha frente, hoje de manhã, que não percebeu que o sinal já estava aberto há séculos, e com a Janine, que é tão simpática que não consigo achá-la uma imbecil, nem querendo.

E estou zangado comigo mesmo, por estar me sentindo tão zangado. Por não conseguir me resignar e aceitar que Carmen está com câncer e que eu sou o marido dela, na alegria e na tristeza. É claro que a acompanhei hoje, e é claro que me senti orgulhoso quando ouvi Carmen contar à mãe e à Anne ontem, por telefone, que ela estava muito feliz por eu acompanhá-la à quimioterapia. E é claro que digo que, juntos, vamos dar um tremendo pontapé nesse câncer, que nada nem ninguém vai conseguir nos derrubar; É CLARO que digo tudo isso! O que mais eu posso dizer? Ou eu deveria contar-lhe que todos os carinhos, as palavras de consolo, os beijos na bochecha e na cabeça, o polegar acariciando a palma de sua mão enquanto descemos o corredor são o resultado de um esforço consciente para ser bonzinho? Do meu senso de responsabilidade: você deve ser bom para sua esposa com câncer. É a minha honra, o meu senso de "assim-é-que-deve-ser" que me torna bom. Mas isso não vem assim, sem mais nem menos. Tenho que tirar toda essa bondade dos meus dedos do pé.

A estagiária entra carregando um grande tupperware, com duas hastes metálicas fixando a tampa.

— Isto foi rápido — comentou Janine, animada. — Vou telefonar logo para que um médico aplique a infusão.

O médico é um rapaz jovem e tímido, de jaleco branco.

— A aplicação é para esta senhora, Frans. — Janine aponta para Carmen.

Frans, o médico, dá a mão a Carmen e começa a corar. É... isso é bem diferente desses velhos pelancudos que costumam circular por aqui! Sorte dele que Carmen está vestindo um pulôver bem largo hoje, senão seus óculos ficariam embaçados. Quando vejo outros homens admirarem Carmen, sinto-me orgulhoso como um cachorro com sete pênis e demonstro isso de forma tipicamente Stijniana: fito a pessoa em questão da forma mais indiferente possível. Esta gostosona aqui, seu pobre coitado, só mesmo em sonho! E aí, quase explodo de orgulho por ser o homem da Carmen.

Sou solapado dos meus pensamentos quando Carmen começa a chorar, porque Frans, cada vez mais nervoso, diz que tem que começar tudo de novo. Ele não havia conseguido colocar o tubo — de uma grossura absurda, com meio centímetro de diâmetro, percebo, apavorado — na veia certa. Eu poderia matar Frans com meu olhar, mas ele não nota, ocupado que está, junto com Janine, em conter o sangramento do furo na mão de Carmen.

A segunda tentativa de Frans parece ter dado certo. Concluo isso a partir de seu "assim está melhor", enquanto bate suavemente na mão de Carmen.

— É, deu certo! — concorda uma Janine aliviada. Ela segura a mão esquerda de Carmen e a acaricia, enquanto eu — conseguindo a custo conter minhas próprias lágrimas — estou do outro lado de Carmen, pressionando sua cabeça contra meu peito, para ela não precisar ver toda aquela mexeção na sua mão.

— Lamento que tenha demorado tanto tempo. Suas veias não são fáceis de se encontrar — desculpou-se Frans. Ele aperta a mão esquerda de Carmen de forma desajeitada, murmura um "até logo" sem olhar para nós e desaparece da sala em questão de segundos.

Janine pergunta se já gostaríamos de nos sentar em torno das mesas baixas, com os demais pacientes, que não parecem constrangidos com a choradeira de Carmen — um paciente com câncer se acostuma a tudo — ou se preferimos sentar-nos na sala separada, ao lado. Olho para Carmen, que limpa as últimas lágrimas com a mão sem tubo.

— Não, nós vamos nos sentar àquela mesa ali, com aquelas pessoas. Parece mais divertido — decide ela, sorrindo.

Não sei se acho aquilo tão divertido. Percebo que me sinto constrangido perante os demais. O rapaz com a boina do *Great Gatsby,* o homem sem sobrancelhas, a mulher com o pulôver branco e seu marido jovial tiveram a oportunidade de ficar assistindo enquanto eu beijava a cabeça da minha chorosa Carmenzinha dezenas de vezes. E não há como eles não terem percebido que fiz o maior esforço para manter a pose. Consolar alguém com tanta devoção é o mesmo que arriar as calças. Você revela seu lado mais íntimo. Mas, quem sabe, Carmen tem razão. Vamos nos juntar ao grupo. De uma forma ou de outra, temos que nos acostumar. "Se não dá para ser como tem que ser, que seja como dá para ser." Palavras de Richard Krajicek, ex-jogador profissional de tênis.

Vou para a mesa junto à janela, onde se encontra o chá. Carmen pára ao meu lado e espera até eu ter me servido. Sinto que ela não quer ficar sozinha entre seus colegas-pacientes-de-câncer.

— Não é nada fácil, não é mesmo? — diz a gorda, com o pulôver branco e os cabelos finos. O líquido vermelho pinga do tubo para dentro da sua mão.

— Não... — concorda Carmen.

— Esta deve ser a sua primeira aplicação.

— É.

— Você acaba se acostumando, pode deixar.

— Espero...

— Mas melhorar, não melhora nunca.

— Santo Cristo! Parece a Receita Federal! — exclama o marido, com um carregado sotaque de Amsterdã e ar divertido.

— Contanto que cuidem melhor da gente do que daquelas plantinhas — retoma a gorda, e aponta com a cabeça para a pobre planta. Ouvem-se risos. Carmen também ri; portanto, rio junto. Olho para ela e decido que tenho que dar o melhor de mim hoje. Uma das caixinhas — acho que é a do rapaz com a boina de *Great Gatsby* — começa a apitar.

— Alguém colocou alguma coisa no microondas? — tento igualar o tipo de humor do marido da gorda.

— Fui eu! Um croquete e um suflê de queijo. — Ele me ajuda.

Novamente há risos, também de Carmen. A estagiária dirige-se ao rapaz de boina e coloca um dos outros tubinhos no aparelho. Vejo que dois dos três saquinhos no seu cabideiro já estão vazios.

Carmen e eu sentamo-nos à mesa vazia. Todas as cadeiras em volta da outra mesa estão ocupadas. Que pena. Estava começando a ficar divertido.

Carmen recebe seu próprio cabideiro de Janine. Ainda bem! Por mais estrábica que seja, melhor dela do que da estagiária. Só Deus sabe tudo que uma menina dessas pode fazer de errado. Na parte superior, Janine pendura dois saquinhos com líquido transparente ("Um é para combater a ânsia de vômito; começaremos por ele") e um saquinho com desgraça vermelha ("Isto é adriamicina"). A aparência daquele negócio vermelho é como eu esperava. Assustadora. Venenosa. Só falta sair fumaça. Aí está ela. A droga quimioterápica. Essa coisa pendurada no cabideiro ao lado de Carmen, que logo fluirá pelo seu corpo e, talvez, combata o câncer; mas, com certeza, fará com que fique careca.

O tubinho na mão de Carmen é conectado à mangueirinha transparente que segue para a caixinha com algarismos e setas digitais vermelhas, quase no meio do cabideiro. A um dos saquinhos com líquido transparente é conectada outra mangueirinha transparente, que desaparece na parte superior do aparelho com algarismos vermelhos. Janine diz que o soro levará vinte minutos para passar e aperta alguns botões da caixinha, que indica, obedientemente, o número vinte.

— Assim que terminar, ele começa a apitar. Aí você tem que me chamar, caso eu não ouça.

Eu já conheço o procedimento do cabideiro do rapaz com a boina.

— Imponente, meu próprio carrinho de químio... — Carmen dá uma piscadela.

Começamos a ter um ataque de bobeira.

— Meu Deus, como ela é vesga! — sussurro no ouvido de Carmen.

Carmen concorda e morde a bochecha para não rir.

— Vamos chamá-la de "Panorama Mesdag"?[8] -- pergunto como um bobo.

Carmen se engasga com um gole de chá e espirra tudo. Faço de conta que tropeço de susto nos pés do cabideiro. Quase irritado, me viro e faço uma careta de Mr. Bean ameaçando chutar aquele negócio para fora da sala, enquanto Janine não está olhando.

— Mas, Stijn! — Carmen se contorce de tanto rir.

Janine sorri para Carmen e está feliz por vê-la rir.

— Pelo visto, você está se sentindo bem melhor — diz ela para Carmen, piscando o olho para mim. Corei. Senti que ela tinha notado que estávamos rindo à custa dela. E me conscientizo de que Janine faria de tudo para tornar a vida de seus pacientes mais suportável, nem que fosse por uma manhã, uma hora, um minuto. E se ajuda tornar-se ela própria o motivo da chacota, que seja. Sinto-me encolher perto da estrábica Janine.

Vou me sentar ao lado de Carmen. Ela me beija e sussurra no meu ouvido que me ama. Olho para ela, apaixonado, e sinto orgulho de nós. A primeira crise quimioterápica foi esconjurada pelo Teatro do Riso.

---

[8]Pintura cilíndrica de H.W. Mesdag que dá a ilusão de se ter uma vista de 360° da praia de Scheveningen. (*N. da T.*)

"Don't speak/don't tell me cause it hurts"

No Doubt, "Don't Speak" (*Tragic Kingdom*, 1996)

QUINZE

Assim que chego na Merk in Uitvoering, Maud me pergunta como havia sido de manhã.

— Não foi tão ruim assim. Conseguimos até rir.

— Que bom! E como Carmen está se sentindo agora?

Maud é a minha ex. Tivemos um caso na temporada 88/89. Maud já foi modelo, até perceber — alguns anos depois do seu agente — que jamais conseguiria fazer sucesso. Parou de trabalhar como modelo e de fazer dieta. A cintura desapareceu, o bojo do sutiã dobrou de tamanho e Maud passou a trabalhar em hotelaria. Quando a Merk in Uitvoering estava procurando uma secretária, convenci Frenk a dar-lhe uma chance. Maud é espontânea e não é burra, mas foi o tamanho do peito, que não passou despercebido nem ao Frenk, que acabou sendo decisivo no processo de seleção da diretoria da firma Merk in Uitvoering. Maud foi contratada. Nos anos iniciais de Carmen & Stijn, Maud e eu ainda transávamos escondido de vez em quando, mas ela decidiu dar um basta a certa altura. Ela gostava demais de Carmen. Agora, para relembrar os velhos tempos, às vezes ainda trocamos uns beijos e, no final do coquetel de Natal do ano passado, as coisas acabaram saindo um pouco de controle sobre as almofadas de grife projetadas pela bicha inglesa para um dos cantos da recepção de nosso escritório. Mas não passou disso. Ultimamente ela até começa a me repreender quando pulo a cerca, algo que não fazia nem quando nós estávamos namorando. E foi assim quando Sharon me cumprimentou um tanto efusiva demais no De Pilsvogel: Maud entornou um pouco de rosé na sainha branca da moça. Na verdade, tenho que concordar com os argumentos que Maud usa para me convencer a parar de trair. Ela diz que estou arriscando a relação mais bonita que já tive na vida. De resto, seguindo a tradição Stijniana, não faço mais nada com esse conselho: tomamos uns tragos, dou uma mijada e tudo volta ao que era. Continuo monofóbico.
Maud ficou arrasada quando soube que Carmen tinha câncer de mama.

— Mais ou menos. Deram-lhe um monte de remédios contra enjôo.

— Onde é que ela está?

— Em casa. A mãe dela está com ela.

Nesse meio tempo, liguei o computador. Não quero mais falar de câncer.

— O Holland Casino ligou dizendo se concorda com o orçamento?

Frenk balança a cabeça.

Ótimo! Isso me dá a oportunidade de dar uma bronca em alguém.

— Porra! Liga você então! A gente não precisa ficar esperando por aqueles filhos da mãe, precisa? Liga você para o babaca, ou será que eu tenho que fazer tudo nesta merda de empresa?

Frenk recebe a enxurrada sem se alterar.

Ao mesmo tempo, clico numa mensagem de Carmen, que ela enviou há uns dez minutos pelo que vejo.

De: Carmenvandiepen@xs4all.nl
Enviado: terça-feira, 4 de maio de 1999, 14:29
Para: Stijn@creativeandstrategicmarketingagencymerkinuitvoering.nl
Assunto: Meu querido...

Oi, meu querido amiguinho,

Estou um pouco enjoada, fora isso, vou indo. Só gostaria de dizer que estou muito feliz que você sempre vá comigo e que eu não precise ficar sozinha como os outros durante as aplicações.

Bjs, Carmen.

P.S.: Amo você, querido.

Levanto rapidamente, sem olhar para o Frenk, e vou ao banheiro. É lá que tenho a crise de choro que havia conseguido segurar por diversas vezes durante o dia.

Após alguns minutos, limpo as lágrimas, assôo o nariz, jogo uma água no rosto, vejo se minha aparência ainda está mais ou menos aceitável — não —, puxo a descarga como se estivesse cagando todo aquele tempo, suspiro e volto.

Oito colegas fazem de conta que não notam nada.

"When I get older losing my hair/Many years from now/Will you still be sending me a valentine/Birthday greetings, bottle of wine/Will you still need me/Will you still feed me/When I'm sixty four"

The Beatles, "When I'm Sixty-Four" (*Sgt. Pepper's Lonely Hearts Club Band*, 1967)

DEZESSEIS

É a mãe de Carmen quem atende o telefone.

— Alô?

— Oi, é o Stijn. Como vai a Carm?

— Ela vomitou muito à tarde. Está dormindo agora.

— Isso é bom. Vou apanhar a Luna na creche daqui a pouco e passar pelo Appie. Você gostaria de comer o quê?

— Qualquer coisa, algo pronto.

— Você acha que a Carmen vai querer alguma coisa?

A mãe dela ri.

— Um balde extra?

A mãe de Carmen é um amor de pessoa. Ela cresceu em Jordaan, o bairro proletário de Amsterdã. Ela é bastante glamourosa, de um jeito simples. Não conheço o pai de Carmen. Dez anos atrás, depois de 21 anos de casamento, ele deu no pé. Deixou um bilhetinho na mesa da cozinha, a peça. A mãe de Carmen não conseguiu se conter de tanta felicidade. Não levou um mês, ela já estava de namorado novo. Carmen achou que o conhecia de uma obra na casa deles. (Uma anedota divertida nessa história: quando minha sogra — então, com 54 — apresentou o novo namorado — 60 — a Carmen — 27 —, ela lhe perguntou: "o que seu pai faz?"). Bob, o Construtor, já é coisa do passado agora. Alguns meses depois de a casa para a qual a mãe de Carmen havia se mudado ter sido ampliada e reformada por ele, ela começou a se perguntar se realmente gostava tanto de Bob. Bob tornou-se passado. A mãe de Carmen mora sozinha de novo, na casa belamente reformada em Purmerend. Muito de vez em quando, ela ainda traz um ou outro cara animado, mas nenhum sobreviveu a mais de uma ceia de Natal ou festa de aniversário. "Afinal de contas, a minha casa só vai precisar de um novo trato daqui a uns dez anos", justifica-se a mãe de Carmen.

No Albert Heijn, o supermercado na Groot Gelderlandplein, vejo um homem e uma mulher de uns 80 anos. De braços dados e andar pesado, eles estudam a prateleira de vinhos. Ele aponta com a bengala para um vinho tinto que está na promoção. A mulher pega a garrafa e coloca-a na cestinha que está carregando. Ele lhe diz algo que não consigo entender. A velha senhora cai na gargalhada e belisca o marido no braço. Aperto um pouco a mão de Luna e desvio logo o olhar.

O casal de velhinhos ainda apaixonados me causa uma inveja sem limites. Carmen e eu jamais passaremos por isso.

"Now all them things that seemed so important/well,
mister they vanished right into the air"

Bruce Springsteen, "The River" (*The River*, 1980)

DEZESSETE

Os remédios contra enjôo não prestam para nada. Carmen tem passado muito mal durante dois dias seguidos.

Ela só melhora na quinta-feira no fim da tarde. Conseguimos até passar a noite sem que um de nós dois acabe chorando.

Na sexta-feira, Carmen volta para a Advertising Brokers. O dia-a-dia continua. Procuramos fazer de conta que não está acontecendo nada até a próxima aplicação de químio, daqui a umas três semanas, embora saibamos muito bem que estamos nos enganando.

Não existe mais paraíso.

"In your head do you feel/what you're not supposed to feel"

Oasis, "Sunday Morning Call" (*Standing On The Shoulders Of Giants*, 2000)

DEZOITO

— Oi! Meu nome é Gerda. Que bom que vocês vieram juntos! — observa a psicoterapeuta enquanto aperta nossas mãos durante tempo demais. Já vi tudo. Gerda é do tipo que sempre senta na mesa, mesmo que haja cadeiras suficientes na sala.

— É, preferimos vir juntos — diz Carmen.

Eu não prefiro nada. Chego a achar pior do que a químio. Jamais pensei, nem um segundo sequer, que algum dia iria a um psicoterapeuta.

O consultório de Gerda é um cubículo de dois por três. Há duas cadeiras baixas — "assim a conversa flui melhor do que naquelas cadeiras altas" —, um pufe, um abajur velho e uma mesa baixinha. Em cima dela, há um gravador antiquado e achatado. Um Yoko. Igualzinho ao primeiro que tive, se não me falha a memória. Na primeira fita, se bem me recordo, gravei "I Love The Sound Of Breaking Glass", de Nick Lowe. E também "Psycho Killer", do Talking Heads.

Gerda pede desculpas pelo cubículo.

— Em breve, vou receber outra sala, um pouco maior, com janelas que deixam entrar a luz do dia, o que tornará o ambiente bem mais agradável. Mas, no momento, temos que nos contentar com isto aqui. Não tenho café, porque não gosto muito. Prefiro chá. Açúcar?

Ela serve o chá e vai sentar na cadeira baixa ao lado da mesa. Carmen senta-se na outra cadeira e eu, no pufe.

— Então... — começa Gerda, de uma forma, suponho eu, terapeuticamente justificada.

— Pois é... — diz Carmen.

— Cá estamos, então!

— É isso aí!

Devo admitir que Carmen se adapta bem ao nível da conversa. Eu, menos. Faço o possível para não parecer mal-educado, mas receio que esteja escrito na minha testa que, se depender de mim, essa Gerda pode cair dura. Mas Gerda já é gato escaldado e não se deixa impressionar por meu desprezo patente. Ela continua irritantemente gentil.

— Você não acha difícil estar conversando com uma psicoterapeuta agora, para falar de uma doença da qual você pode morrer? Ninguém pensa nisso, não é, querida, quando está na flor da idade?

É isso aí. Pode apertar esse mesmo! Gerda sabe bem qual botão apertar. Olho, horrorizado, para Carmen. Acertou em cheio! Lá vêm as lágrimas de novo. Pego logo sua mão e começo a alisá-la. Nas poucas semanas que Carmen tem câncer, alisei sua mão mais do que nos sete anos anteriores. Gerda não diz nada. Olho para a mão de Carmen na minha. Não me sinto à vontade. É como se tivesse de prestar algum exame para demonstrar o quanto sinto que minha mulher tem câncer e talvez morra. Gostaria de demonstrar um comportamento de choro socialmente correto, mas não consigo. Curvado na direção de Carmen, sinto os olhos da psicoterapeuta nas costas. Com certeza, ela já tem seu veredicto pronto: ele não gosta dela porque não está chorando.

— Precisa sair, Carmen — esclarece Gerda, depois de um tempo.

Carmen explica que despencamos do céu para o inferno nas últimas semanas. Que tudo estava bem, que nossa vida a três era ótima, que éramos felizes e que tudo, num piscar de olhos, puf! Acabou.

— Não passa um minuto do dia que eu não pense nisso — confessa ela.

Isso é novidade para mim, mas é lógico que não deixo que Gerda perceba. No meu caso, passo horas sem que esse fantasma passe pela minha cabeça. A maior parte do dia, a partir do momento que entro na Merk in Uitvoering de manhã, não penso mais no assunto. Eu achava que o mesmo acontecesse com Carmen. Ontem, por exemplo. Pareceu-me uma daquelas noites que passávamos antes do câncer. Luna na cama; "Você põe a água para o chá? · Carmen — esparramada no sofá de três lugares com a *Elle* na mão; eu — na frente da televisão; maravilhoso, como se nada estivesse acontecendo... Tudo bem! Evito, como posso, qualquer assunto delicado e só faço perguntas emocionalmente neutras. "Um waffle com mel ou um pedaço de bolo, querida?", "Quer água ou vinho?", "Vamos assistir a *Família Soprano* ou ao filme no Canal Plus?"

— Você percebeu, nos últimos dias, algo que tenha lhe trazido paz? — pergunta Gerda.

Carmen reflete.

— Quando você brinca com a Luna ou lhe dá banho, talvez? — sugiro, numa tentativa desesperada de me reposicionar aos olhos de Gerda do homem-que-não-verte-uma-lágrima-pela-mulher para o companheiro amoroso, que ajuda a pensar construtivamente.

— Não! — Carmen balança a cabeça com firmeza — Aí eu fico pensando que talvez jamais consiga ver a minha queridinha crescer.

A caixa de lenços de papel sobre a mesa de Gerda já está fazendo hora extra. Idiota. Como é que pude ser tão desajeitado. Os dedos do pé se encolhem de vergonha nos meus sapatos. Volte para o seu lugar, Stijn.

— Mas, pensando bem, no fim de semana passado, senti uma certa paz enquanto estava dando um jeito no jardim — lembrou Carmen.

Agora é a vez de Gerda fazer com que Carmen abra o berreiro. Com a diferença de que Gerda faz isso conscientemente, e eu, por burrice.

— Mas aí você deve pensar se ainda verá as plantinhas crescerem no ano que vem...

Santo Cristo! As comportas de Carmen abrem-se de vez. Gerda diz aquilo que não temos nem coragem de pensar: que Carmen talvez não esteja mais aqui em um ano. Ao concordarmos com as químios, criamos esta situação catastrófica de política do avestruz, sempre negando a realidade.

Agora é minha vez. Gerda está em franca rota de colisão.

— E você, Stijn, diga a verdade, você não pensa: "o que fiz para merecer isto?"

Choque.

O que Carmen, Frenk, Maud, Thomas e Anne não conseguiram, Gerda consegue com a primeira observação que faz diretamente a mim. Ela acerta o prego num ponto sensível.[9] Nunca contei a ninguém, nem deixei que notassem, mas é verdade: tenho a impressão de que o câncer me acertou com a mesma intensidade que a Carmen. Estou fodido.

Curvo a cabeça, assinto e percebo que meus olhos estão ficando úmidos. Merda. Por que agora, logo no primeiro ataque desferido por Gerda contra meus sentimentos? Se pelo menos eu tivesse conseguido produzir umas lágrimas há pouco, em sinal de boa vontade, quando teria caído bem para a minha imagem do ponto de vista técnico. Quando eu podia ter mostrado para Gerda o quanto gosto de Carmen. Por que estou perdendo o controle justo agora que Gerda está mexendo com os *meus* sentimentos, por que é que estou sofrendo justo agora de incontinência lacrimal? Quer apostar que a Gerda me considera um idiota egoísta, que faz de conta que lamenta tanto pela esposa, mas é pego com a boca na botija por ignorar o código de honra não-escrito dos parceiros de pacientes com câncer: você não terá autopiedade. Com a cabeça baixa e um lenço de papel que Carmen havia me estendido na mão, choro sem parar.

— Você se sente culpado por lamentar tanto por você mesmo? — pergunta Gerda.

— Sinto... Um pouco — soluço, envergonhado. Há semanas, ouço aquela vozinha na cabeça que fica me torturando, dizendo que não conta o fato de eu também ler aqueles livros idiotas de Simonton, de eu ir para todas as consultas com médicos e para as duas aplicações de quimioterapia que Carmen teve até agora. Da última vez, não havia nenhum parceiro acompanhando, além de mim. A mulher com o cabelo finíssimo não estava dessa vez — saiu

---

[9]Citação de Wim T. Schippers. (*N. do A.*)

de férias? Sarou? Desistiu? Morreu? — e, portanto, seu marido também não. E aquele outro garoto, continuava com a boina do *Great Gatsby* e sem a namorada. Parece que todas as coisas boas que faço não compensam a minha necessidade permanente e impura de hedonismo, de diversão. Como um pedófilo que consegue se conter durante anos, mas continua se sentindo culpado pelos pensamentos asquerosos que tem com crianças.

— Não precisa, Stijn. Talvez seja pior para você do que para mim — diz Carmen, de repente.

Levo um tempo até ouvir o que ela diz. Olho para ela, surpreso.

— Claro! — continua ela — Você tem saúde, nunca pediu nada e agora tem de passar o dia com uma mulher que não faz outra coisa senão chorar e reclamar e... — ela engole em seco e faz uma pausa — ...ainda vai acabar ficando careca.

Vejo que ela está falando sério. Ela acha horrível para mim. Para *mim*.

Não precisa piorar. Depois de duas semanas de câncer, o nosso status "psico-emo-relacional" encontra-se da seguinte forma:

1. *Mulher com câncer tem complexo de culpa porque faz o marido passar por tudo isso.*
2. *Marido de mulher com câncer tem complexo de culpa porque acha que tem autopiedade demais.*

E, então, choramos mais um pouco, nós dois juntos, um no aconchego dos braços do outro.

— Muito bem! — resume Gerda.

Ela diz que, na próxima sessão, continuaremos com os exercícios de meditação de Simonton.

— Acho que será bom para você. Durante os exercícios, você vai aprender a armar seu espírito contra o câncer.

Carmen assente como se achasse isso a coisa mais normal do mundo.

— Isso é feito através de técnicas de visualização — explica Gerda.

Sabiamente, mantenho-me em silêncio.

— Mas eles também ajudam como relaxamento.

— É, parece bom — concorda Carmen.

Também concordo. Embora não tenha achado Carmen muito relaxada ao atirar o livro de Simonton de um canto da sala a outro.

— Quando fizermos o exercício, vou gravar e você poderá levar a fita — complementa Gerda, enquanto aponta para o gravador. — Assim, poderá treinar em casa, na semana seguinte.

— Bom... Parece uma boa idéia — diz Carmen.

— Gostaria de pedir que fizessem um desenho para a semana que vem... — *fizessem, ela disse "fizessem"* — ... através do qual vocês tentassem visualizar o tumor na sua mama... — *meus anos de treinamento para manter-me impassível durante aquelas conversas idiotas e intermináveis sobre marketing com clientes compensaram* — ...Você também pode participar, Stijn. É só imaginar o tumor na mama da Carmen... — *só* — ... e desenhar a químio atacando o tumor... — *Monty Python! Estou participando de um dos esquetes do Monty Python*! — ...Você vai visualizar isso com o que lhe vier à mente... — *Estão me fazendo de palhaço, é isso que me vem à mente.*

— O que você acha, Carmen?

— Tudo bem... Acho que sim.

— E você, Stijn?

— É, parece-me uma excelente idéia.

— Então, até semana que vem!

— Até semana que vem.

Ela aperta nossas mãos.

— Tchau, Carmen! Tchau, Stijn!

— Tchaaaaaaaaau — dizemos por cima do ombro.

No elevador, olho para Carmen, com cuidado. Ela dá uma gargalhada estrondosa.

Graças a Deus. Seu cérebro continua funcionando.

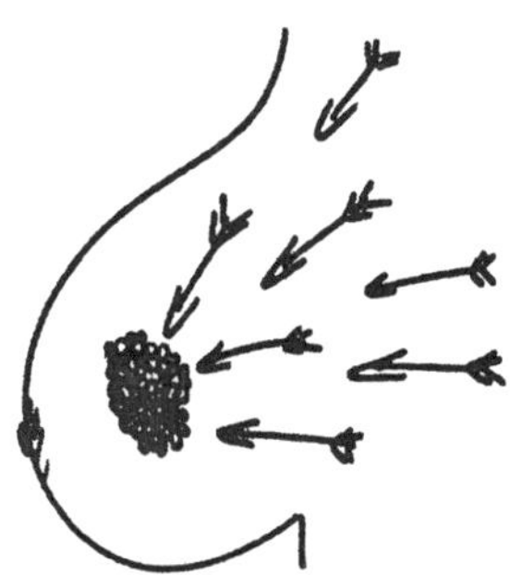

"Seems kinda funny sir to me/That at the end of every hard day/
People find some reason to believe"

Bruce Springsteen, "Reason to Believe" (*Nebraska*, 1982)

DEZENOVE

Ainda assim, tenho que admitir que a conversa com Gerda nos fez bem.

Foi graças a ela que compreendemos a importância de nos mantermos a par dos sentimentos um do outro. Dessa forma, tenho coragem de contar que detesto a idéia de nossas idas a Bloemendaal se reduzirem a um mínimo neste verão; que desejo com ardor que uma tuberculose árabe fulminante atinja a válvula coronária esquerda do doutor Wolters; e que sempre me alegro ao encontrar uma zona livre de câncer quando entro na Merk in Uitvoering. E Carmen passou a me contar, com toda honestidade, quando está tomada pelo desespero, além da aflição que sente na véspera das quimioterapias só de pensar nas agulhadas.

Os assuntos que continuam tabu referem-se ao que poderia se tornar realidade depois das aplicações de químio — metástase, mastectomia e morte, para citar algumas possibilidades. Nisso, tenho apoio de uma fonte inesperada: o pensamento negativo exerce um efeito nefasto sobre o desenvolvimento da doença, segundo o livro do Dr. O. Carl Simonton. Simon, como Carmen o apelidou, não tolera que o contradigam. Com capítulos intitulados "Forças psíquicas podem influenciar o câncer", "Assuma o controle sobre sua saúde" e "A comprovação científica de nossa abordagem", Simon é o Louis van Gaal da ciência médica.

Mas a vida é simples de vez em quando: a partir do momento em que todas as estatísticas se voltam contra nós e Simon ignora todas essas estatísticas e taxas de sobrevivência, ele se torna nosso amigo. Por isso, durante a última semana, contamos a todos que quisessem ouvir que o método de Simon de combater o câncer com pensamento positivo, exercícios de meditação e técnicas de visualização é comprovado cientificamente (embora admita ter omitido o dever de casa pictórico que Gerda nos passou). E se alguém é campeão em pensamento positivo, esse alguém é Carmen.

Estávamos cobertos de razão, diziam todos.

E se tem gente que consegue isso, a Carmen também consegue.

Contamos a todos que o espírito pode ser mais forte do que o corpo. É isso mesmo que estou dizendo — *é* mais forte do que o corpo! É o nosso objetivo! Que todos que nos querem bem participem desta nossa batalha contra o bom senso e agarrem-se conosco a esta palhinha de esperança! Aleluia, Simon!

"Cabelos louros, olhos azuis/saídos de um conto de fadas"

Bloem, "Even aan mijn moeder vragen" (*Vooral jong blijven*, 1980)

VINTE

Carmen está começando a perder muito cabelo. De manhã, ao acordar, o travesseiro dela está cheio de fios. Desde ontem, ela consegue arrancar verdadeiros chumaços da cabeça, sem que sinta a menor dor.

— Preste atenção — ordena quando chego em casa à noite, e aponta com o dedo indicador para cima — treinei o dia todo...

Ela se coloca na minha frente, faz uma careta como se tivesse levado um susto e tanto, olha para mim com os olhos esbugalhados, morde o lábio para conter um grito de mentirinha e arranca com ambas as mãos dois chumaços da cabeça. Mais uma piada em seu repertório de Mr. Bean.

— Engraçado, não é? — pergunta ela, às gargalhadas.

Mais tarde, no banheiro, ela está se olhando no espelho, com a cabeça um pouco caída.

— Está ficando bastante ralo agora...

— Hum! Nem tanto.

— Não, estou falando sério. Olha aqui — contradiz ela, puxando o cabelo para o lado, em cima da cabeça.

Vejo um centímetro sem cabelo.

— É claro! Se você começa a puxar o cabelo para o lado, aí dá para ver...

Ela mal ouve.

— Estou falando sério, não dá mais. Fico com medo de que daqui a pouco, no trabalho ou num barzinho, o pessoal comece a ver.

Ela está entre ficar zangada e começar a chorar. Mr. Bean dei xou o recinto.

— O que você quer fazer? — pergunto.

O momento que eu tanto temia está se aproximando perigosamente.

— Vamos raspá-lo? — pergunta ela, hesitante.

— Quer que eu faça isso para você? — ofereço-me, olhando para ela através do espelho.

Glup. Estou falando sério?

— Você tem coragem... Faria isso? — A pergunta sai com dificuldade, quase envergonhada.

Não sei como consigo, mas assinto com a cabeça e sorrio.

— Mas é claro que faço isso por você!

Ela olha novamente para sua imagem no espelho, vacila um pouco e decide.

— Então faz!

— Está bem — digo e tiro meu aparelho de barba do armário ao lado do espelho.

— Como é que você vai fazer? — pergunta ela, insegura.

— Vou começar aparando e, depois, raspo. Que tal?

— É, acho que é o melhor a fazer. Mas tem que ficar bem rente. Não pode começar a coçar por baixo da peruca.

Pego uma toalha branca e coloco sobre seus ombros. Ela continua fitando seu reflexo no espelho. Começo a estudar a parte de cima e de trás de sua cabeça, movendo a minha da esquerda para a direita, de cima para baixo, como um verdadeiro cabeleireiro. Meu Deus, por onde devo começar? Será que alguém pode me contar? Vou começar por trás, assim ela não vê de imediato a primeira parte do couro cabeludo quando eu passar o aparador. Isso mesmo. Primeiro, a parte de trás.

— Lá vamos nós, querida!

Suspiro fundo, ligo o barbeador e, a partir da nuca, começo a aparar uma faixa de uns quatro centímetros de largura. Dou logo um beijo na sua bochecha. Pelo espelho, ela vê os longos cabelos caindo na toalha, leva a mão à boca e começa a chorar. Engulo em seco, mas continuo aparando, impassível. A cada tantos segundos, beijo-lhe a cabeça. Permanecemos em silêncio.

Passados dez minutos, Carmen está careca.

"You can hide neath your covers and study your pain/waste your summer praying in vain"

Bruce Springsteen, "Thunder Road" (*Born To Run*, 1975)

VINTE E UM

— *Aaarrrggghhh!* Essa droga coça sem parar, vou acabar ficando maluca.

Com o susto, interrompo a leitura da *Oor*, minha revista de música preferida.

Está quente na varanda atrás da casa. Com a ampliação da casa vizinha de um lado e a altura da cerca viva do outro, nunca passa nem mesmo uma brisa. Somente na parte de trás do jardim, perto do riacho que separa a cidade da Amsterdamse Bos, passa um ventinho de vez em quando, mas nós nunca nos sentamos lá. A impressão que se tem ali é de estar no meio da floresta. Não parece nada natural. Às vezes, passeio por lá com Luna, que dá de comer aos patinhos. De resto, no que nos diz respeito, o nosso jardim termina antes mesmo de começar, logo na borda das tábuas de madeira da nossa varanda. Estamos sentados embaixo do enorme guarda-sol quadrado. Até eu estou com calor e não uso peruca.

Ontem, Carmen passou a chamá-la de "peruquinha pinicante". Ela já a usa há uma semana, mas ontem passou dos vinte graus pela primeira vez. Antes disso, do ponto de vista "peruca-técnico", o verão tinha sido delicioso: dezessete graus, no máximo, muita chuva e nenhum dia de praia.

— Mas você pode tirá-la...

— Mas e Maud? Daqui a pouco, ela aparece aí com a menina.

Luna passou a noite na casa de Maud, que a levou para o jardim zoológico hoje. Fiquei radiante quando ela sugeriu isso. Na terça-feira passada, tivemos mais uma sessão de quimioterapia e até Carmen se sentir melhor, perto do fim de semana, eu já estava quebrado. Cuidar três dias inteiros de Carmen e Luna e, no meio disso, ainda passar umas horinhas na Merk in Uitvoering está acabando comigo. Graças à Maud, consegui dormir até tarde e recuperar as energias de tal forma que eu talvez ainda dê um pulinho num show que irá acontecer na praia. Ainda não contei nada do meu plano sinistro para Carmen.

— E daí? Esta é a sua casa! Todo mundo tem que se acostumar com o fato de você estar careca — digo.

E completo, da forma mais casual possível:

— Maud também não deve ficar muito tempo; ela disse que queria ir para o show na praia mais tarde. Em Bloemendaal, você sabe. O festival começa hoje.

— Não quero nem pensar! — Carmen não está no melhor dos seus dias. — E também não quero que você vá hoje. Aí eu vou ter de ficar sozinha com a Luna.

— Mas isso não estava nem nos meus planos, querida! — minto. Cretina!

— Então, estamos entendidos! — replica ela, sem levantar a vista da sua revista de moda.

— Si-im. Eu já não disse que não estava nos meus planos?

Silêncio.

— Mas que merda! — grita ela, enquanto coça freneticamente a peruca.

— Porra, Carmen, tira essa porcaria!

— Não! Não quero parecer uma palhaça. Dá para entender?

"Problema seu", penso.

Alguns minutos depois, tocam a campainha. Levanto e vou abrir a porta.

— Ela é mesmo uma gracinha — elogia Maud, enquanto passa a mão na cabecinha de Luna, que está dormindo no carrinho.

Maud acaba ficando uma horinha. Logo depois, ela vai para casa se arrumar. Ela já está toda animada para ir ao show. As duas conversam e riem. Meu risinho é amarelo.

— Frenk e outros colegas da Merk in Uitvoering também vão — anuncia Maud.

— E nós vamos ficar gostosamente em casa — diz Carmen.

"Não faço nada e não faço nada/só vagabundeio/olho pela janela/e coço um pouco meu rabo/olho um tanto ao longe/acho melhor tomar mais uma cervejinha/e tocar algo na minha flauta"

De Dijk, "Bloedend Hart" (*De Dijk*, 1982)

VINTE E DOIS

— E agora? — pergunto.

Sobre a cama, há uma tesourinha e algo parecido com uma embalagem de pizza, onde se encontravam placas de curativo gelatinoso e alguns pedacinhos soltos, já cortados. Há também uma jovem, nua, careca, com um seio saudável e outro cheio de bolhas, feridas e escamas de pele queimada, parcialmente soltas, amareladas, róseas, roxas, vermelhas e cor-de-vinho. Mas ainda se vêem as linhas pretas traçadas há cinco semanas, antes da radiação, por entre aquela paisagem vulcânica.

Carmen ergue a cabeça e olha para a lateral da parte da mama que ainda não foi emplastrada. A parte de baixo da bandagem é coberta por um gel, para evitar que as camadas de pele queimada sejam arrancadas ao renovar o curativo. Com uma das mãos, ela segura o pedaço que já se encontra sobre a mama e, com a outra, aponta para o curativo.

— Acho que a enfermeira fez um corte por aqui, senão ele não se amolda logo ao peito e começa a criar dobras.

— Tudo bem. Até onde deve ir o corte?

— Uns... cinco centímetros, eu acho.

A doutora Scheltema havia ficado satisfeita quando Carmen terminou as quatro aplicações de quimioterapia. Os marcadores tumorais no seu sangue davam margem à esperança e o tumor na mama havia encolhido bastante. Ela chegou a mencionar, com cautela, a palavra "operar".

— Mas vamos ver se o tumor na mama diminui ainda mais; caso contrário, corremos o risco de ele entrar na pele quando fizerem a incisão. E aí, as coisas se complicam — explicou. Chamaram um radiologista do Hospital Antoni van Leeuwenhoek. Ele concordou com Scheltema. Radioterapia. Durante sete semanas, idas diárias ao Antoni van Leeuwenhoek. Depois, decidiriam o que fazer.

As quatro primeiras semanas de radioterapia não foram nada comparadas ao sofrimento após cada aplicação de químio. Mas, depois de vinte radiações, como previsto pelo radiologista, a pele começou a entregar os pontos.

— Você acha que tenho que cortar ainda mais?

— O quê? Não, assim está bom... — responde Carmen, receosa. — Pode parar! Pára! — Ela morre de medo de que, sem querer, eu toque na pele queimada e dolorida. Ponho a tesourinha de lado e, com a pontinha da língua entre os lábios, seguro uma das abas do curativo cortado para cima enquanto deixo a outra descer suavemente sobre o seio, sem exercer pressão. Depois, deixo a primeira aba encostar na outra e pronto. A mama está hermeticamente fechada. Parece até que trabalho no hospital de queimados.

Carmen inspeciona meu trabalho artesanal.

— Isso mesmo — aprova ela. — Está muito bom. Obrigada.

Limpo as gotas de suor da testa, coloco a camada de proteção e o resto do emplastro na embalagem de pizza e vou para o banheiro, jogar aquela tralha no lixo. Quando volto, Carmen está dormindo. As radiações começam a se fazer sentir.

No rádio-despertador, vejo que não passa de oito e meia. Ainda está claro lá fora. Ontem, ela tinha ido dormir às oito horas, quinze minutos depois de Luna. Quis ser solidário e também fui dormir. À meia-noite, ainda estava acordado.

Aproximo-me dela com cuidado e beijo-lhe a testa.

— Boa noite, querida — sussurro. Ela continua dormindo.

No primeiro andar, pego uma garrafinha de Brand da geladeira. Aliás, estou é com vontade de tomar um rosé. Coloco a cerveja de volta e abro a garrafa de vinho. Do armário, tiro um saquinho de salgadinhos japoneses. Dou uma olhadinha para ver se recebi algum torpedo. Um. Do Ramon.

Frenk e eu conhecemos **Ramon** na BBDvW&R/Bernilvy. Ele começou lá como assistente de contabilidade de Frenk. O que sobra de estilo em Frenk falta ao Ramon. Ele é da largura de um armário, o que significa que, ou ele é bicha ou um grosso, e de bicha Ramon não tem nada. Ele tem orgulho do corpo — e devo admitir que não é à toa. Isso lhe dá mais autoconfiança do que deveria. Ele pode se tornar agressivo depois de ter tomado algumas e alguém esbarrar sem querer nele (ou no carro ou na cerveja dele). Ramon faz de conta que o mundo é seu e o mundo ainda costuma até a acreditar nisso. Além disso, o cacete dele é enorme, o que ajuda a irradiar ainda mais autoconfiança do que seria justificável do ponto de vista objetivo.
Ele não é um grande amigo, como Frenk e Thomas, mas somos do mesmo grupo sangüíneo. Ramon adora locais como La Bastille, Het feest van Joop e o Surprise Bar. Só conheço uma pessoa com semelhante anomalia: eu. Outra característica que partilhamos é que Ramon, como eu, é um devorador de mulheres. O que caiu na rede é peixe, e não nos deixamos refrear por qualquer compromisso relacional. Nós achamos que moderação é uma virtude para aqueles que só conseguem pescar fora da rede.* A última coincidência é que ambos somos do sul. Eu, de Breda; Ramon, do Chile. Seu pai fugiu com toda a família para a Holanda quando ele tinha 9 anos. O pai era professor, e, segundo o regime de Pinochet, esperto demais. A família acabou se fixando em Bijlmer, um bairro no sudoeste de Amsterdã. Seus amiguinhos faziam uso de cocaína e drogas semelhantes; seja como usuários ou traficantes. Ramon foi estudar. Ele alegava que queria ter uma carreira. Dez anos depois, a nomeação para diretor do escritório de propaganda BBDvW&R/Bernilvy não foi para Frenk, mas para Ramon. Frenk não conseguiu entender como um bárbaro como Ramon passara a ser seu chefe da noite para o dia e acabou deixando a firma. Desde então, ele não perde a oportunidade de se vangloriar sobre a agência de marketing criativo e estratégico Merk in Uitvoering e de falar mal da publicidade quando Ramon está por perto. Ramon responde que não dá a mínima para o que Frenk (e quem quer que seja) acha.

*Pode-se dizer que Boccacio foi usado indevidamente por Ronald Giphart em "Ik omhels je met duizend armen".

Ele pergunta se vamos para Leidsepleinen, o coração da balada de Amsterdã, na sexta-feira.

Mas é claro! Por acaso o Papa não é católico?

Desde as sessões de quimioterapia, deixei de ir à pelada noturna semanal no Vondelpark. Também não participo mais das *happy hours* depois do trabalho. Agora... as "Escapadas do Stijn nas sextas à noite", essas são sagradas.

Mas hoje não passa de terça e estou explodindo de energia. Ligo a TV. Reprise do *Big Brother* de hoje, no canal Yorin. Já vi. Passamos a assistir a isso todas as noites, às sete horas. Afinal, é preciso fazer alguma coisa. Na RTL, um filme bem à la Thomas. Jean-Corno van Damme. Zzzz... Mando uma mensagem para ver se ele está assistindo. No SBS6, Everton x Southampton pelo campeonato Inglês. Dou uma olhadinha. Jogo idiota. No Canal Plus, um filme francês. Não presta. Passo para a MTV. Que merda, R&B! O *Jornal dos Esportes*, no canal três, só começa às dez e quinze.

Pego o *Het Parool* do chão e acabo lendo o artigo sobre a companhia de transporte público de Amsterdã no anexo. Chego à metade. Na gaveta da mesinha está *De ontdekking van de hemel*,[10] livro do qual li 67 páginas desde que comecei há dois meses. Abro-o contra a vontade, leio até a página 71 e coloco-o de volta, suspirando. Oba, uma mensagem! Não é que o Thomas estava assistindo mesmo ao filme? E como está Carmen? Digito que ela já está dormindo, exausta das radiações, e que eu estou morrendo de tédio. Antes de enviar a mensagem, prefiro apagar a parte do tédio. Thomas não arreda do sofá há anos. E a Anne não conseguiria entender nem se quisesse.

Encho mais uma taça de vinho e ligo a televisão no serviço de notícias da operadora de canais via satélite. Canal 601. Nada de novo. 703. O tempo continua bom esta semana. Ainda mais essa! De volta ao SBS. Continua 0 x 0. O AT5, talvez? Ah, meu Deus! Uma cretina está listando todos os buracos abertos nas ruas de Amsterdã esta semana. Nesse meio tempo, liguei o computador e abri o Outlook. Deixo as quatro mensagens de um grupo de chat americano sobre "*inflammatory breast cancer*" intocadas. Abro um e-mail de Anne. Ela quer saber como Carmen passou o dia. Ela própria pode responder a essa pergunta amanhã.

---

[10]"A descoberta do céu", de Harry Mulisch. (*N. da T.*)

Hakan enviou uma mensagem para Frenk, Ramon e para mim dizendo que também irá para Miami no último fim de semana de outubro.

Frenk respondeu que, então, temos que nos apressar para fazer as reservas e que temos que dar uma olhada em www.pelicanhotel.com, o hotel de Renzo Rosso, da Diesel, muito badalado.

> **Hakan** Filho de imigrantes turcos. Bem-sucedido e faz questão de mostrar. Seu lema de vida é vestir-se para impressionar. Nosso passado na BBDvW&R/Bernilvy e um exagerado interesse em futebol e mulheres é tudo que partilhamos. E, como convém aos homens, é o suficiente para nos sentirmos profundamente unidos pelos laços de amizade.

A resposta seguinte veio de Hakan de novo. Ele teria ouvido dizer que o The Pelican já está fora de moda. Respondo que não me interessa em que hotel nos hospedaremos, contanto que a gente vá. Acabo perdendo o *Jornal dos Esportes* porque a mãe de Carmen liga para saber como ela vai. Ainda são quinze para as onze. Não estou com um pingo de sono. Dou uma olhada na bol.com. O novo disco do Manic Street Preachers saiu. Clico em comprar. Leio uma resenha do Prodigy na tela. Compro. Um CD do Eagle Eye Cherry que tem uma música que a Carmen adora. Compro. Pego meu cartão de crédito e preencho os dados. Está vendo que sair é mais barato do que ficar em casa? Encho mais uma taça de rosé e guardo o saco de salgadinhos japoneses antes de acabar com ele, por puro tédio. Onze e quinze. O filme pornô começa em meia hora no Canal Plus. Folheio um velho *HP/De Tijd*, a publicação de economia, e leio um trecho de *Healing Journey*, de Simonton. Agüento mais quinze minutos. Carmen já leu os dois. Coloco a garrafa de vinho, três quartos vazia, na geladeira, arrumo a mesa, esvazio a lava-louças, monto o cadeirão de Luna para a manhã seguinte e volto para a sala. Ah! Já começou. Hoje é noite de pornô italiano. Costumam ser gatas gostosas, com peitões de verdade. Não gosto das siliconadas americanas. Chega a ser comovente como Carmen e eu concordamos nesse ponto: melhor peitos grandes e um pouco caídos, mas de verdade, do que aqueles falsos, empinados, que nem se mexem durante a transa. Já se passaram meses desde que abandonamos nossas análises científicas conjuntas de peitos televisivos. Agora, quando a Carmen está zapeando e, sem querer, vê um filme pornô no Canal Plus, ela continua a zapear freneticamente. Para Carmen, pornô é coisa do passado. Para mim, não. Assisto a duas cenas, gozo, pego um pedaço de papel-toalha, limpo a barriga, vou para a lata de lixo, coloco o papel molhado embaixo de uma pilha de jornal velho e vou dormir. Passados uns dez minutos, adormeço ao lado de Carmen.

"I do declare that there were times/when I was so lonesome/I took some comfort in"

Simon and Garfunkel, "The Boxer" (*Bridge Over Troubled Water*, 1970)

VINTE E TRÊS

Carmen mal conhece Ramon. Eles se viram algumas vezes, durante festinhas da BBDvW&R/Bernilvy. Ramon ficou impressionadíssimo com Carmen. ("Ei, amigo, o que você acha de fazermos uma troca de casais um dia desses?";"Não sou nem louco! Nem em sonho vou chupar seu pau.")

Ele nunca nos visita. Sempre combinamos em Leidseplein, no Palladium.

Lá, conversamos durante meia hora sobre a Bernilvy e a MIU enquanto observamos aquelas garotas novinhas, com tudo em cima, que pululam no Palladium. Em seguida, vamos para o terreno de caça onde nós, quase quarentões, nos sentimos melhor: na Bastille.

Uma vez do lado de dentro, revemos a ordem do dia. Localizamos um

> **Palladium**. Parece que é lá onde os jogadores do Ajax descolam, desde sempre, suas gostosas. Corre o boato que até Wim Jonk,* já marcou um gol por lá.
>
> *O jogador do Ajax mais chato de todos os tempos. Parece que ele se sentiu mais à vontade quando foi para o PSV.

> *Dê-me a noite agora, que eu a devolverei amanhã.* A voz de André Hazes já podia ser ouvida do lado de fora. No **La Bastille**, o senso comum diz que não há nada mais importante na vida do que a regularidade e, por isso, toca-se ao menos uma vez a cada quinze minutos uma música do André Hazes. A clientela é formada, principalmente, de mulheres na segunda rodada (30 a 40 anos, divorciadas, reconhecíveis pelo grande investimento que fazem em cosméticos e bronzeamento artificial na esperança de ainda se darem bem). A probabilidade de sucesso é grande.

grupo de mulheres bebericando coquetéis no bar. Ramon conversa com uma garota com um cinto Moschino. E eu, com uma cuja blusa Carmen desaprovaria (pessoalmente, acho que não está tão indecente assim), dona de uma bunda avantajada demais para a saiazinha que veste (nem eu posso negar isto). No contexto da Bastille, não chega a ser tão vulgar assim. Depois de meia hora jogando conversa fora, já estou com a língua na boca dela. Depois de uma hora, pergunto, pela terceira vez, como se chama e, pela segunda, se mora em Amsterdã. Não consigo deixar de ter a impressão de que minha popularidade está em baixa. De repente, ela diz que tem namorado e que suas amigas estão com ela. Aí, começa a reclamar que o lugar está cheio demais e que passou dez minutos esperando na fila do banheiro e que, no final, ainda teve que pagar para usá-lo. Aborrecimento, eu tenho o suficiente. Pergunto se Ramon e sua galera querem vir comigo para o Surprise. Ele diz que não. Dou de ombros e saio da Bastille.

O **Surprise** é a ante-sala da Bastille. Se a Bastille é povoada por mulheres na segunda rodada, a média da idade das mulheres no Surprise é dez anos menos. Aquela garota que acabou de sair de um namoro e que está pronta para uma curta, porém intensa, fase intermediária. Sempre com uma amiga, que geralmente se encontra no mesmo barco de pós-relacionamento. Juntas, elas vão duas, três vezes por semana para o Surprise (e, depois das três da madrugada, para o Cooldown ou o Het Feest van Joop). Lá, logo são reconhecidas pelos sempre bem-humorados barmen, conseguem uma vaga cativa no bar e — símbolo de status por excelência da freqüentadora assídua do Surprise — podem deixar a bolsinha e o casaco atrás do bar. O barman faz a maior festa cada vez que a garota e a amiga chegam, oferecendo tragos de graça e distribuindo piscadelas. Uma abordagem extremamente profissional, pois quanto mais mulheres estiverem no bar, mais homens atrairão. A garota se apaixona em segundos por um dos freqüentadores do Surprise, o casal continua vindo ao local como de praxe, embora com regularidade decrescente, e acaba no sofá da casa nova em Almere. Passados alguns anos, temos a separação e aí é a vez da Bastille. Dessa forma, o Leidseplein recicla de forma sutil sua clientela.

Não agüento mais de dez minutos no Surprise Bar. Ao que parece, não passo de um babuíno cheio de tesão, até para aquele lugar. As garotas não reagem diante de minhas investidas. Melhor ir para o Paradiso e começar a dançar sozinho? Ou será que... Que diabos!.

— Para o Ruysdaelkade — informo ao motorista de táxi.

Peço para parar do outro lado do canal, não do lado das putas, e faço de conta que entro em uma das residências. Pura vergonha. Quando o táxi some, atravesso para o outro lado e descubro, depois de passear três vezes para cima e para baixo, que as mulheres que ainda trabalham nesse horário não são das mais bonitas. Acabo me decidindo por uma africana. Ela usa uma camisola preta pequena demais para os peitos carnudos. Quando se despe, eles caem uns cinco centímetros, mas... O que é que tem... Afinal, são dois e nenhum deles está queimado.

Meia hora mais tarde, dispo-me novamente em casa. Largo a roupa na sala e subo as escadas o mais silenciosamente possível. Sem fazer barulho, entro na cama.

— Foi legal? — pergunta Carmen, sonolenta.

— Foi. Falamos muita besteira e dançamos. Foi animado com o Ramon.

— Mmmmmmm — murmura, com voz doce. — Que bom! Você bem que merece.

No escuro, beijo-a na bochecha.

— Boa noite, amor da minha vida.

— Boa noite, melhor companheiro do mundo.

"Afinal, por que homem gosta tanto de peito? Como se pode ter tanto interesse nisso? Sério, não passam de peitos. Uma em cada duas pessoas no mundo tem. Eles são esquisitos e sua função é produzir leite. A sua mãe também tem. Você já deve ter visto milhares deles. Por que tanto alarde?"

Notting Hill (1999)[11]

VINTE E QUATRO

Quem poderia imaginar que eu ainda terminaria passando uma semana de férias no resort Centerparcs, Port Zélande. Posso explicar perfeitamente a quem quer que seja, inclusive a mim mesmo... Não seja por isso. Queira acompanhar o nosso raciocínio irrefutável:

1. *É arriscado demais para Carmen viajar para longe, com todas aquelas drogas circulando pelo corpo.*
2. *Qualquer destino com temperaturas acima de vinte e cinco graus são desaconselháveis em função da peruca de Carmen.*
3. *Férias que envolvam atividades, caminhadas, trilhas, turismo são impossíveis tendo em vista a idade de Luna (um) e a condição de Carmen (zero).*
4. *Centerparcs é cliente da Merk in Uitvoering. Assim sendo, posso declarar parte de minha estada aqui como horas dedicadas à pesquisa de campo.*

---

[11]Julia Roberts diz a Hugh Grant. Vale observar que Julia não tem peito, pelo menos não que possa ser visto a olho nu. (*N. do A.*)

Além disso, daqui a pouco mais de um mês, irei com a turma para Miami. Portanto, uma semaninha em Port Zélande não será de todo mal, pensei.

Pois pensei errado. Port Zélande é um horror. Tudo está dando errado. Estou enlouquecendo com as pessoas daqui. O tempo está lindo, ou seja, quente demais para usar a "peruquinha pinicante", o que torna Carmen tão pinicante quanto a peruca. Para completar, pouco tempo atrás, Luna começou a se recusar a dormir sua sesta de uma hora. Assim sendo, à tardinha, ela começa a ficar cansada e insuportável, o que gera um efeito negativo que se potencializa por toda a família.

Finalmente, o fato de Carmen ter de ligar para a doutora Scheltema daqui a três dias para saber se poderá ou não fazer a mastectomia também não ajuda. Explico.

A doutora Scheltema, junto com o radioterapeuta e o doutor Wolters, ter a seguinte idéia: compare com a técnica dos bombeiros de combater grandes incêndios. Queima-se, de propósito, uma parte da mata para interromper um incêndio que se aproxima. Uma vez bem-sucedido, acaba-se com o resto da mata. Com a radiação da mama de Carmen, a doutora Scheltema, o doutor Wolters e o radioterapeuta pretendem obter o mesmo resultado. As aplicações de químio já haviam reduzido o tamanho do tumor. Depois, as radiações deveriam diminuí-lo ainda mais de tal forma que se chegasse, sem grandes riscos, ao final apoteótico: a sua retirada por meio da cirurgia. Seria o fim do incêndio na mama de Carmen.

Segundo Scheltema, Carmen tinha a vantagem de ter um peito bem grande, o que aumentava as chances de o cirurgião conseguir retirar por completo o tumor localizado próximo ao mamilo.

Daqui a três dias, na manhã de quinta-feira, é o conclave da comissão Scheltema-Wolters com o radioterapeuta e o cirurgião.

Não só toda a associação médica de Amsterdã, mas também nosso círculo completo de amizades estão profundamente engajados na discussão social acerca do seio da minha mulher. Todos esperam que os médicos dêem sinal verde para a operação (ninguém fala de amputação).

— Não diga! Quer dizer que a Carmen ainda pode ser operada?

— Isso mesmo...

— Maaas... Isso é um bom sinal, não é?

— É sim, visto que, no início, eles não tinham coragem de fazer isso, e agora... Parece que têm, e isso é bom, sim.

— Aaah, que bom! Isso seria ótimo!

Nossa! Isso realmente seria ótimo e como Carmen ficaria aliviada! Aliviada por não poder mais fazer daquelas piadinhas como no dia em que a achei nua na cama, ao sair do banheiro, com um sorriso de orelha a orelha e dois "post-it" amarelos nos mamilos. Ela havia escrito "gostosos" em um e, no outro, "não é?". Aliviada por não poder mais se autodenominar uma mistura entre Blondie e Betty Boop, ironizando o fato de não ser mais nem loura nem sexy.

E eu! Eu, então, vou ficar aliviadíssimo!

Aliviado porque, além do peito, também acabarão amputando outra coisa — sua capacidade de ser irrefreável e despudoradamente sensual. Um processo que começou no momento em que Carmen ficou careca. Não me pergunte como, mas Carmen se acha muito menos atraente desde então. Embora eu não canse de repetir que ela também é bonita sem cabelo. Pior! Para comemorar sua calvície, raspei os poucos pentelhos que lhe sobraram depois da quimioterapia e, enquanto chupava sua xoxotinha, não parava de dizer-lhe como era gostosa. Até Carmen ficou excitada. Pelo menos, na primeira noite. Depois, o desprazer da careca superou o prazer da xoxota raspada. Fim do sexo. Esquisito, não é?

Depois da mastectomia, só teremos clima de festa no quarto! Por mais que eu lhe diga que ainda a acho atraente... Sempre que ela se olhar no espelho, verá que não é mais a Carmen.

Carmen tem medo de perder o peito. Eu tenho medo de perder a Carmen que conheço. Um medo solitário, que não tenho coragem de partilhar com ninguém. As pessoas poderiam pensar que prezo mais o peito de Carmen do que a vida dela.

Nós dois também raramente conversamos sobre a operação que se aproxima dia a dia. Sabemos o que o outro está pensando enquanto comemos mexilhões no Restaurante Port Zélande, quando estamos na praia, brincamos com Luna, jogamos conversa fora, brigamos por nada, assistimos ao *David Letterman Show* no nosso chalé — a cada momento do dia, estamos pensando na mama. E, ao dormir, sonhamos com ela. Ambos sabemos disso ao mesmo tempo em que ocultamos o fato um do outro.

Na noite antes do "Telefonema", estamos na cama. Beijo Carmen e deito-me de lado.

— Quer que eu apague a luz?

— Pode apagar.

— Boa noite, querida.

— Boa noite, meu querido.

Clique.

Passam-se alguns minutos.

— Stijn?

— O que foi?

— Você já está dormindo?

— Não.

— Ah!

— O que foi?

— O que você acha que eles vão dizer amanhã?

— Não sei, querida.

— E o que você espera que eles digam?

— É claro que eu espero que eles tenham como operar.

— Mas, Stijn, você é um cara que adora peito. E aí você vai ter uma mulher careca com um peito só.

Eu me viro e envolvo-a num abraço.

— Eu realmente espero que eles tenham coragem de operar, Carmen.

— Verdade?

— Verdade.

Sinto uma lágrima cair no meu ombro.

— E o que é que você espera que eles digam amanhã?

— Também espero que dê para tirar.

— Então, está bem.

— Mas é horrível, você não acha?

— ...

— Stijn?

— É... É horrível, sim, querida. Mas pode ter certeza de que prefiro você com um só peito a não ter você.

No dia seguinte, estamos deitados na praia. Já é tarde. De vez em quando, olho para Carmen, mas não tenho coragem de perguntar se não seria melhor darmos uma ligadinha.

— Vou dar um pulo no chalé e ligar para lá — diz ela, de repente.

— Você não prefere ligar daqui? — pergunto, apontando para o celular.

Ela sacode a cabeça.

— Não prefiro, não. Quero saber exatamente o que Scheltema tem a dizer e aqui está ventando muito.

É claro que ela não quer ligar daqui, seu idiota, penso comigo mesmo. Nada melhor do que ouvir que seu peito vai ser amputado no meio de uma praia lotada.

— Quer que eu vá junto para o chalé? — pergunto.

— Não. Prefiro ir sozinha. É melhor você ficar aqui, com a Luna.

Ela põe o vestidinho sobre o biquíni e vai embora, cruzando a praia.

Acompanho-a com o olhar até perdê-la de vista, beirando a floresta.

Ela volta depois de quase quarenta e cinco minutos. Fiquei divertindo Luna com pazinhas, baldinhos e água. Parece até que estou na sala de espera enquanto minha mulher está dando à luz.

— Oi! — surpreende-me sua voz, atrás de mim.

— Oi! — respondo e procuro deduzir de sua fisionomia o que Scheltema disse.

— Eles ainda não sabem.

— Eles ainda não sabem?

— Não. Scheltema disse que o cirurgião prefere dar uma olhadinha na mama antes de tomar uma decisão.

— Santo Cristo! — suspiro — E quando será isso?

— Na semana que vem. Tenho uma consulta com ele na segunda-feira.

Mais quatro dias de tensão.

— Hum... E por que levou tanto tempo? Você ficou uns quarenta e cinco minutos fora.

— Scheltema estava almoçando.

"Continuaremos/numa trincheira sem luz/
para continuar persistindo"

Ramses Shaffy, "Wij zullen doorgaan" (*Wij zullen doorgaan*, 1972)

VINTE E CINCO

O cirurgião se chama Dr. Jonkman. O consultório dele fica ao lado do de Wolters, no Departamento de Oncologia. Ele caiu no gosto de minha esposa, constato ao olhar para Carmen, que está atrás dele, passando a língua nos lábios e piscando para mim.

— Gostou do cara? — sussurro no ouvido dela.

Ela concorda, toda assanhada.

— Se ele chegar perto dos seus peitos, terá de se ver comigo — continuo, baixinho.

Carmen ri.

Jonkman é o típico doutor dos romances médicos. Por volta dos 40 anos, rosto de garoto, cabelo cobrindo a nuca, grisalho nas têmporas. Dê-lhe um terno Paul Smith para vestir e ele ficará parecendo um executivo de contas de uma agência de publicidade. Ele consegue se colocar na nossa situação bem melhor do que a doutora Scheltema e o doutor Wolters, que são uns quinze anos mais velhos. É provável que tenha uma mulher da idade de Carmen e — a julgar pela aparência dele — ela também deve ser um tesão. Isso cria um vínculo.

Apesar disso, continua sendo um médico. Assim que ele abre o dossiê de Carmen — que já reconheço pela capa — e passa do ser humano Carmen para a paciente Sra. C. van Diepen, ele começa a falar como um parlamentar da União Européia. Formulando as frases com cautela, ele explica que só fará a cirurgia se tiver certeza de que ela aumentará consideravelmente as chances de sobrevivência.

— A senhora é uma mulher jovem e bonita. Após a ablação... — nosso olhar trai nossa incompreensão — ... mastectomia, amputação, portanto, após a amputação, a senhora ficará com uma cicatriz horizontal de uns dez centímetros, no lugar onde está sua mama... — o que não nos parece muito atraente, é verdade — ... e, algum dia, poderemos fazer um implante. Mesmo assim, nunca voltará a ser o que era. — Ele faz uma pausa e encara Carmen.— É uma mutilação horrível!

Uma mutilação horrível. Suas palavras me apavoram, mas me conscientizo de que sua objetividade tem um propósito. Ele quer saber se Carmen está pronta para dar esse passo. Gosto dele. Jonkman é o primeiro que compreende que uma mama é mais para uma jovem senhora e seu marido do que uma mera protuberância — e, no caso de Carmen — com um tumor.

— Vamos dar uma olhadinha?

Carmen tira a blusa e o sutiã e deita-se na estreita maca do consultório. Jonkman começa a apalpar os peitos de minha mulher. Ela pisca para mim e eu sorrio.

— É... — diz ele, passado algum tempo. — É... A senhora pode se vestir. — Ele lava as mãos. — Calculo que o tumor tenha seis por dois centímetros, no momento.

— E isso quer dizer quê...? — Carmen não tem coragem de terminar a pergunta.

— Creio que devemos correr o risco e fazer a mastectomia para tentar aumentar suas chances de sobrevivência.

Carmen não deixa transparecer suas emoções, mas percebo que o baque é forte. Jonkman continua sem hesitar.

— Podemos fazer a mastectomia na terceira semana de outubro — diz ele, enquanto estuda uma grade de horários pendurada na parede — embora eu esteja de férias nessa época. O doutor Wolters fará a cirurgia.

Ouvir o nome Wolters e a palavra mastectomia na mesma frase é o suficiente para fazer Carmen cair em prantos.

— Acho que não — digo, contido.

— Como assim, não? — pergunta Jonkman, surpreso. Sua fisionomia revela que ele não sabe de nada. Os cretinos. Wolters e Scheltema mantiveram tudo em segredo.

— Há quase um ano, o doutor Wolters cometeu um pequeno equívoco no diagnóstico de minha mulher. Graças a ele, estamos aqui agora. Minha mulher e eu fazemos questão de que ele fique bem longe dela.

Carmen fita o chão, aos soluços. Jonkman retoma, de imediato, sua conduta profissional.

— Está bem. Então, eu vou operá-la uma semana mais tarde — decide, sem mais perguntas.

Carmen assente e murmura um "por favor... muito obrigada", quase inaudíveis.

— A minha assistente acertará a data exata com a senhora.

A data da operação é marcada para 31 de outubro.

Quatro dias depois de Miami, lembro-me de repente. Ou seja, adeus Miami. Merda de câncer. Numa única conversa, lá se vão um peito e o melhor fim de semana do ano.

"When I'm out in the streets/I talk the way I wanna talk/
when I'm out in the streets/I don't feel sad and blue/
when I'm out in the streets/I never feel alone/when
I'm out in the streets/In the crowds I feel at home"

Bruce Springsteen, "Out in the Streets" (*The River*, 1980)

VINTE E SEIS

E, no oitavo dia, Deus criou Miami.

Isso mesmo, isso mesmo! Cá estou eu! Ocean Drive, Miami Beach, Flórida.

No táxi, passando pela Ocean Drive, Ramon, Hakan e eu não conseguimos acompanhar com a cabeça todas as gatas que nos rodeiam. Isso daqui é uma caixa de bombons gigante, reconhece até mesmo Frenk.

Foi idéia da própria Carmen.

— Vai junto com os rapazes enquanto ainda dá. Depois, vem a operação, e, aí, vou precisar muito de você — previu ela. Dei um pulo de alegria e, no dia seguinte, comprei todas as rosas do quiosque que vende flores do outro lado do Olympisch Stadion. Carmen ficou tão impressionada a ponto de sugerir que eu tirasse um fim de semana de férias por mês.

O táxi nos deixou em frente ao Hotel The Pelican. Ele é verde-abacate. O hotel ao lado, cor-de-rosa. O outro, azul-bebê. Uma garçonete de cabelo castanho-claro, com dois peitos enormes embutidos numa camiseta Diesel com decote em V, desce saltitando as escadas que dão para o bar. Ela percebe que a estou encarando, sorri e diz:

— Oi!

— Oi! — respondo.

Na recepção, tem uma garota porto-riquenha. Deus do céu! Uma dessas não se vê no Hotel Hans Brinker.

— Lord, I'm not worthy — "Ó Deus, eu não mereço", gagueja Ramon.

A recepcionista sorri colocando os dentes à mostra e nos entrega as chaves. Sinto-me como há vinte anos, quando fui, pela primeira vez, para Lloret de Mar.

Como Frenk suspeita que Ramon e eu tenhamos os mesmos interesses noturnos, ele nos coloca no mesmo quarto. Recebemos o quarto chamado *Best Whorehouse Room*, "o melhor quarto do prostíbulo". Frenk e Hakan ficam com a *Me Tarzan, You Vain*, algo como "Eu Tarzam, você que se dane". Os quartos não são grandes, mas Frenk nos explica que não é o conforto que conta e, sim, estar na moda.

Todos receberam a incumbência de tomar uma ducha rápida para nos encontrarmos lá embaixo, em meia hora. Frenk fez reserva no The Delano, onde se requer pontualidade.

E também trajes a rigor, constato ao ver Frenk e Hakan. Frenk veste um terno preto risca-de-giz, do qual faz questão de dizer a marca — algum estilista japonês totalmente desconhecido para mim. Ele menciona, de forma casual, que o comprou na Madison Avenue, em Manhattan. Hakan elogia o conjunto, mas diz que ternos de outra marca — que também desconheço, mas da qual ele, por coincidência, está vestindo uma camisa e sapatos esta noite — chegam a ser mais bonitos. É óbvio que eu fico com meus sapatos de couro de cobra. A minha calça branca e camisa violeta podem estar bem aquém da faixa de preço da roupa de Frenk, ainda assim considero-me atraente o suficiente para pesquisar o meu valor de mercado entre as mulheres de Miami. Ramon usa uma camiseta apertada. Cai muito bem nele. Tendo em vista a concorrência, alegro-me ao ver que ele está usando de novo a calça de couro preta, que estava na moda quando o Ajax ainda jogava no velho estádio De Meer.

Durante a refeição, sob palmeiras à beira da piscina do Delano, tivemos nossa primeira conversa mais séria. Será que a Holanda tem chance de se tornar campeã européia? (eu: tem; Ramon e Hakan: não; Frenk: não sabe); como está a MIU? (Frenk: ótima!;

eu: vai indo); quem da BBDvW&R/Bernilvy transou com a Sharon? (eu: eu; Ramon: claro; Hakan: só sexo oral; Frenk: nem morto!); o St. Martin's Lane, de Londres, é mais *in* do que o Delano? (eu: não sei; Ramon: não sei; Frenk: não; Hakan: é); e vamos tomar o ecstasy que o Ramon trouxe? (eu: vou!; Ramon: ah, é? Pensei que você não fazia o gênero!; eu: pára de encher e me dá logo um negócio desses; Hakan: hoje, não; Frenk: é claro que não!). Ramon me dá um comprimido. Estou um pouco nervoso. Até hoje, só aderi ao álcool. Carmen é contra qualquer tipo de droga. Engulo o negócio com um gole de cerveja. Frenk olha para mim e balança a cabeça.

O **Delano** — pronuncia-se Délano, e não Deláááááno, como eu. É ainda mais caro do que o Pelican. Isso porque é um dos hotéis de Ian Schragers, explica Hakan. Ele menciona o nome com tal reverência que prefiro não perguntar quem é a figurinha. O público no Delano é de corretores do Ocean Drive, gente de publicidade e empresários. Não se ri aqui. A refeição, os coquetéis, a decoração e as mulheres no Delano são proibitivos. Mas dinheiro não é problema neste fim de semana, havíamos concordado.

Vamos para a Washington Avenue, atrás da Ocean Drive. A maior parte dos bares e discotecas de Miami Beach está concentrada ali, segundo Frenk, que simplesmente sabe esse tipo de coisa. Como, não me pergunte, mas ele sabe. Parece que temos que ir para a Chaos, onde tudo acontece, orienta Frenk. Hakan discorda. Ele explica que o barman do Delano lhe disse que a Washington Avenue é coisa do passado e que devemos ir para o Club Tantra, que fica em outro bairro. Ramon e eu rebatemos as objeções de Hakan, pois constatamos, extasiados, que, na longa fila de espera para entrar na Chaos há grupos de moças bonitas aguardando a vez. Atrás do cordão de isolamento de veludo, um irmão do Mr. T monta guarda com os braços cruzados. Não sei qual é o motivo, mas o que mais quero é entrar lá. Pelo visto, Ramon também. Ele se adianta e aplica seu golpe — "Sou DJ em Amsterdã, no RoXy" — para ver se cola.

O **RoXy**. O falecido RoXy. O Marco van Basten da vida noturna. Devido a lesões graves (queimaduras profundas) foi obrigado a interromper a carreira prematuramente. E assim, da mesma forma como Marco, recebeu um status *larger-than-life*. Ouvi falar muito, mas nunca cheguei a ver.* Perdi o RoXy. Carmen nunca foi adepta do house. Eu também não, embora deva admitir que meu interesse tenha sido despertado quando até Frenk começou a comentar em versos as gostosas que freqüentavam o lugar. Ramon também ia lá uma vez por semana, após a nossa ronda por Leidseplein. Quando eu ia para o Paradiso, dançar entre aquelas mulheres horrorosas, ao som do The Cure. Agora é tarde. Vou ter de me contentar com as histórias de Ramon e Frenk.

*Em *De Videokeizer* de Koot & Bie (Mooie Meneren, 1982). (*N. do A.*)

Sem conceder-lhe um olhar, Mr. T balança a cabeça deixando claro que não dá a mínima, que devemos ficar no final da fila e rezar para que ele nos deixe entrar quando chegar a nossa vez.

E, meia hora mais tarde, ele não deixa.

— You guys are with four?

— Yes.

— No way.[12]

Ramon já quer apelar para a violência física, mas, em tempo, percebe que não é uma boa idéia. Não consigo achar graça alguma nisso. Eu *tenho* que entrar em algum lugar. Não deixo que percebam, principalmente Frenk, mas se eu tiver que esperar numa fila por mais cinco minutos, sou capaz de pular o cordão feito o Haroldo no livro de historinhas do Calvin de Luna.

Perto da Chaos, fica a Liquid. Lá, só havia umas cinco pessoas na fila quando chegamos com o táxi, lembra-se Frenk. Agora, tem uma fila do tamanho do canal em volta do ArenA. Droga! Santo Cristo, aquele comprimido está começando a se manifestar de forma bastante clara. Hakan tenta nos convencer a pegar um táxi para o Tantra. Não respondemos e continuamos andando na Washington Avenue. Hakan tem algo contra todos os locais pelos

[12]— Vocês estão em quatro?

— Estamos.

— Nem pensar! (*N. da T.*)

quais passamos. Muito cheio, muito vazio, a aparência é horrível, não deve ser grande coisa, e assim por diante. Por sorte, Frenk ameaça ir para casa *agora*, se não entrarmos no próximo local que encontrarmos pela frente. E esse lugar é o Bash. Não tem fila e o golpe do DJ de Ramon funciona com o porteiro. Se bem que de uma forma diferente da planejada.

— No RoXy?

— Isso mesmo. Em Amsterdã.

— Que gênero, no RoXy?

— Deep House. Todas as quintas.

— Todas as quintas?

— Isso mesmo. Semana passada, fiz um *set* de cinco horas.

— Sério?

— Sério.

— O RoXy não fechou há um tempo atrás, depois de um incêndio?

— ...

— Ha, ha, ha... Podem entrar seus babacas, filhos da mãe.

Até mesmo Ramon fica sem ação. Obedientes, pagamos os vinte dólares por pessoa, o que não chega a ser caro em termos de Miami... Mau sinal. E o fato de quatro homens conseguirem entrar sem mais nem menos também.

No banheiro, acertamos os colarinhos, checamos e re-checamos o cabelo e, entre um "bate aqui" e outro, nos elogiamos dizendo "é isso aí, cara" e "tudo em cima". Cheios de coragem e ecstasy, atravessamos a grande porta preta para o salão principal. Tem nove homens... Contando conosco.

Hakan fica irritado na hora. Ramon esquadrinha as duas garotas sentadas no bar, eu vou sozinho para a pista de dança e Frenk vai, espumando de raiva, para a moça que vende as entradas.

— Dentro de meia hora vai começar a encher — conta ele ao voltar.

É verdade. Meia hora depois, tem treze pessoas. Hakan começa a pressionar para sairmos daquela espelunca. Frenk reclama que o fuso horário está começando a fazer efeito nele. Ramon e eu não temos o menor problema com o fuso. Nós fazemos a festa.

Somente às sete horas da manhã, acendem-se as luzes do Bash. Ramon sai com uma garota, e eu caminho, todo suado, com um sorriso de orelha a orelha, da Washington Drive até a Ocean Drive. Estou acordado há quase trinta horas. Tive uma noite inesquecível, nem cheguei a trair e empobreci uns quatrocentos dólares. E daí? Pego uma cervejinha no frigobar e caio na cama, onde faço uma tentativa de me masturbar. Cenas minhas com a Sharon, Maud e a Carmen de um ano atrás se revezam na minha cabeça. No meio disso tudo, adormeço com meu pau semiduro na mão e uma latinha de cerveja pela metade na mesinha-de-cabeceira estilosa ao lado da cama.

"You think that I'm strong/you're wrong"

Robbie Williams, "Strong" (*The Ego Has Landed*, 1999)

VINTE E SETE

Uma hora e meia depois, estou acordado. Completamente acordado. Para mim é, hora de começar o dia. Ramon ainda não chegou. Pego o telefone e ligo para Thomas e Anne, onde Carmen está passando o fim de semana.

— Alô, Anne falando.

— Oi, Anne, é o Stijn! — digo, todo animado.

— Oi, Stijn. Vou passar para a Carmen — responde Anne, bem menos animada. Será que a acordei? Não, já é meio-dia na Holanda.

— Oi — atende Carmen. Sinto certo distanciamento, mas faço de conta que não noto e digo que o hotel é fantástico e que tocam house o dia todo, até mesmo nos banheiros. Rindo, conto sobre o jantar no Delano e nossa caminhada noturna, e minto, dizendo que estou muito cansado agora. Sua reação é mínima. Pergunto como ela está se sentindo com Thomas e Anne. Com um tom de insinuação que desconheço, Carmen diz que estão todos em casa, aconchegados, batendo um bom papo. De repente, acho que falei com a Anne errada ao telefone, há pouco.

Não há como evitar. Pergunto o que está acontecendo e se fiz ou disse algo errado. Ouço-a perguntar ao Thomas se pode usar o telefone no quarto deles. Faz-se um breve silêncio. Depois de um clique, lá está ela de novo.

— Estou me sentindo uma idiota, Stijn — desabafa ela, já assoando o nariz. — Na verdade, estou tendo mais dificuldade do que pensava... Só de imaginar você passeando por aí, com todas aquelas mulheres sensuais, peitudas, enquanto eu estou aqui, careca e com um peito queimado...

Confesso a ela que não sei bem o que responder. E que não cheguei perto de mulher nenhuma.

— Você faz isso parecer uma grande coisa — retruca ela, rabugenta.

Ouço um suspiro. Um pouco mais amável, ela continua:

— Dê-me um tempo... Vai melhorar... Divirta-se e mande lembranças minhas ao Frenk. — Ela tenta soar o mais honesta possível.

Digo que a amo e mando lembranças ao Thomas e à Anne. Ela fica em silêncio de novo.

— Não sei se isso é uma boa idéia, Stijn. — Ela desliga.

Hakan e Frenk já desceram e estão tomando o café-da-manhã, de calção de banho, no restaurante ao ar livre. Sento-me com eles. Terminamos o café juntos e seguimos para a praia. Lá, encontramos com aquele corpo irritantemente musculoso do Ramon. Com um sorriso maroto, ele conta que não pregou o olho e que desvendou para a sua conquista da noite anterior todos os mistérios do quarto dela.

Na praia, Frenk lê a *Wallpaper*, uma revista da qual nunca ouvi falar. Mas vejo nas chamadas da capa uma série de coisas que reconheço. Hakan, Ramon e eu conversamos sobre as coisas da vida. Será que o Ajax deve se ater ao 4-3-3, ou não; qual é o percentual de mulheres que engolem esperma; o percentual de homens e mulheres que traem; por que os homens traem, e por que as mulheres traem. Sou eu quem comando a conversa e anuncio, em alto e bom som, uma teoria Stijniana após a outra. Ramon passa o assunto da conversa para a quantidade de vezes que fazemos sexo com nossas mulheres. Hakan chega a quatro vezes por semana. Ramon, seis (Hakan: "Não, só contam as vezes em que trepa com a sua própria mulher, foi isso que eu disse!). Antes de chegar a minha vez, digo que estou apertadíssimo e preciso dar um mergulho.

— Stijn, que tal se a gente for tomar mais um goró? — pergunta Frenk, quando voltamos ao Pelican.

Ramon e Hakan vão tirar uma soneca. Frenk pede duas margaritas para a Nossa Garçonete Predileta.

— Aquilo não faz muito seu gênero, sair correndo quando é a sua vez.

Olho para a curvatura dos peitos da garçonete, que se inclina para colocar as margaritas na mesa.

— Não estou a fim de falar de câncer aqui em Miami.

— Isso eu sei. Você já falou com a Carmen desde que chegou aqui?

— Hoje de manhã — suspiro. — Ela não foi nem um pouco simpática. Aliás, nem a Anne.

— Não me admira. — Anne achou ridículo você vir com a gente para Miami. E o Thomas também. Ele não entende como a situação pode não afetar você e que você esteja tão bem.

— Mas que porra é essa! — xingo. — Eu estou um caco!

Frenk passa o braço em volta do meu ombro.

— Isso você não precisa dizer para mim.

De repente, o dique se rompe. Conto a Frenk o quanto me afeta o fato de Carmen e eu não sairmos mais para fazer passeios, comer fora nem fazermos mais sexo. Ele balança a cabeça.

— Dá para imaginar como será mais tarde, quando a mama tiver sido amputada, Frenk? — continuo. — Mesmo que o câncer não volte, Carmen jamais será a mesma. E eu acho que aí, tudo vai dar errado entre a gente...

Ele segura minha mão. Olhamos um para o outro. Vejo que seus olhos estão mareados. Não dizemos nada. É o momento mais bonito em Miami.

Brindamos e tomamos um gole da nossa segunda margarita, que acabamos de receber da Nossa Garçonete Preferida, sem que tenhamos pedido.

— Bem que ela é gostosa, mas a Carmen tem peitos maiores — comparo, ao vê-la subir as escadas rebolando. — Pelo menos, por enquanto.

A margarita de Frenk espirra para todos os lados.

"I'll be home on a Monday/somewhere around noon/
please don't be angry"

The Little River Band, "Home On A Monday" (*Diamantina Cocktail*, 1977)

VINTE E OITO

Através dos rapazes do Pelican, conseguimos reservar uma mesa no Tantra, naquela noite. Serve-se comida turca lá. É a moda em Miami, segundo o barman do Pelican. Hakan fica se achando.

Parece que o Tantra está com tudo depois da hora do jantar. Hakan, numa alegria só, diz que o DJ é o Roger Sanchez. Frenk fica todo entusiasmado. Eu nunca ouvi falar dele. Entendo tanto de DJ's quanto Clarence Seedorf de pênaltis.[13] A comida no Tantra é excelente, reconheço. Roger Sanchez também. As mulheres então, nem se fala. E os comprimidos arredondam o círculo. Estou ainda mais animado do que na noite anterior. Digo aos rapazes que acho tudo fantástico aqui, que deveríamos repetir isso todos os anos e que, no ano que vem, temos que ir para Barcelona ou Nova York.

— Não, para Tel Aviv — corrige-me Hakan. — Não há nada mais *in*.

— Não, para o Rio — sugere Ramon.

— É, para o Rio — concordo.

Então, dizemos que nos gostamos muito e que jamais deixaremos um ao outro na mão. Em seguida, Ramon diz que tem um encontro com a garota de ontem e que vai embora. Frenk poderia matá-lo com o olhar. Olho para uma menina gordinha com uma blusa preta transparente. Depois de ter trocados três olha-

[13]Jogador surinamês. Só seu ego supera a altura com que seus pênaltis sobrevoam o gol. (*N. do A.*)

res, saio dançando em sua direção. Ela está usando um sutiã preto (tamanho 44) sob a blusa.

— Hi. What's your name? — pergunto-lhe como se chama, original como sou.

— I'm Linda. And you? — ela me devolve a pergunta.

— "Stain" — respondo, sem conseguir imaginar outra coisa para dizer. Não me ocorre nada que eu queira saber sobre a garota.

— Where are you guys from? — Ela quer saber de onde somos. Ah, sim! Esse tipo de pergunta.

— "Emsterdem".

— My sister has been there! Denmark is such a nice country, she says — Ela diz que a irmã já esteve lá e que achou a Dinamarca (!) um país muito bonito.

— Yes, it is... — respondo, concordando, constrangido pela garota, e aliviado porque os rapazes não conseguem ouvir nossa conversa. Mas, por mim, está tudo bem. A inteligência limitada é uma das minhas qualidades preferidas esta noite.

— And where are you from? — devolvo, eu também, a pergunta. Afinal, melhor uma cópia bem-sucedida do que uma criação mal compreendida.

— North Carolina. But I moved to Miami this summer. I love the weather and the beach — Da Carolina do Norte, diz ela, mas mudou-se para Miami neste verão. Ela adora o clima e a praia.

— Eh... yeah! — digo. O que é que eu estou fazendo aqui?

De repente, ela me pega pelo cangote e me dá aquele beijo na boca.

Ah, é. É para isso que estou aqui. Lembrei. Pego-a de jeito. Ela é bem gordinha. Sua amiga dá uma piscadela de aprovação. Passei pela comissão avaliadora. Tenho minhas dúvidas sobre se ela conseguiria o mesmo grau de aprovação de Hakan e Frenk, por isso eu a empurro, mais que depressa, para um cantinho do Tantra. No caminho, vejo que ela tem uma bunda que levaria uma semana inteira para ser contornada. Uma vez fora do campo de visão, começo a beijá-la. Minha mão escorrega sobre o tecido macio da blusa preta transparente. Ela se desvencilha momentaneamente do meu assédio e diz, envergonhada, que não é das mais magras. "Sério?", eu penso, mas digo que não gosto de magricelas e dou-lhe um beliscão na bunda. Ela ri, acanhada. Pego na mão dela, encosto a palma nos meus lábios e começo a lambê-la. Ao perceber o que estou fazendo, ela começa a dar umas risadinhas.

— You are dirty. — Ela me chama de depravado, balançando a cabeça.

— Thanks — agradeço. Hora de ir embora.

— Are you married? — a garota pergunta se sou casado, dentro do táxi, a caminho do Pelican.

— No — nego, mantendo a mão com a aliança atrás das costas dela. Em seguida, empurro a língua dentro de sua boca, preocupado em não perder aquele *momentum* sexual. Enquanto isso, fico remexendo por trás dela, até conseguir soltar minha aliança e colocá-la no bolso da calça.

No elevador, desabotôo a blusa transparente e empurro o sutiã por cima dos peitos dela. Linda tem auréolas grandes. Gosto disso. E está excitada. Também gosto disso. Ofegante, ela desabotoa minha calça e cai de joelhos. Enquanto Linda tem o meu pau, que nesse meio tempo ficou duro como as cadeiras do ArenA, nas profundezas da sua boca, a porta do elevador se abre e eu olho direto nos olhos de Frenk. Seu olhar recai no movimento ascendente e descendente da cabeça de Linda. Ela percebe que eu fiquei petrificado, olha assustada e fica vermelha como um pimentão. Com movimentos desajeitados, levanto a calça e guardo o pau.

— Linda, Frenk. Frenk, Linda.

— Hi, Linda — cumprimenta Frenk, com o olhar fixo nos peitos dela.

— Hi, Frenk — responde Linda, abotoando a blusa transparente.

— Pronto. Chega de papo! — encerro logo o assunto. — Vejo você amanhã, Frenk!

Frenk concorda.

— Bye, Frenk — despede-se Linda.

— Bye, eh...

— Linda.

— Bye, Linda.

De braços dados, andamos pelo corredor. Sinto que Frenk nos observa. Pego a chave do meu apartamento *Best Whorehouse* e mostro a noite toda para Linda, de Tampa, Flórida, como se faz.

Acordo com Ramon entrando no quarto. Espantado, olho ao meu lado. Que sorte a minha! Linda já se foi. Ramon teria dado boas gargalhadas na nossa cara. Ele despenca na cama, onde Linda acabou de deixar escorrer os nossos fluidos. Ramon está cansado demais para se preocupar com isso e adormece. Eu não consigo mais dormir. Levanto-me, pego minha calça do chão e procuro no bolso esquerdo da calça.

Meu coração dispara assustado. A aliança sumiu. Bolso direito. Nada. Começo a transpirar. Bolsos de trás. Também nada. Deito de bruços e olho por baixo da cama e da calefação. Ramon acorda e pergunta o que estou fazendo. Digo que estou procurando minhas lentes. Ele volta a dormir. Procuro novamente nos bolsos. E mais uma vez. Nas gavetas da mesinha-de-cabeceira estilosa. No banheiro. Nada! Porra. Pense, Stijn, pense. Onde é que eu posso tê-la perdido. Aquela filha-da-puta, a Linda, ela afanou meu anel! Ai, meu Deus! Ah, não. Carmen...

Deito novamente de bruços e procuro por todo o chão. Depois, deito-me sobre a cama. Isto é uma catástrofe nacional. É o fim de Carmen & Stijn. Estou a ponto de me suicidar, mas não será necessário, Carmen fará isso por mim. Perdi minha aliança. Não tenho como consertar isso.

No térreo, Hakan e Frenk já estão tomando o café-da-manhã ao ar livre.

— Você ficou até tarde? — pergunta Hakan. — Eu o perdi de vista, de repente.

"Isso não é nada comparado com o que eu perdi", penso.

— Hummm — murmuro, aliviado porque Frenk parece não ter contado nada sobre a cena no elevador. Ele me lança um olhar inquiridor. Faço de conta que não é comigo. Ramon desce e conta em detalhes tudo o que fez com sua garota. Risos. Participo, mas estou mais para o choro. O que é pior? Ramon trai os amigos ao desaparecer durante metade do fim de semana porque prefere transar com uma qualquer, eu traio Carmen ao tirar a aliança com medo de perder uma transa com outra qualquer. Que merda (elevada à enésima potência).

Hakan, Frenk e Ramon querem passar na praia as últimas horas antes de pegar o vôo. Eu os acompanho, apalermado. Nós nos deitamos. Ramon e Hakan conversam sobre carros. Frenk lê a *MAN*. Eu olho para o mar e sou capaz de abrir o berreiro a qualquer momento.

— Vou dar uma volta.

Ramon acena com a cabeça, Hakan continua conversando e Frenk não levanta o olhar da revista. Será que nem ele está percebendo? Talvez seja melhor assim. Não quero falar sobre isso. Cem metros depois, verifico se ainda conseguem me ver. Sento-me na areia quente com a sensação de ser o homem mais solitário e infeliz sobre a face da terra. Três dias de diversão com os homens estão chegando ao fim, o álcool e o ecstasy fizeram seu efeito, fui roubado por uma mulher que eu havia levado a um sonoro orgasmo pouco antes e, amanhã, serei assassinado em casa. Vejo as lágrimas caírem na areia por entre minhas pernas.

No Aeroporto de Schiphol, nós nos despedimos. No táxi, o suor frio toma conta de mim. Mais dez minutos e estou em casa. O que vou dizer? Que a tirei ao entrar na água? Ao passar por um detector de metais numa discoteca? O táxi vira na Universidade Livre de Amsterdã. Mais alguns minutos. Por sorte, o sinal está vermelho. Ou eu poderia dizer que...

Entra um torpedo. FRENK CEL.

Olhe no bolso
esquerdo do seu casaco.

Procuro. Nada. Mais um torpedo.

Digo, bolso
direito ;)

Agoniado, coloco a mão no outro bolso. Não é que... Isso mesmo! Minha aliança! MINHA ALIANÇA! A minha própria, querida, linda, elegante aliança de casamento.

Mais um torpedo.

Achei-a no
elevador do Pelican.
Stijn, Stijn... Não
faça mais isso. Boa
sorte hoje. Abçs.

"Garotas/elas acabam conosco, senhor/elas nos deixam loucos, senhor/garotas"

Raymond van 't Groenewoud, "Meisjes" (*Nooit meer drinken*, 1977)

VINTE E NOVE

Não sei se a intuição feminina é tão desenvolvida quanto nós homens tememos. Quando cheguei em casa, Carmen não perguntou nem nas entrelinhas se eu tinha sido infiel. Pelo contrário, ela se desculpou por ter sido tão seca ao telefone.

> **Sharon** era recepcionista da BBDvW&R/Bernilvy. Loura, um tanto ousada e com um par de peitos maravilhosos. Tamanho 46, pista perigosa.* Desde o primeiro dia, desejei ver aqueles peitos ao vivo e em cores. Sharon não tinha qualquer problema com isso. Na verdade, ela não tinha problema com nada. Nem com Ramon. E nem com Hakan, segundo soube há pouco. Mas, ora... Quem sou eu para julgar isso.
>
> *De Youp van 't Hek, em Oudejaarsconference 2002.

Uma vez, entrei pelo cano. Foi com Sharon.

Fui ingênuo o suficiente para escrever um número de telefone sem nome na minha agenda numa noite em que "havia saído com um cliente". Erro de principiante. Carmen ligou para o número no dia seguinte, atenderam com um "Alô, é a Sharon". Carmen desligou, checou a lista de telefones na minha agenda para ver se na Bernilvy também trabalhava uma Sharon e comparou os números. Bingo! À noite, quando eu estava distraído, ela me perguntou qual das garotas do escritório era mesmo a Sharon. Fiz o que pude para não corar e disse que era a lourinha da recepção.

— Não diga! — exclamou, segurando a agenda com o número da Sharon no meu nariz. — Aquela mulher mais do que ordinária, com aquelas tetas enormes que quase saltam dos decotes? E foi com ela que você foi para cama?

Mudei de cor. Não havia como mentir.

— Pois é...

— Quantas vezes?

— Uminha só...

Uma verdade "Clintoniana". Afinal, a mesa do meu diretor, o banheiro do Pilsvogel e o sofá da casa dela não contam como "cama".

Carmen estava soltando fogo pelas ventas, algo que, na minha ingenuidade, chegou a me surpreender. Eu não havia lhe dito, num belo dia, que traía com freqüência? Tudo bem que foi no nosso primeiro encontro e que nunca mais mencionei isso depois, mas ela sabia como eu era, não sabia? Frenk já chegou a comentar que essa lógica não era muito confiável. Uma opinião compartilhada com Maud. Mas nenhum dos dois jamais disse nada a Carmen sobre essas minhas escapulidas.

> **De Pilsvogel**. Bom barzinho (as garotas que moram no bairro De Pijp vêm paquerar neste local disfarçado de botequim), tem mesas ao ar livre (almoçar no solzinho, até as duas e meia; entre cinco e seis, mais uma horinha de sol nas mesinhas do outro lado), boa freqüência (mas evite a sexta-feira durante a *happy hour*, quando os engravatados do Zuidas, o distrito empresarial da cidade, confiscam o De Pilsvogel).

Com Thomas, tenho tomado mais cuidado nos últimos anos. Ele não sabe que um beijo na boca aqui, outro lá, continua sendo uma rotina semanal. Transar, então, nem se fala. Ele só sabe da Sharon, mas isso ainda vem do tempo em que ele também marcava umas dentro. A Anne, aliás, também sabe. Depois que descobriu, Carmen passou alguns dias na casa deles.

Ramon é monofóbico. A diferença entre ele e eu é que ele não percebe que a freqüência com a qual nós traímos não é mais um hobby, e sim, um vício. Sempre ter um ás na manga. Endereços, números de telefone, e-mails. Como um alcoólatra que não quer reconhecer que está viciado, mas tem uma garrafa de vodca na gaveta da escrivaninha para ajudá-lo a passar o dia. E a mantêm escondida dos demais. Como Carmen, também a mulher de Ramon não sabe da missa a metade.

Um monofóbico é viciado no prazer da traição. Ele desaprendeu sentimentos como arrependimento e culpa — freios embutidos que impedem pessoas normais de trair com regularidade. Um monofóbico se convence de que ele (ou ela, mas, em geral, ele) não causa nenhum dano ao parceiro com suas transas fora de casa. Usando frases feitas como "contanto que ela não perceba", "eu não gosto menos dela só porque mando ver com outras" e "amor e sexo são duas coisas diferentes", ele ilude os amigos — e a si mesmo. Lá no fundo, um monofóbico sabe que essa é uma estratégia de sobrevivência moral, que faz com que continue se achando uma pessoa boa, pois ninguém conseguiria manter um estilo de vida que considerasse totalmente abjeto. Um monofóbico não se considera mau.

Estou mudando nesse sentido. A história da aliança foi o mais baixo que caí. Minha monofobia, que sempre considerei uma anomalia agradável, inocente e controlável, está se tornando uma obsessão. O arrebatamento da conquista torna-se mais viciante do que as mulheres e o sexo em si.

Durante os últimos meses, desde que Carmen eu estamos em casa, quase todas as noites fico contando os dias para chegar sexta-feira. "Escapadas do Stijn às sextas à noite". E quando chega a sexta, e começamos a beber a nossa Budweiser na MIU ou durante o jantar num restaurante, começo a ficar ansioso e não vejo a hora de dar meia-noite, quando Vak Zuid, Bastille, Paradiso e o Hotel Arena lotam. Só então, sinto-me bem. As paqueras tornam-se automáticas e estão ficando cada vez mais fáceis. Até mesmo Frenk, a quem confidenciei todas as minhas aventuras durante anos, desconhece a gravidade da situação. Por isso, prefiro sair com Ramon ultimamente. Não que ele seja meu melhor amigo agora, mas eu não preciso sentir-me envergonhado diante dele.

"Lágrimas nas bochechas/sofrimento no rosto/olhos desesperados/ brilhando na luz/venha aqui e pare de chorar/enxugarei as lágrimas com beijos/protegida nos meus braços/acredite em mim quando digo/ainda temos um ao outro/então, ela disse sssssssst/e sussurrou através das lágrimas/você já disse tudo"

Tröckener Kecks, "In Tranen" (*Met hart en ziel*, 1990)

TRINTA

— Quase não se vê mais nenhuma bolha.

Carmen está se olhando no espelho do quarto. Ela levanta o peito, empurra-o um pouco para a esquerda e para a direita, examinando-o sob todos os ângulos. Estou deitado na cama e acompanho tudo. As queimaduras mais graves sumiram, a pele da mama começa a se regenerar. Ela dá uma boa olhada mais uma vez, veste o sutiã e deita-se ao meu lado na cama, o resto do corpo nu. Amanhã, ela tem uma consulta no Hospital Lucas. Aí, vão-lhe amputar o peito.

É a última noite que dormirei ao lado da minha mulher enquanto ainda tem as duas mamas. Nenhum dos dois sabe bem se prefere falar sobre o assunto ou não. De qualquer modo, falta a ambos o desejo de comemorar a despedida de seu peito com uma boa dose de sexo esta noite. Carmen deita a cabeça sobre meu ombro. Pouco depois, ela quebra o silêncio fungando. Não demora muito e sinto, pela enésima vez desde que o câncer adentrou nossas vidas, suas lágrimas rolarem no meu ombro. Abraço-a mais forte ainda e permanecemos em silêncio.

Não há o que dizer. Isto é o amor nos tempos do câncer.[14]

---

[14]Trocadilho com título do livro *O amor nos tempos do cólera*, de Gabriel García Márquez (1985). (*N. do A.*)

"I don't want to spread any blasphemous rumours/but I think that God has a sick sense of humor"

Depeche Mode, "Blasphemous Rumours" (*Some Great Reward*, 1984)

TRINTA E UM

Sob o olhar observador de Luna, enfeito com Maud a sala de serpentinas.

— Afinal, como correu tudo ontem? — pergunta-me Maud.

— Ela parecia um montinho de gente debaixo daqueles lençóis azul-claros. De vez em quando, voltava a si daquele torpor, geralmente para vomitar. Aí, eu levantava sua cabeça e segurava uma daquelas tigelas por baixo, você sabe, daquelas parecidas com uma caixa de ovos retorcida.

Maud me abraça.

— Ela... já viu como ficou?

— Não. O médico nos aconselhou a tirar as bandagens juntos. Parece que isso é melhor para o processo de superação.

— Meu Deus! Você deve estar numa aflição só!

Concordo com a cabeça.

— Estou morrendo de medo de levar um susto com o que vou ver e de a Carmen perceber isso. — Meus olhos estão mareados.

Ela me pega pelos ombros e me beija na testa. Por instantes, coloco a cabeça sobre seu ombro e ela acaricia minhas costas.

— Mas, Stijntje... — sussurra ela — está tudo bem, querido.

Logo, recobro o controle e dou-lhe um beijo na boca. Ela sorri. Encenando zanga me dá um peteleco na ponta do nariz e seca uma lágrima no rosto.

— Preciso ir — digo. — Logo mais, você dá um potinho de comida para Luna, por favor?

Carmen já está vestida. Ela está na sala de televisão, com um suéter preto, largo, de gola alta. A diferença entre a protuberância da esquerda e da direita não me chama a atenção logo de cara. Carmen percebe meu olhar e diz que encheu o lado sem peito com uma meia de nylon cortada, recheada com três outras meias enroladas e fechada com um nó. A meia de nylon é uma tentativa desesperada de compensar a diferença entre tamanho 46 e Marco Zero, até ela poder usar um sutiã com prótese. É uma produção caseira que consegue alcançar seu propósito.

A cirurgia correu bem, segundo o Dr. Jonkman. Quando tirarem os pontos, Carmen deverá usar o novo sutiã com prótese. Ele aconselha a usá-lo assim que puder. Tendo em vista o tamanho das mamas de Carmen (acredito que ele tinha a intenção de dizer "da mama"), ela corre o risco de a coluna começar a entortar em função do peso. Só faltava essa, ela acabar com uma hérnia por causa do câncer!

O sutiã tem uma aba com velcro, onde se coloca a prótese. Esta, por sua vez, é uma bolsa de silicone cor da pele, na forma de uma gota de chuva cortada ao meio. Isso se houvesse gotas de chuva tamanho 46. No meio da gota, há um pontinho que faz as vezes de mamilo. Ao segurá-la, tem-se a impressão de ser um balão cheio de geléia. Quando Carmen foi buscá-la, ficamos jogando o negócio de um para o outro, às gargalhadas, como se faz com balões cheios d'água em dias de verão.

O Dr. Jonkman pergunta se Carmen e eu gostaríamos de retirar as bandagens num quartinho do hospital. Digo que sim.

Carmen pergunta se estou pronto, antes de tirar o sutiã.

— Vamos lá! — respondo, procurando inspirar-lhe confiança. Quase não tenho coragem de olhar. Já, já, não terei opção. Verei minha mulher com apenas um seio.

Ela solta a presilha do sutiã e deixa as alças escorregarem pelos ombros. Procuro respirar fundo sem chamar a atenção.

Então é isso.

É horrível. Ao lado do familiar, grande, Oh, que lindo peito, surgiu uma superfície lisa com um curativo enorme. É exatamente como eu achava que uma superfície lisa seria, mas me assusto ao vê-la no tórax da minha mulher. Peitos grandes são maravilhosos. O corpo de uma mulher com apenas um peito grande parece uma piada sádica do Criador. Observo a situação por um longo tempo. Primeiro, porque não quero dar a Carmen a impressão de que não tenho coragem de olhar; depois, porque assim não preciso olhar nos olhos dela. Sinto que tenho que dizer alguma coisa.

— O que você quer que eu diga, Carm?

De qualquer forma, não posso dizer que está melhor do que esperava, porque não está.

— É... achatado, não é? — conclui ela, olhando para o curativo no espelho.

— É. É achatado.

Estou ao seu lado enquanto ela tira o esparadrapo que circunda o curativo. Aos poucos, ele se desprende.

O que surge por baixo é de uma feiúra desonrosa para uma mulher. É a maior mutilação que jamais vi ao vivo. Um enorme fecho atravessa o peito da esquerda para a direita. Deve ter uns dez, doze centímetros. Os pontos têm tensão desigual, formando dobras cá e lá, como se fosse o primeiro bordado de uma criança no jardim-de-infância.

— Pode deixar que essas dobras vão desaparecer assim que cicatrizar — conforta-me Carmen, lendo meus pensamentos.

— ...

— É bem feio, não é, Stijn?

Não há como mentir. Procuro, angustiado, responder da forma menos dolorosa possível, ainda que honesta.

— Não é... bonito, não.

— Não, não é bonito. É horrível! — diz ela, sem tirar o olhar do próprio ex-peito.

Então, ela olha para mim. Percebo no seu olhar que ela se sente humilhada até o último fio de cabelo. Humilhada pelo câncer. Deus, como isto é horrível. Quem quer ser belo deve sofrer. Quem quer viver deve ser distintamente feio.

São as leis do câncer.

"So here it is/Merry X-mas/everybody's havin' fun"

Slade, "Merry X-mas Everybody" (*The X-mas Party Album*, 1973)

TRINTA E DOIS

Depois de ter assistido a um vídeo dos Teletubbies com Luna, acho que chega. Antes de se dar conta, você já está falando como Tinky Winky.

É Natal. São dez e meia. Olho para o quarto. Carmen continua dormindo um sono pesado.

— Que tal tomarmos um banho, Luna?

— Jaaaahhhh!!!! — concorda ela.

Brincamos de toboágua com o Tigrão, o ursinho Pooh e a minha canela até a água esfriar. Seco nós dois e ponho um vestidinho de festa nela.

Não sou muito de Natal, mas quero tornar o dia de hoje festivo. Decidi que, se não podemos mais nos divertir lá fora, devemos fazê-lo dentro de casa. Para Carmen, comprei dois vidros de óleo para banho da Kneipp. Um tem melissa (acalma o corpo e o espírito); o outro, flor de tília (proporciona relaxamento total). Luna vai lhe dar o novo CD da Madonna. Divido os cabelos louros de Luna em duas marias-chiquinhas e amarro-as com elásticos enfeitados com minibolas de natal, que compramos esta semana. Luna está adorando.

Quando olho para o quarto, fico satisfeito ao constatar que Carmen não está mais na cama.

— Vamos descer, mamãe está lá embaixo — digo, animado, para Luna.

— Oba! Mamãe, mamãe!

— Você segura o presentinho da mamãe?

— "Sigulo"! — arrulha ela.

— E você se lembra do que vai dizer ao entregá-lo?

— "Feliz Tatau"?

— É... Algo assim. — Sorrio e beijo-a, enternecido.

Carmen está sentada à mesa de jantar, com seu roupão cinza e longo, lendo o jornal. Ela ainda não colocou a peruca nem o sutiã com prótese.

Na frente dela, há uma tigelinha de pudim.

— Você já está comendo? — pergunto, indignado.

— Estou. Estava com fome — responde-me ela, sem perceber nada. — O que é que tem? — complementa, após uma pausa, e leva a colher de pudim à boca.

— Tem que é Natal... — concluo, estupefato.

Luna estende orgulhosamente os bracinhos para entregar o CD embrulhado e um desenho para a mamãe. Eu continuo segurando os dois vidros. Eles estão embrulhados em papel de presente dourado com uma fita vermelha espiralada ao redor.

Carmen leva um susto.

— Ó, céus! Não comprei nada para vocês...

— Também não precisava — minto, baixinho.

Luna ajuda a desembrulhar o CD. Sento-me à mesa e olho em volta. Está uma bagunça. Há CDs, uma *Bij-magazine,* uma *Flair*, um jornal e a agenda de consultas do Hospital Lucas. Do lado de cá, metade de um pão preto de ontem e dois sacos de frios do supermercado Albert Heijn. Além disso, há uma caixa aberta de leite e um pote de pasta de amendoim. Por pura infelicidade, pego uma fatia de pão preto e vou até a geladeira buscar a manteiga. Passo-a no pão e jogo uma fatia de bolo de carne em cima. Enquanto Carmen está ocupada desembrulhando meu presente, ela olha para ver o que estou fazendo. Só então ela se conscientiza daquilo que me chamou a atenção de saída.

— Eu poderia ter preparado um café-da-manhã natalino, não é? — pergunta, sem graça.

Não consigo mais segurar. Minhas lágrimas acabariam me traindo.

— É... — resmungo, desapontando, com a boca cheia de pão dormido e bolo de carne — teria sido legal...

— Ai, meu Deus… Que burrice… Que horror… — Carmen começa a se culpar, completamente desnorteada — Me perdoa, Stijn…

Fico com pena, pego seu braço e digo-lhe que não tem importância. Ficamos abraçados e nos consolamos. Luna olha para nós, transbordando alegria.

— Tenho uma idéia — digo. — Vou ligar para o Frenk e perguntar se ele quer vir aqui logo mais. Aí, vou buscá-lo e aproveito para dar uma passadinha na loja 24 horas para comprar algumas guloseimas. Ela deve estar aberta hoje. Depois eu volto e recomeçamos do início.

Frenk me dá três beijos quando entro na cobertura dele.

— Feliz Natal, meu amigo! — deseja-me, animado.

— Obrigado. Para você também — respondo, sem vida.

Frenk fica me observando.

— As coisas não vão bem, pelo visto.

Balanço um "não" com a cabeça baixa. Choro toda a minha desgraça no ombro dele.

No carro, ponho *Right Here, Right Now*, do Fat Boy Slim, no volume 18. Na loja 24 horas da Rijnstraat, pegamos tudo que nos parece gostoso. Na esquina, no quiosque que vende flores, compro um buquê de rosas. Com as quatro mãos cheias de comida, bebida e flores, entramos cantarolando dentro de casa.

Carmen vestiu a calça preta com o suéter branco que lhe caem tão bem. Ela se maquiou e colocou a peruca. Imediatamente, vem na minha direção e me abraça.

— Feliz Natal, querido! — deseja-me, radiante. — E hoje à noite vou te pagar o melhor boquete de Natal de todo o universo — sussurra, complementando.

"Dizem dois mil zero zero/acabou a festa/opa"

Prince, "1999" (*1999*, 1982)

TRINTA E TRÊS

Comemoramos o milênio em Maarssen. Thomas e Anne estão dando uma festa. Não estou com a mínima vontade. Thomas não me ligou mais desde Miami e Anne apenas pede para falar com Carmen quando atendo o telefone. Por sorte, Maud e Frenk também foram convidados, além de alguns velhos amigos nossos de Breda.

Quando o relógio bate meia-noite, Carmen e eu nos emocionamos. Permanecemos abraçados durante alguns minutos. Não sabemos o que desejar um ao outro. Depois, vou para Frenk e também o abraço longamente. Ele me deseja um ano melhor que o anterior. Maud me beija e acaricia meu rosto.

— Me enchi de orgulho de você este ano, Stijntje — sussurra.

Pouco depois, Thomas se aproxima. Ele me dá um tapinha no ombro, me deseja um feliz ano-novo e pergunta como vou indo. Olho para ele, avaliando-o. Será que ele realmente não sabe? Ou será que não quer saber? Hesito um pouco. Faço de conta que tudo está às mil maravilhas ou digo que a situação está pesadíssima lá em casa, e jogo-lhe na cara que acho lamentável ele não ter-me ligado desde Miami? Nós nos conhecemos há trinta anos. Tenho que poder dizer-lhe como me sinto.

— Nem sempre é fácil, Thomas — começo.

— Não, a vida é assim mesmo... O Natal foi bom?

Tento de novo.

— Nem tanto. Natal não é coisa à toa. É bem mais simbólico do que jamais imaginei e...

— Pois, é. Essas obrigações fazem parte, quer queiramos ou não — ele me interrompe mais do que depressa. — Conosco também é assim no dia de Natal, fomos para a casa dos pais da Anne; no dia seguinte, para a dos meus. Eu sempre chamo essas datas de "dias nacionais da chatice", hahaha.

— Na verdade, não era bem isso que eu quis dizer — contesto. Vamos tentar de outro ângulo. — Mas eu soube pelo Frenk que você não estava de acordo com a minha ida a Miami, agora que a Carmen está com câncer.

Ele leva um susto. Nervoso, olha em volta.

— Humm... Bem, olha... Droga, eu tenho que... tirar os bolinhos da fritadeira, senão ficam pretos feito o Nwanko Kanu,[15] aí ninguém mais vai querer, hahaha. Me desculpe. Volto... já, já.

Sumiu. Fico olhando para ele e quase quebro minha taça de champanhe de tanto apertá-la. A minha mulher não está com uma gripezinha qualquer que passa depois de uma semana e, em seguida, continua-se tocando a vida. Ela tem câncer, seu filho-da-puta. C.Â.N.C.E.R. Como em muito doente, careca, peito amputado, com medo de ir desta para melhor. Como é que você *acha* que estão as coisas lá em casa, seu babaca?

Thomas passa com os bolinhos. Aceito um, pego a garrafa de champanhe de cima da mesa e fujo para fora. Atiro o bolinho com toda a força contra a cerca. Pela janela, vejo um Thomas todo sorridente circulando com a bandeja. Sento-me num banquinho de madeira. Com o olhar fixo nos últimos fogos, penso no ano canceroso que passou.

— Você ainda gosta de mim? — perguntou-me Carmen, na noite de Natal, depois de me dar seu presente.

— Claro que sim, querida — respondi com um sorriso.

Estava mentindo.

A verdade é que não sei ao certo se ainda gosto dela. Sim, eu sofro quando a vejo chorar, passar mal, sentir dor ou quando está com medo. Mas será que isso é "gostar"? Ou será apenas "sentir

---

[15]Nigeriano, queridinho dos torcedores no De Meer. Fazia movimentos inigualáveis com aquelas pernas compridas e finas, e pés imensos. (*N. do A.*)

pena"? E não, não quero deixá-la na mão. Mas será que isso é amor? Ou sentimento de honra?

Bem, mesmo que quiséssemos, não podemos nos separar. Carmen só quer a mim por perto quando, mais uma vez, as coisas não vão muito bem com ela. "Ninguém me entende como você", diz ela nessas horas.

Vindo lá de dentro, ouço Prince cantando que a festa chegou ao fim. "Mas é claro! Esfrega isso na minha cara!", murmuro com meus botões. Sempre vivi conforme o adágio de Stijn: quando não gosto de algo na minha vida, trato de mudar isso. Trabalho, amigos, tudo. Agora, no início de um novo milênio, sinto-me profundamente infeliz pela primeira vez na minha vida. E não posso mudar nada nela.

Feliz ano-novo, Stijn.

"Sinto-me excelente, sinto-me excelente/o mundo é muito doido e eu estou OK/portanto, não fique falando de fome, câncer e violência/ponha um chapeuzinho e cante junto/ sinto-me excelente, sinto-me excelente"

Hans Teeuwen, *Hard en Zielig* (1995)

TRINTA E QUATRO

"Nossa, Carm, acho impressionante como você consegue lidar com isso", ouço Maud dizer para Carmen, quando volto para dentro. "Você faz de tudo, continua sempre animada e ainda vai trabalhar..."

Thomas assente com a cabeça.

— É, você pode se entregar simplesmente, mas essa não é a solução — explica Carmen, dizendo o que todos sempre querem ouvir. — Na verdade, no momento, não está me incomodando.

Hoje à tarde, ela só entrou no mundo dos vivos ao meio-dia e meia.

— Você é tão positiva. Eu admiro muito você — elogia Thomas.

Frenk olha para mim e dá uma piscadela. Carmen ainda reforça mais um pouco:

— E o que mais se pode fazer, não é? Quanto mais positivo se é, mais divertida você torna a situação.

Mais um pouco disso e ela estará andando em cima de carvão em brasa.

Mas não será hoje. Vejo que está cansada da longa noite.

— E aí, querida, vamos indo? — pergunto.

Carmen fica feliz por não precisar fazer a sugestão.

Luna continua dormindo quando a tiro da caminha e carrego para o carro. Frenk me ajuda com as coisas.

— Coragem, garoto — sussurra. — Ela precisa de você.

— Por que diabos você faz como se tudo estivesse às mil maravilhas quando fala com os outros sobre isso? — pergunto, zangado, antes mesmo de dobrarmos a esquina. — Acho que estão todos falando de você lá dentro, agora, cheios de admiração. Como você sempre se mantém tão otimista e que nunca reclama. É você quem sabe, mas eles são nossos amigos e podem ficar sabendo que três quartos do dia são um inferno para você, droga!

Ela fica em silêncio por um tempo. Estou a ponto de continuar com a minha ladainha quando a bomba explode. De repente, ela começa a chorar, histérica, e a bater no painel do carro. Eu levo um susto dos diabos, entro no posto Shell pelo qual estávamos passando no momento e paro o carro no estacionamento deserto. Tento segurá-la, mas ela empurra meus braços com violência. Olho para Luna que, milagre dos milagres, continua dormindo.

— Mas eu não quero que as pessoas pensem que tudo vai às mil maravilhas comigo! Não vai, *nem de longe*! Estou numa merda sem tamanho!!! Será que elas não vêem isso? Estou careca, amputaram a porra do meu peito e... e... estou com tanto medo de que as coisas não terminem bem... que eu sinta dor... e que eu acabe morrendo...! Porra, eu não *quero* morrer! Será que não dá para elas entenderem isso? — Carmen chora com longos espasmos.

— Venha, querida, venha — digo, baixinho. Ela então se deixa abraçar.

— Eu realmente não sei de mais nada, Stijn... — soluça. — Será que eu tenho que ficar reclamando? Divertido, não?... Aí ninguém mais vai querer saber como estou passando... Todo mundo vai pensar: "Lá vem aquela chata de novo."

— Carm, você não precisa ficar envergonhada se você não se sente sempre bem. Você não pode esperar apoio dos outros se eles não sabem como você está se sentindo de verdade, o que você realmente sente.

— Humm... Talvez eu tenha que ser mais honesta com todo mundo... — Ela olha para mim. — Seria melhor, não é?

Eu concordo. Ela se aconchega junto a mim e coloca a cabeça no meu ombro.

— Eu não tinha coragem de lhe contar isso — desabafa ela, depois de algum tempo —, mas eu... Estou pensando em parar de trabalhar na Advertising Brokers.

— Você está coberta de razão — digo, sem hesitar.

Ela se endireita de novo e me olha surpresa.

— Isso mesmo. Você já deveria ter feito isso há muito tempo. A empresa é sua. Você sempre poderá voltar quando se sentir melhor.

Carmen fita o painel. Vejo-a cerrar os dentes.

— É isso! — diz, com voz firme, de repente — Aí eu vou para a academia e... fico com a Luna um dia a mais em casa e... vou fazer compras e ler e... simplesmente, pensar mais em mim. — Ela dá mais um tapa no painel. — Isso mesmo. Vou parar. Eles que se virem!

Dou um risinho de satisfação.

E foi assim que aconteceu. No primeiro dia do novo milênio, Carmen (35) parou de trabalhar.

Parte Dois
Stijn & Carmen
e
Stijn & Roos

"Era carnaval, o amor se rebelava e brincava de casamenteiro na cidade, como se os corações das pessoas fossem provocados e ficassem irrequietos"

Sándor Márai, *Gloed* (*1942*)

UM

As ruas de Breda estão cheias de sapos bêbados, fazendeiros risonhos, padres cantantes, galinhas assanhadas, elfos excitados e outros tipos que não se encontram em Amsterdã. Maud e eu voltamos às origens por três dias. Carmen, Frenk e Ramon não quiseram vir. Carmen não gosta de carnaval (eu mentiria se dissesse que me importo), Frenk tem estilo e Ramon vem do Chile. Se Thomas pretende vir este ano, não me importa.

Maud e eu estamos animados. Enquanto rumamos ao sul, escutamos *O pior de Huub Hangop*,[16] um cantor de músicas de carnaval tão ruins que chegam a ser divertidas. Mandei fazer um terno de um tecido imitando pele de tigre superdescolado, combinei com uma camisa preta à altura e pintei o cabelo de prateado. Maud veste um uniforme de enfermeira com uma saiazinha que jamais vi usarem no Hospital Lucas. Largamos nossas coisas no Hotel Van Ham e seguimos direto para o De Bommel.

De Bommel é o melhor bar dentro de nossas fronteiras. Passear, em Breda, é dar uma passada no Bommel; uma cervejinha, Bommelzinha; e o barman do De Bommel é mais respeitado em Breda do que o centroavante do NAC. Isso não é segredo. "Deixem-nos em paz, pelo amor de Deus", estava impresso num cartãozinho que recebi numa noite movimentada, quando tive a petulância de incomodar o pessoal do bar com algo trivial como um pedido. Durante o

[16]Veja também www.kluun.nl (*N. do A.*)

carnaval, todos que se entendem por (ex-) "bredaneses" de respeito vêm aqui para ver e serem vistos. Durante o carnaval, o público é mais bonito e animado do que em qualquer barzinho de Amsterdã. Além disso, é Brabante, a província da Holanda onde as pessoas nascem com personalidade.

Roos também mora em Amsterdã. Ela mesma contou-me isso alguma vez. Nunca cruzei com ela lá, infelizmente. Só nos vemos durante o carnaval. Todos os anos me apaixono por ela *ad interim*, durante esses três dias. E todos os anos ela me dá um fora às gargalhadas. Não sei por quê.

Roos está aqui de novo. E está usando o mesmo chapéu. Uma boina de soldado azul-acinzentada. Parecida com a que está estampada nas peças que representam os sargentos em combate, o jogo de tabuleiro da minha infância. Só que nela fica mais sexy. No ano passado, no meio da minha bebedeira, ainda cheguei a criar toda uma história em torno da boina. Disse que não tinha visto um chapéu tão sexy desde *A insustentável leveza do ser.* Só que não deu em nada.

Mas este ano, a minha fantasia está irresistível. Não há por que não me dar bem hoje. Você tem que pegá-las enquanto estão voando baixo.

— Oi, Roos. — *Aqueles cabelos louros...*

— Uh...

Aqueles olhos azuis

— ...Uh... Stijn, não é?

Aqueles cílios...

— Isso. — *Aqueles lábios sedutores...*

— Stijn, de Amsterdã...

Noto que ela está olhando para a minha fantasia. Isto está dando muito certo.

— ..., que era casado. — Ela pega minha mão e aponta para a aliança. — Correção: que é casado.

Ah, é! Era isso. Ela tem princípios. Odeio princípios.[17]

[17]Adaptado de *Os Smurfs*. (*N. do A.*)

— E aí? — pergunta, brincando — Vai tentar me cantar de novo hoje à noite?

Mudança de planos.

— Não. Já sei que você não gosta de alianças. Sabe do que mais, ainda vou te convidar para tomar alguma coisa em Amsterdã. Sou um cara legal, sabia? — Coloco meu braço ostensivamente atrás das costas. — E possuidor de uma total pureza platônica.

Ela cai na gargalhada. *Bingo*!

Pego um cartão de visitas de dentro da minha jaqueta felina, escrevo "Vale uma bebida platônica" e dou a ela.

Rindo da minha própria astúcia, volto para onde está Maud. Ela está aos beijos com um enorme urso vestindo a camisa do NAC. Quando ela dá um descanso à língua, reconheço o rapaz.

Quer dizer que Thomas também está aqui.

"Estou com tanto tesão, estou mais que doidão /
Sou do Tirol, sou o Anton"

DJ Ötzi, "Anton aus Tirol" (*Das Album*, 1999)

DOIS

A animação do carnaval é tão viciante que, antes mesmo de começar, eu já me preocupo com o vazio no qual me encontro agora. Estou sozinho no quarto de hotel. A cama de Maud continua arrumada. Tenho uma enorme dificuldade para me conter e não enviar uma mensagem para Anne dizendo que, se ela estiver à procura do marido, é melhor ligar para o celular da Maud. Lembranças, Stijn.

Levanto-me e olho pela janela. A rua está cheia de restos do desfile de ontem. Sob um alpendre, há um palhaço bêbado, deitado. Vejo passar uma girafa abraçada com uma bruxa com quem acabou de transar.

Eu tinha — mais ou menos — prometido à Carmen que voltaria para casa hoje. A terça-feira de carnaval em Breda é algo parecido ao lusco-fusco: oficialmente, ainda é carnaval, mas a cidade já demonstra sintomas de abstinência. Hoje, só se vêem aqueles com uma empolgação imbatível e os que preferem não voltar para casa. Geralmente, faço parte da primeira categoria. Este ano, das duas. Não quero voltar para minha rotina diária. Quero ficar. Vou ligar para Carmen.

— Oi, querida!

— Oi!

— Como vai?

— Indo. — Ela não parece de mau humor.

— E a pequena?

— Vai bem. Tem dormido bastante ultimamente. E como foi em Breda?

— Fantástico. Animado como sempre.

— Que bom! Fico feliz que tenha gostado. A que horas você volta?

— Hum... Estava pensando em ficar mais um dia. Eu só preciso estar na MIU na quarta-feira. Você concorda?

— ...

— Carmen?

— Biiipbiiipbiiip.

Suspiro fundo. Prorrogação. Mas amanhã será pior do que o dia que se seguiu à final de 1974.

"I'm so excited/I'm about to lose control/and I think I like it"

The Pointer Sisters, "So Excited" (*So Excited*, 1982)

TRÊS

Ainda cheguei a ver Maud de manhã, quando veio buscar suas coisas.

— E aí? — perguntei, em tom de gozação. — O Thomas ainda está dando conta do recado?

Ela deu de ombros.

— Ele me implorou para não contar que tinha sido com ele que eu passei a noite — confessou ela. O desprezo na sua voz me fez bem.

Disse-lhe que Carmen ficou radiante quando lhe contei da minha decisão de ficar mais um dia.

— Mas, afinal, o que é que estamos fazendo? — riu Maud, balançando a cabeça, e voltou para Amsterdã de trem.

Uma hora depois, eu estava sozinho no De Bommel. Havia três gatos pingados e uma cabeça de girafa. Só à tardinha, começou a chegar mais gente. De puro tédio, fiquei aos beijos com uma garota que tinha um nariz de bruxa enorme. E ela nem usava fantasia de bruxa.

Hoje é quarta-feira. Estou sozinho tomando o café-da-manhã no salão do hotel. No local, faxineiros e carpinteiros retiram os restos do carnaval. Daqui a pouco, volto, apenas eu e Deus, para Amsterdã e, à noitinha, terei que encarar Carmen. Enviei-lhe uma mensagem dizendo que ainda vou trabalhar algumas horas e volto para casa lá pelas seis. Ela não respondeu.

Em Amsterdã, vou direto para o Olympisch. Quando chego, o pessoal da MIU está almoçando. Vou sentar com eles e conto histórias de carnaval, pelo menos as que passam pela censura. Depois, vou para meu computador e abro os e-mails. Holland

Casino, KPN, Centerparcs, muita bobagem e uma mensagem de alguém que não conheço: roseanneverschueren@hotmail.com. Abro e sorrio. Roseanneverschueren é Roos.

De: roseanneverschueren@hotmail.com
Enviado: quarta-feira, 8 de março de 2000, 11:47
Para: stijn@creativeandstrategicmarketingagencymerkinuitvoering.nl
Assunto: Acordado?

Oi, tigrinho! Achei seu cartão...
Estou tremendo por todo meu corpinho, com minha quarta xícara de café e octogésimo cigarro, com um bando de pessoas resmungonas e sérias demais à minha volta.
Quero voltar para o sul! E você, ainda se divertiu? Conseguiu encontrar alguma garota que quisesse beijar você?
Abraços, Roos.

P.S.: Você não queria tomar um goró platônico? Eu topo. Você pode nesta sexta?

OBA! *Target has been successfully hit!* Acertei na mosca! Meu dia está salvo! Releio a mensagem três vezes e formulo a resposta com cuidado. Nada de ir com muita sede ao pote. Confirmar o encontro sem exercer pressão demais nem demonstrar muita expectativa. Mas deixar transparecer que a acho especial. Levo quarenta e cinco minutos para chegar ao que acredito ser uma combinação perfeita de indiferença, entusiasmo, jovialidade platônica e tensão ingênua. Releio a mensagem mais uma vez, coloco um erro de ortografia para parecer espontâneo e aperto o "send".

De:stijn@creativeandstrategicmarketingagencymerkinuitvoering.nl
Enviado: quarta-feira, 8 de março de 2000, 15:26
Para: roseanneverschueren@hotmail.com
Assunto: Re: Acordado?

Sexta-fera eu posso.
Abs, Stijn

Depois vou para casa, arrastando os pés.

Luna é boazinha comigo. Carmen, não. Melhor eu não começar a falar sobre os meus planos de sair na sexta-feira.

"I'm driving in my car/I'm pullin you close/you just say no/you say you don't like it/but girl I know you're a liar/'cause when we kiss... fire"

Bruce Springsteen, "Fire" (*1978*, Live 1975-1985, 1986)

QUATRO

— Vou me encontrar com vocês só depois do jantar. Um primo meu de Breda está em Amsterdã, esta tarde, e vou tomar um chopinho com ele primeiro —, digo a Frenk durante o almoço, da forma mais casual possível. — Eu mando um torpedo para saber aonde vocês vão depois do jantar. A que horas você combinou com o Hakan e o Ramon?

— Às sete, no Club Inez — responde Frenk.

> **Club Inez.** A comida é tão *in* que, em cada prato do cardápio, há pelo menos um ingrediente que desconheço por completo. Ainda bem que Frenk geralmente está junto.

Eu mando um e-mail para Roos e pergunto se ela quer dar uma passadinha na MIU primeiro para conhecer nosso escritório e, de lá, seguir para Vak Zuid. Peço que me ligue caso pretenda chegar mais cedo para evitar qualquer possibilidade de ela aparecer às seis e meia e eu, vermelho feito um pimentão, ter de explicar para toda a turma quem é mais essa daí.

Tudo está dando certo. São quinze para as sete e todos já foram para casa. Frenk também já está indo, diz ele. E aí Roos liga dizendo que chegará meia hora mais tarde. Muito educado da parte dela; mas uma pena eu estar no banheiro naquele exato momento e Frenk atender o telefone.

Às gargalhadas, Frenk veste o paletó enquanto balança a cabeça.

— Divirta-se com seu primo — diz, saindo porta afora.

Aos poucos, meu rosto volta à coloração normal. Coloco um CD do Daft Punk bem alto e pego uma Budweiser na geladeira. Estou curioso para saber como ela fica sem fantasia. Não consigo imaginar algo que eu possa desaprovar.

E é isso mesmo. Tocam na campainha, vou até a porta e lá está a Deusa Loura de Breda, bem em frente da porta de vidro do nosso escritório. Ela veste um casaco preto comprido e uma boina preta sobre os longos cabelos louros. E sorri. Dou um sorrisinho maroto e abro a porta.

— Boa noite, Senhora.

— Boa noite, Senhor.

Beijo-a nas bochechas três vezes, procurando ser o mais platônico possível. Ofereço uma cerveja e mostro-lhe o escritório, contando a história da MIU de forma quase indiferente. Ela acha graça. Tudo está correndo às mil maravilhas.

Vak Zuid está cheio. Minha intenção é me encontrar com Frenk e a turma por volta de nove horas, caso perceba que Roos não está a fim de ir para a cama.

Não demoro muito para perceber isso. Quer dizer, não que ela nunca esteja a fim de ir para a cama, ela só não está a fim de ir comigo e com minha aliança. Confesso-lhe que começo a temer que seu nome passe, definitivamente, do escaninho "pendente" para o "platônico".

> **Vak Zuid**. Pois é. Por estar bem do outro lado da MIU, no Olympisch Stadion, tornou-se, por questões geográficas, à força, nosso barzinho predileto. Faz mais o estilo de *happy hour* de sexta-feira. Todas as sextas, às cinco da tarde, fica lotado de homens de camisa listrada e gola branca e mulheres de tailleur. Achei horrível quando fui pela primeira vez. Até perceber que mulheres de tailleur, depois do quinto Breezer, ficam tão animadas quanto qualquer loura oxigenada de cinto Moschino na Bastille. Desde então, passei a gostar.

— Você parece mesmo um cachorrinho — diz, rindo.

— Um cachorrinho?

— Brincalhão, pulando em cima de todo mundo, lambendo tudo e todos...

— Quero crer que você tenha uma queda por cachorrinhos — arrisco, olhando-a nos olhos.

Ela começa a corar. Peguei!

— Hum... é. Mas cachorrinhos *casados* são traiçoeiros demais para o meu gosto.

Acho que daqui a pouco vou me encontrar com os rapazes. O que é que estou procurando aqui? Vou dizer que tenho de estar em casa daqui a meia hora, nada mais simples. É isso mesmo que eu vou fazer.

— Ô, Roos...

— Sim?

Aqueles cabelos. Aqueles olhos. Aqueles dentes divinos.

— Que tal irmos jantar?

Vamos ao De Knijp na Van Baerlestraat. Quem freqüenta o lugar ou está indo ao Concertgebouw ou voltando de lá, e eu não consigo imaginar que possa me deparar com algum conhecido por lá. Pedimos dois bifes com batata frita. Ela fala do último namorado, um rapaz da Frísia, e diz que tem esperança que reatem.

— E você, conte-me sobre sua mulher.

Foi você que pediu.

— Você está disposta a ouvir uma história horrível?

— Nada do tipo "minha esposa não me compreende"...

— Não — interrompo, um pouco irritado. Começo a contar. Sobre o câncer. Sobre as quimioterapias. Sobre os medos. A mastectomia. O nosso relacionamento.

Enquanto escuta, ela coloca sua mão sobre a minha.

Quando saímos, vejo que Ramon mandou uma mensagem.

E aí, está transando, seu babuíno tarado?
Estamos indo para o NL, e você?

Respondo que não vou mais. Embora saiba que a possibilidade de Zinedine Zidane[18] assinar um contrato com o Ajax seja maior do que a de eu transar com Roos esta noite.

---

[18]Ex-jogador europeu do ano, foi quase tão bom quanto Rafael van der Vaart um dia será. (*N. do A.*)

— Gostaria de ir dançar? — pergunto.

Ela diz que adora dançar. Eu também, desde Miami, embora não faça idéia de como sejam as batidas do house sem os efeitos do ecstasy. Nunca estive no More, mas não tenho coragem de ir para lá. É para onde Frenk costuma ir depois das duas. Digo que tenho vontade de ir para o Paradiso.

> Algumas pessoas ainda não acreditam que o homem tenha pisado na lua. Tenho essa mesma sensação no **Paradiso**. Recuso-me, terminantemente, a acreditar que os Stones e o Prince — e até meu próprio Springsteen — tenham dado uma canja aqui após um concerto no estádio Kuip, em Roterdã e desconfio daqueles que afirmam ter estado num desses concertos. Acho que foram pagos pelo Paradiso para espalhar esse boato. Ou para me irritar. Afinal, já fico numa felicidade só quando consigo entradas para o De Dijk.

Sentados na saleta de cima, continuamos nossa conversa. Ela coloca a mão no meu joelho, de forma muito natural, como se nos conhecêssemos há anos. Coloco minha mão sobre a dela, fazendo o possível para não parecer que estou dando em cima.

— Vamos dançar? — convido.

Descemos em direção à pista de dança. Conversamos mais do que nos mexemos. Não demora muito e estamos num canto, conversando. E continuamos falando. Sobre tudo e nada. Mas faz tempo que nossos olhos não participam mais da conversa. Eles cobiçam. Não há como evitar. É mais forte. No meio de uma frase, empurro-a contra a parede e dou-lhe um beijo. Ela amolece e se entrega. Do tudo, se chega ao nada.[19] Nos beijamos. E beijamos. E continuamos beijando. Minutos a fio. Olho para ela e dou de ombros, como se eu também não entendesse. Ela balança a cabeça. Ela também não entende. Continuamos onde havíamos parado. Pouco depois, vamos embora.

Ela mora na Eerste Helmersstraat, no Oud-West. Estaciono o carro numa vaga, abro o zíper da sua calça e escorrego a mão

[19]Adaptado de "Op de dansvloer", do Extince (*Binnenlandse Funk*, 1998) (*N. do A.*)

dentro dela. Roos está completamente molhada. De repente, ela puxa minha mão, vesga de tesão.

— Não vamos fazer isso — diz.

Coloco sua mão na minha calça. Meu pau está a ponto de pular para fora. Ela ri e tira a mão. Suspiro fundo. Nem dá para fazer. São quatro e dez. Eu nunca chego em casa depois de quatro e quinze. Carmen sabe que todos os locais que freqüento fecham, mais tardar, às quatro.

Beijo Roos mais uma vez, ela desce do carro, fico olhando enquanto se afasta, mando um beijo através da janela e vou para casa.

Estou completamente perdido.

"Red alert red alert/it's a catastrophe/but don't worry/don't panic"

Basement Jaxx, "Red Alert" (*Remedy*, 1999)

CINCO

Estou no carro. Ela está em casa, diz. Trocamos e-mails com freqüência esta semana. Na segunda-feira, ela me disse que tinha gostado, mas que deveria ter voltado mais cedo. Não lamentava o que havia acontecido, mas repetiu que não queria ter um caso com um homem casado. Não sabia se era muito aconselhável me ver de novo, escreveu. Não acredito em uma palavra, mas prefiro não contrariá-la por e-mail. Agora, ao ligar, percebo que tinha razão. Ela está feliz por eu ter telefonado. É quinta-feira à noite. Conversamos sobre coisas inocentes. Conto algo sobre o meu trabalho e sobre Luna. Ela, sobre os colegas. Nesse meio tempo, salto do carro com as flores que acabei de comprar na loja 24 horas da Stadionplein.

— Qual é mesmo o número da sua casa, na Eerste Helmers?

— Uh... Setenta e nove. Por quê?

Toco a campainha.

— Espere um pouco. Estão tocando a campainha.

— Estou esperando.

Do primeiro andar, ela pergunta pelo interfone: "Alô?"

Digo "oi" pelo celular e pelo interfone.

Silêncio.

— O quê?

— Abre logo.

— É... você?

— Não! É o Harry Belafonte.

— Deus do céu...

Ela aperta o botão e eu abro a porta.

— Você está louco... — diz, enquanto me vê subindo as escadas com um sorriso maroto. Seu olhar me confirma que esta jogada foi muito esperta.

Coloco as flores sobre a mesa e a beijo. Ela está de roupão e os cabelos estão molhados. Enquanto nos beijamos, empurro-a para trás, até cairmos no sofá. O roupão abre-se um pouco. Ela vê que estou olhando, fecha-o rindo e se aninha perto de mim. Passo os dedos entre seus cabelos e beijo-a na cabeça. Faz tempo que não sento assim com Carmen. Estou adorando.

Nós nos beijamos de novo, de forma cada vez mais impetuosa. Minha mão abre caminho no roupão. Ela não me impede. Massageio seus peitos. São macios. Apaixono-me na hora. Beijo e mordisco seu pescoço.

De repente, ela se levanta.

— Você... quer café? — pergunta-me.

— Se você não tem nenhuma idéia melhor, então, quero sim — rio.

Dou uma olhada no suporte de CDs e vejo que ela tem *Ray Of Light*, da Madonna. Ela enche duas canecas e volta a sentar ao meu lado, com o roupão comportadamente abotoado. Conversamos sobre música e outras bobagens. Puxo-a para perto de mim. O processo se reinicia. Madonna canta. *Wanted it so badly, running rushing back for more... the face of you... my substitute for love.*[20] Acaricio-a com ternura. Agora, ela está deitada no banco, com a cabeça sobre meu peito. Abro o botão do roupão, enquanto ela sussurra de olhos fechados: "Não faça isso..."

Duas músicas da Madonna mais tarde, ela me beija de novo. Levo minha mão de novo ao seu peito. *And I feel like I Just got home...*[21] Desço. Ela suspira e joga a cabeça para trás. Desta vez, ela não me impede quando minha mão cruza sua barriga e desce

---

[20]Eu queria tanto, voltar correndo, me precipitando em busca de mais... Seu rosto... Meu substituto para o amor (*N. da T.*);
em "Substitute For Love". (*N. do A.*)

[21]E me sinto como se tivesse acabado de chegar em casa (*N. da T.*);
em "Ray Of Light". (*N. do A.*)

ainda mais. *Put your hand on my skin... I close my eyes... I need to make a connection... touch me I'm trying... to see inside of your soul... I close your eyes... Do I know you from somewhere...*[22] Ajoelho-me entre suas pernas e empurro meu sexo contra o dela. Ela sacode a cabeça.

— Não consigo deixar de tocar você. Se quiser, me mande embora, se não vou continuar — suspiro. Estou com tanto tesão quanto Patrick Kluivert[23] depois de uma noite no Sinners.

Ela olha para mim, mas logo me pega pela gola da camisa e me puxa para si. Seu roupão escorregou pelos ombros. Agora, está completamente nua. Ela começa a desabotoar minha camisa, e eu, nervoso, minha calça. Abro as pernas dela. Estou tenso. Ainda lhe dou alguns segundos para balançar um "não" com a cabeça. — *Watching the signs as they go...* — Ela não balança a cabeça. Com um olhar enevoado, ela aquiesce com um movimento quase imperceptível. — *I think I'll follow my heart* — Devagar, vou penetrando. — *... It's a very good place to start...*[24] Que delícia, a sensação dentro de Roos.

Sinto o mesmo mais tarde, na sua cama, e no sábado seguinte mais três vezes, quando digo estar no centro por coincidência. O urso está solto.

Por Deus, no que é que eu fui me meter?

---

[22]Coloque sua mão na minha pele... Fecho os olhos... Preciso sentir um vínculo... Toque-me estou tentando... Ver no interior da sua alma... Fecho seus olhos... Conheço-o de algum lugar... (*N. da T.*); em "Skin" (*N. do A.*)

[23]Jogador de futebol (Ajax, Barcelona) cuja libido durante a puberdade era tão possante quanto a capacidade de marcar gols. Ambos acabaram se reduzindo a proporções normais nos últimos anos. (*N. do A.*)

[24]Observando os sinais à medida que surgem... Acho que vou seguir meu coração... É um ótimo lugar para começar. (*N. da T.*); em "Sky Fits Heaven" (*N. do A.*)

"She says her love for me could never die/that would change if she ever found out about you and I/oh, but it's so damn easy making love to you/so when it gets too much/I need to feel your touch/ I'm gonna run to you"

Brian Adams, "Run To You" (*Reckless*, 1984)

SEIS

Trair não tem a menor graça. É como se masturbar. A única diferença é que, por acaso, tem um corpo de mulher envolvido.

Ter um relacionamento é bem diferente. Aí transar torna-se *fazer amor.* Não se trata mais apenas de um corpo de mulher onde você gosta de molhar o biscoito; não... de repente, trata-se de uma *mulher*. Era justamente o que sempre quis evitar. Minha necessidade implacável de trair fisicamente já era deprimente o bastante. Outras mulheres podiam me tocar onde quisessem, menos no meu coração. Meu corpo e espírito podem ser monofóbicos, mas meu coração era monogâmico. Ele estava destinado à Carmen. Roos sabe que jamais teríamos tido um relacionamento não fosse Carmen ter ficado doente. Mas Carmen está doente. Na primavera de 2000, rosseanneverschueren@hotmail.com, carinhosamente chamada de Deusa, apelidada de Roos, armazenada no celular como Boris, torna-se a primeira amante que já tive na vida.

Nós nos complementamos com perfeição. Roos me dá o que me falta em casa e, assim, consigo resgatar, mesmo que seja em tempo parcial, minha alegria de viver. Ela me mima com tudo o que tem de feminino nela. Ela é exatamente a mulher de que preciso nestes tempos de câncer. Ela é minha rainha substituta.

De minha parte, cubro-a de atenções, toda a atenção que tenho dentro de mim. Ela recebe os pontos altos de Stijn. Perto de mim, sente-se mais mulher do que nunca.

— Você me chama de Deusa e é assim que me sinto com você — comenta, encantada, quando apareço com uma rosa e um vale presente de uma loja de lingerie. Roos gosta do papel que desempenha e o faz com dedicação. Ela deixa a meu cargo o quê e onde, quando e como vamos fazer. Pergunta-me o que deve vestir quando saímos. Qual a cor da lingerie que deve comprar. E raspa os pelos púbicos do jeito que eu acho sexy.

O relacionamento é como heroína. Algumas semanas bastaram para eu ficar viciado em Roos, viciado na sensação que ela me dá. Procuro estar com ela sempre que posso. Todos os clichês que têm a ver com traição saem do armário. De vez em quando vou "cedo para o trabalho" de manhã. Vou ao centro "para escutar uns CDs". Uso as "Escapadas do Stijn às sextas à noite" como desculpa. Ou quando o Ajax está jogando em casa. Leio algum resumo do jogo na Internet e decoro tudo antes de ir para casa. Combinamos de nos encontrar depois do jantar com um cliente, já tarde da noite. Uma vez, e muito raramente, duas vezes por semana, conseguimos ficar mais tempo juntos. Então, vamos a um barzinho ou restaurante, onde a possibilidade de encontrar algum conhecido seja quase nula, e conversamos a noite toda. Geralmente, sobre sexo. Sobre o sexo que já fizemos, o que ainda faremos, ou aquele com que fantasiamos. E, quando não falamos de sexo, fazemos sexo. Transamos até dizer chega. Na casa dela, no meu carro, no escritório da MIU em Vondelpark, em Amsterdamse Bos, em tudo quanto é lugar.

Durante o dia, não fazemos outra coisa senão enviar e-mails um para o outro. Dezenas de mensagens por dia. Escrevemos sobre a situação lá em casa, nosso próximo encontro, o trabalho dela, o meu, o atraso do trem. Todas aquelas coisas sobre as quais se conversa durante as refeições quando se tem um relacionamento normal. Passo metade do tempo checando se tem alguma mensagem nova dela na caixa de entrada. A minha produtividade na Merk in Uitvoering cai para o nível do Bryan Roy.[25]

---

[25]Antigo jogador do Ajax, no início dos anos 1990. Ponta-esquerda de céu de brigadeiro, com jogadas individuais de lamber os beiços e resultado de cair em prantos. (*N. do A.*)

Nos fins de semana, quando não consigo checar meu e-mail, mando torpedos. Dez, vinte vezes por dia. Quando vou ao banheiro, quando Carmen vai ao banheiro, quando vou procurar algo "que esqueci" no carro, quando dou banho em Luna, quando escovo os dentes. Todo e qualquer minuto em que estou sozinho.

Bom dia, Deusa! Ainda sonhou comigo? Ligo já, quando voltar da creche.

Nossa... Posso lhe nomear para o Prêmio Nobel de Chupada? Você foi divina. Bom fim de semana, Deusa.

Pena, não dá para ligar agora. Carmen em casa. Ammmmmanhã serei todinho seu de novo. Nos falamos por e-mail. Bjs.

Roos, de sua parte, não pode fazer outra coisa senão ficar esperando. Espera até eu ligar, espera para ver se o encontro vai sair ou se terei que cancelar no último instante, espera até eu enviar uma mensagem.

Combinamos um código rígido: Roos jamais deve me ligar e só deve responder uma mensagem se eu tiver colocado, explicitamente, um ponto de interrogação no final, e isso só até cinco minutos depois de eu ter enviado a minha.

X. Você está em casa?

Morro de medo que descubram. No meu celular, Roos se chama "Boris" — o estagiário que está conosco — durante um mês, e "Arjan KPN" — um cliente meu — no mês seguinte. Vivo limpando a lista de "Ligações Realizadas" no menu de "Chamadas" após cada telefonema. Cada torpedo que recebo é apagado de imediato. Limpo a caixa de entrada várias vezes ao dia. Nunca envio e-mails para ela do computador de casa.

Quando peço, ela vem. A qualquer hora do dia, onde quer que eu esteja. Se volto de um cliente em Eindhoven, ela vai de trem até

Utrecht, onde ficamos conversando durante quarenta e cinco minutos num café e, depois, voltamos juntos para Amsterdã.

Ela cancela encontros com as amigas por não saber a que horas vai terminar meu jantar com um cliente e se vamos poder nos ver logo depois. Isso pode ser às dez e meia ou à meia-noite e meia.

Um encontro com Roos sempre termina da mesma forma. Eu tomo uma chuveirada, dou uma boa geral no meu pinto e no meu rosto e saio do calor da cama de Roos para entrar no frio da noite. Só. No carro, ainda queimando de tensão, do carinho e do sexo com Roos, reluto em ter de voltar para casa. São os piores momentos de toda a semana. Com um nó no estômago, procuro uma vaga na Amstelveenseweg. Antes de sair do carro, fico alguns minutos verificando minha história, controlando se há furos e, repetindo-a para mim mesmo, morto de medo de que possa haver falhas no meu álibi para aquela noite.

Depois, tiro a roupa no andar de baixo para fazer o mínimo de barulho possível, deslizo escadas acima, capricho ao escovar os dentes, entro na cama com cuidado e fico, pelo menos, meia hora acordado, de costas para Carmen, os olhos bem abertos e os nervos à flor da pele, com a possibilidade de ter esquecido de algum detalhe ou de ainda estar cheirando à Roos. Principalmente quando chego em casa depois de uma e quinze durante a semana, e Carmen bem sabe que os barzinhos fecham à uma.

De manhã, só consigo relaxar quando percebo que o ambiente está bom e meu álibi parece ter funcionado, mais uma vez. Aí, não poderia me sentir melhor. Sou carinhoso com Carmen, brinco com Luna, sinto-me cheio de energia e sou brincalhão, independentemente de quanto eu tenha bebido e da hora que tenha chegado.

Nessas horas, a injeção de alegria de viver que recebi está fazendo seu efeito.

"It's you and the things you do to me/now I'm living in ecstasy"

Sister Sledge, "Thinking of You" (*We Are Family*, 1979)

SETE

Passei semanas ansiando por isso e preparei tudo até nos mínimos detalhes. Luna estará com a minha sogra durante o fim de semana. Consegui algumas "vitaminas" através do contato de Ramon e descobri onde Frenk, Maud e Ramon estarão no sábado para procurar ficar o mais longe possível deles com Roos.

Carmen está em Mônaco, onde participa do fim de semana anual dos funcionários da Advertising Brokers. As garotas ficaram loucas de felicidade quando souberam que ela havia decidido ir. Onde Carmen vai, há diversão, todos sabem disso. Depois de levá-la ao aeroporto de Schiphol, vou direto para Roos.

Quando entro, ela ordena, da cozinha, que devo ir imediatamente para o quarto me deitar. Não considero isso um castigo; gosto de ser comandado para variar. Pouco depois, ela entra no quarto, vestindo um camisão sem nada por baixo e carregando uma bandeja tão grande que quase não passa pela porta. Vejo pãezinhos, salmão, abacate, cream cheese, suco de laranja fresco e uma garrafa de champanhe com um laço em volta.

— Essa é para comemorar seu aniversário, semana que vem — revela. — Eu não posso lhe dar um presente para levar para casa, então resolvi fazer isso... — Ela olha com malícia e desabotoa a blusa pausadamente. — O que você vai querer primeiro?

Fico emocionado e excitado ao mesmo tempo.

— Comer — decido e mergulho minha boca entre suas pernas para passar alguns minutos por lá. Depois de uma manhã e tarde inteiras de prazer, transas, refeições, sonecas, conversas, risos, transas, sonecas e mais transas, sinto-me o homem mais feliz do mundo.

Pouco antes de Roos e eu irmos ao centro para dar um passeio, recebo um torpedo. Carmen. Ela diz que está se divertindo muito e que comprou um vestidinho para Luna em Monte Carlo, e um par de botas caríssimo e uma jaqueta jeans da Diesel para si mesma. Sorrio, digo a Roos o motivo — ela ri com ternura — e mando uma mensagem para Carmen:

> Estou orgulhoso de você e feliz que esteja se divertindo, amor da minha vida. Bjs!

Animado, mostro a Roos o que escrevi para Carmen. Errado.

— Hm... Legal você chamá-la assim — comenta, amarga. — Pelo menos, agora sei meu lugar.

Eu bem que poderia começar a fazer um discurso sobre o conceito de tempo, que Carmen é o amor da minha vida *até agora*, e que nunca se pode saber como o resto da vida vai transcorrer, mas não me parece muito esperto me enveredar por aí neste momento. Como é que eu consegui, justo naquele único fim de semana em que sou completamente dela, arrancá-la de sua nuvenzinha cor-de-rosa?

— Tudo bem — diz ela, de forma quase passageira enquanto estamos no café Weber, na Marnixstraat — uma mensagenzinha dessas na verdade não muda nada. Bem sei que jamais terei com você o que Carmen tem.

— Mas você sabe que é muito importante para mim...

— Sei. Mas ninguém mais. Seus amigos nem sabem que existo. Nem como mulher nem como pessoa. Como é que você acha que eu me sinto? — Ela me encara de forma penetrante. — E não posso contar a nosso respeito nem para os meus próprios pais. Um caso com um homem casado, cuja esposa tem câncer. Eles adorariam a novidade! A minha irmã não quis nem ouvir falar quando comecei a contar, bem sutilmente. Foi me cortando logo. E uma amiga com quem comentei achou vergonhoso. Ela não entende por que eu faço isso e que tipo de homem é capaz de fazer uma coisa dessas enquanto a mulher está doente.

— Pfuuu... — suspiro, tomando o último gole do meu porto.

— É, "pfuuu", isso mesmo. E aí você ainda me dá para ler esse tipo de mensagem para a Carmen. Isso ainda é muito estimulante, queridinho... — retruca ela, piscando o olho. — Portanto, pode esquecer que hoje você não vai voltar cedo para casa. Finalmente, tenho você só para mim.

> **Lux e/ou Weber**. São *lounge-cafés* na Marnixstraat. Nunca sei se estou num ou noutro, de tão parecidos que são. Pela enésima vez, chego à conclusão de que ainda não consegui entender toda essa história de ficar em *lounges*. Se você está com vontade de se jogar no sofá, fica em casa!

Não preciso estar em casa às quatro da madrugada, então temos todo o tempo do mundo. Vamos para o Lux, aonde ia com Carmen de vez em quando, no passado. Como previ, felizmente, não encontramos ninguém conhecido. Por esse mesmo motivo, prefiro evitar a Bastille hoje. Não estou com vontade de topar com os ombros largos do Ramon. Como meu álibi regular, ele sabe das minhas escapadas, mas não sabe que, no último mês, tenho saído sempre com a mesma garota. E quero mantê-lo na ignorância. Por sorte, Roos está com mais vontade de dançar do que de ouvir André Hazes. O Paradiso está proibido hoje à noite. Maud disse que talvez fosse para lá. O More também não dá — Frenk está lá. Sugiro o Hotel Arena. Pelo que sei, ninguém da MIU costuma ir lá.

> O **Hotel Arena**, até bem pouco tempo atrás, não era lugar para se ir se você queria parecer um amsterdamês in. Música dos anos 1980, turistas mochileiros e garotas com bolsinhas compradas na Feira do Gado de Purmerend. Eu costumava ir no Arena. Fizeram uma boa reforma, tocam house e dobraram o preço da cerveja. Tendo em vista que a quantidade de gostosonas cresceu com a metamorfose sofrida pelo local, decidi esquecer os inconvenientes do passado.

— E o que você acha disto aqui, já que temos a noite só para a gente? — pergunto a Roos enquanto seguro uma "balinha" para ela.

— Hummmm. Boa idéia...

Uma hora depois, é a vez do DJ Roog God, e eu acho a minha Deusa mais bonita do que todas as mulheres dos jogadores do Ajax juntas. Deixo isso bem claro mantendo, ininterruptamente, uma ereção e — nos escassos momentos em que minha língua não está em sua boca — dizendo-lhe como ela é bonita, meiga, feminina, doce, inteligente e quantas vezes eu a pegarei mais tarde e mandarei ver ☺. Quando olho para o relógio, meu sorriso de felicidade cresce ainda mais. Por pouco meu rosto não se parte em dois. Não são nem três horas ainda! Quando você tem uma amante, começa a dar valor ao luxo que é ter tempo. Principalmente, à noite. Normalmente, este é o horário em que se deve fazer uma escolha entre continuar bebendo/dançando/falando besteira ou ir transar, tendo em vista que o toque de recolher é às quatro e quinze. Mas hoje, o tempo está do nosso lado. Só perto da hora de fechar, saímos em passo rápido na direção dos táxis parados. Embora tenhamos tempo o suficiente, não há tempo a perder. Pouco depois, estamos na casa dela procurando tirar o máximo da minha ereção, de todas as formas possíveis, fato que conseguimos manter durante as horas que se seguem.

O dia já clareou quando volto para casa. Não estou cansado... Estou satisfeito! Dentro de uma hora, a mãe de Carmen vem trazer Luna. Tudo bem... Depois de um dia de Roos, papai volta a ser Papai. Dormir? Isso a gente pode fazer amanhã.

Ao chegar em casa, ligo para Carmen. Ela fica feliz ao ouvir minha voz.

— Está ma-ra-vi-lho-so aqui! — diz ela, toda animada. Ela conta que logo mais terão um almoço nos jardins de um castelo com vista para a baía de Monte Carlo e que vão para Cannes ainda esta tarde. Eu conto que fiquei dançando até às quatro da manhã no Hotel Arena. Omito o comprimido e Roos. Carmen odeia drogas e Carmen odeia traição.

Quando vou buscá-la no aeroporto com Luna, à noitinha, percebo, na hora, que está exausta. Ela ainda consegue manter a pose ao se despedir das colegas. Beija todo mundo e faz piadinhas sobre o fim de semana. Seu largo sorriso não desaparece do rosto, nem por um instante. Até sairmos do campo de visão do pessoal do escritório.

— Oh, Stijn, estou um caco... O carro está longe?

Digo que o estacionei na vaga para deficientes, logo na entrada da plataforma. Ela me beija.

Naquela noite, ela já está dormindo às oito e meia, o que não é nenhum problema para mim. Feliz da vida, também vou dormir. Acordo às nove horas da manhã seguinte. Carmen continua dormindo até à tardinha.

Suas colegas puderam desfrutar de uma Carmen no auge da forma. Roos desfrutou de mim. E eu de Roos.

É... Carmen e eu ainda desfrutamos da vida.

É uma pena que não seja mais juntos.

"Now everyone dreams of a love lasting and true/but you and I know what this world can do"

Bruce Springsteen, "If I Should I Fall Behind" (*Lucky Town*, 1992)

OITO

Parece que Carmen se conformou com o fato de eu usar o trabalho e as noitadas como uma fuga. Ela não está feliz com isso, mas aceita e descobriu algo para compensar. Ela faz exatamente a mesma coisa.

Algumas semanas antes de Mônaco, ela passou um fim de semana com Anne, relaxando em Schiermonnikoog, uma ilha na Frísia. Na semana anterior, ela tinha ido fazer compras com a mãe em Londres. E ainda passou o feriado da Ascensão com Maud em Nova York.

Ela nunca experimenta um único momento de tédio. Quando Luna está em casa, elas se divertem. Quando Luna está na creche, Carmen vai tomar um cafezinho na Advertising Brokers ou almoçar com Maud. Ou passa o dia com a mãe em Purmerend. Sua fuga está em fazer compras. "Shopping is Healthy", "ir às compras é saudável", é seu novo bordão. É possível que a foto de Carmen esteja pendurada no escritório da diretoria da DKNY, da Diesel, da Replay e da Gucci.

Para meu segundo aniversário desde o câncer, recebi de Carmen uma bicicleta, mas nada de sexo. Depois daquele seu presente de Natal, nunca mais fizemos nada. Já me esqueci de como é estar na mão dela, na sua boca ou dentro de Carmen. Mas... Sejamos honestos, também não faço muito esforço para isso. Nenhum dos dois sente mais muita necessidade disso. Carmen tem câncer e apenas um peito, e eu tenho Roos.

Ainda moramos juntos, mas mais como irmão e irmã.[26] Sabemos que não podemos ficar um sem o outro, dada a situação, e procuramos brigar o mínimo possível. Carmen faz de tudo para não permitir que o câncer se sobreponha à nossa vida e procura continuar animada quando está em casa. De vez em quando, o câncer, a prótese ou minhas escapadas começam a enervá-la. Aí, eu pago o pato. Mas eu até que entendo. Já me dou por feliz por ela me dar minha liberdade, apesar das reclamações e protestos, deixando que eu saia vez por outra. Reconheço que ela faz um sacrifício e tanto para isso.

De minha parte, procuro fazer o máximo possível para Carmen não perceber tudo o que apronto quando não estou em casa. Não sei se ela acredita quando digo que estive com Ramon até às quatro da madrugada, que tenho que jantar com clientes mais uma vez, que preciso sair para o trabalho às oito da manhã com maior freqüência e que ainda tenho de comprar alguma coisa na loja 24 horas à noite. Mas é raro ela questionar.

O que sei é que isto não pode continuar assim. Não estou agüentando mais. O trabalho na MIU, Roos, Carmen, Luna, meu sentimento de culpa: todos e cada um requerem minha atenção. Carmen e eu temos que conversar, embora eu não tenha idéia de como mudar a situação. Não posso deixá-la na mão nem dizer que tenho uma amante, senão teria que pôr um fim ao relacionamento. E aí eu desabaria de vez.

Mesmo assim, temos que conversar. Quem sabe, semana que vem, quando formos passar uma semana com Luna no Club Med, no sul da França. Ficar um tempo longe de Roos, de Amsterdã, desses compromissos triplicados. E passar um tempo só com Carmen e Luna. Isso mesmo. Semana que vem, terá de ser na semana que vem.

Temo ficar uma semana sem Roos, embora também deseje essa separação.

Temo ter essa conversa com Carmen, embora saiba que ela é necessária.

Algo tem que mudar. Com ou sem câncer.

O câncer do câncer.

---

[26]Em "Redding", do Tröckener Kecks (*Met Hart em ziel,* 1990). (*N. do A.*)

"So need your love/so fuck you all"

Robbie Williams, "Come Undone" (*Escapology*, 2002)

NOVE

Antes de ir com Carmen e Luna para terapia conjugal no Club Med, ainda há uma noitada no programa. A conhecida comemoração periódica da MIU, para a qual todos nos reunimos com o intuito de inventar um motivo para isso. Desta vez, é meu aniversário, que foi mês passado. Vamos todos passear em Roterdã e passar a noite num hotel.

Surge um problema. Por causa da comemoração, corro o risco de não ver Roos durante quase dez dias. Tenho de arquitetar algo. Na noite anterior à nossa partida para a França, eu não teria como inventar um pretexto para sair. Senão, arranjaria problemas com Carmen.

Fico quebrando a cabeça como um louco e, de repente, encontro a solução. *Cancelo* minhas horas de sono de sexta à noite.

Envio um e-mail para Roos e digo que não teremos uma noite inteira para nós esta semana, mas que, só por causa dela, voltarei para Amsterdã na madrugada de sábado e reservarei o horário de cinco e meia até quinze para as nove exclusivamente para ela. Ela concorda a contragosto.

Prometo a Carmen que estarei em casa pelo menos meia hora antes de sairmos para o aeroporto de Schiphol. Ela também não está muito feliz com meu planejamento apertado. Faço anotações na minha cabeça:

Dia/Horário	Atividade	Local
Quinta-feira		
19:00 — 22:00	Marido/pai	Amstelveenseweg (sala)
22:00 — 08:00	Dormir de véspera	Amstelveenseweg (cama)
Sexta-feira		
08:30 — 18:00	Trabalhar	MIU (Ol. Stadion)
18:00 — 04:30	Jantar/sair com o pessoal da MIU	Roterdã (De Engel, Baja)
Sábado		
04:45 — 05:30	Dirigir/tomar um RedBull	A4 de Roterdã para Amsterdã (carro)
05:30 — 08:45	Sexo com Roos/tomar café/ tomar banho	Amsterdã Oud-West (cama)
08:45 — 09:00	Dirigir/chupar bala de menta	Overtoom/Amstelveenseweg (carro)
09:00 — 09:45	Arrumar mala/fazer as pazes com Carmen	Amstelveenseweg (sala)
10:00 — 10:50	Fazer o check-in/tomar um café preto	Aeroporto de Schiphol
11:10	Voar/Tranqüilidade	Amsterdã Nice (avião)

Depois do trabalho, vou com Frenk apanhar Luna na creche e, em casa, pegar umas coisinhas. Frenk fica conversando com Carmen enquanto coloco as coisas na minha bolsa de viagem. Consigo pegar alguns trechos da conversa. Ouço Carmen dizer que está preocupada porque vou passar a noite num hotel em Roterdã. Frenk a tranqüiliza dizendo que dormiremos no mesmo quarto.

Beijo Luna e digo que papai estará em casa no dia seguinte e que, então, iremos de férias, os três. Quando beijo Carmen, ela mal me olha.

— Você vai chegar na hora, em casa, amanhã? Seria ótimo se conseguíssemos pegar o vôo — resmunga ela.

Uma vez no carro, suspiro como no último minuto da final da Copa da UEFA, contra o Torino, em 1992,[27] quando a bola que passou por cima de Stanley Menzo,[28] quicou de volta para o campo por baixo da trave. Por alguns instantes, Frenk pega na minha mão. Ponho o CD do Fun Loving Criminals bem alto e ocupamos nosso lugar no engarrafamento de sexta-feira à noite, na A4. "I couldn't care less", não dou a mínima. Estou longe de casa.

A comemoração tem um fim desastroso. Tomei um ecstasy de novo e estou com tesão. Todos os colegas estão se divertindo ao me verem beijar Natasja no meio do Baja.

> **Natasja** (23) é nossa nova estagiária. Ela tem um piercing no umbigo que lhe cai muito bem.

> O **Baja Beach Club.** O pessoal do bar (tanto homens quanto mulheres) tem peitos dignos de Miami. Eles ficam treinando em academias durante o dia para servir as bebidas à noite, em roupa de banho, numa rígida política de olhe-quanto-quiser. É bem vulgar até mesmo para os parâmetros de Roterdã.

Maud sussurra no meu ouvido que seria melhor para minha reputação eu parar com isso. Por mim, tudo bem. São quase quatro e meia e Roos está esperando por mim. Antes que ela possa perceber o que vou fazer, enfio a língua na boca de Maud também. Frenk me puxa. Dou uma gargalhada na cara dele.

— Vem, vamos para o hotel — diz ele.

— Eu não vou para hotel nenhum. Vou é voltar para Amsterdã.

— Você bebeu e tem um ecstasy nessa sua cabeça, homem!

— Tenho outro compromisso... — Olho, desafiador, para Frenk. — Com uma garota.

— Deixe-me adivinhar. Você tem uma amante.

---

[27]Ajax-Turim 0-0, Olympisch Stadion, 13 de maio de 1992. Fora de casa 2x2 (Jonk, Pettersson). Menzo, Silooy, Blind, F. de Boer, Alflen, Winter, Jonk, Kreek (Vink), Van't Schip, Pettersson, Roy (Van Loen). (*N. do A.*)

[28]Stanley era melhor quando saía jogando do que protegendo o gol, e isso não é muito bom para um goleiro. Ele era um rapaz tão simpático que ninguém tinha coragem de lhe dizer isso. Menos Louis van Gaal. O De Meer em peso ficou secretamente agradecido ao Louis. (*N. do A.*)

— É. Há quatro meses. Ela se chama Roos. Quer saber mais alguma coisa?

— Não. Eu já sabia. A garota que ligou para a Merk quando você estava no banheiro e para quem você passa os dias enviando e-mails desde então.

— Isso mesmo. E daí? — *Pode começar a me xingar, se tiver coragem, seu cretino.*

Frenk não me xinga.

— Espero que você receba de Roos aquilo de que precisa para sobreviver, Stijn.

Pouco depois, dirijo a 180 km por hora pela A4, sentido Amsterdã — Oud-West. No meio do caminho, recebo um torpedo: CEL MAUD.

Stijntje, eu também já sabia. A garota do carnaval.
Por favor, não deixe que Carmen descubra.
Nem Thomas e Anne. Coragem durante
as férias com Carmen. Bjs.

"God have mercy on the man/who doubts what he's sure of"

Bruce Springsteen, "Brilliant Disguise" (*Tunnel of Love*, 2002)

DEZ

Com um zunido e um sonoro "Oi!", a porta da frente se abre. Corro escadas acima e vejo que a porta dela já está aberta para mim. Quando entro, ela está na cama, com os braços abertos dando-me as boas-vindas. Seus peitos macios surgem por cima das cobertas. Em questão de segundos, tiro a roupa, sem que meus olhos deixem de fitar os seus. Quando me deito sobre ela, sinto de novo sua maciez e calor. Transamos, sem perder tempo com preliminares. Depois, ela descansa a cabeça sobre meu peito e, pouco depois, adormecemos.

Quando acordo, sinto que algo é colocado sobre a cama. Abro os olhos, ainda sonolentos, e vejo que ela está tirando o roupão. Ela se deita ao meu lado novamente e beija minha testa. Há uma bandeja com croissants sobre a cama. Fico emocionado.

— O que é, querido? — pergunta Roos.

— Quando vejo tudo o que você faz para mim... É tão bom estar com você, esse calor.

— Mas você merece tudo isso — diz ela, baixinho.

Pronto. Era só o que faltava. Ela tocou profundamente minha autopiedade. Começo a chorar. Pela primeira vez, na frente de Roos. Ela se senta ao meu lado, faz um carinho e me passa o chá. Não tenho coragem de lhe dizer o verdadeiro motivo para me sentir tão mal. O fato de, pelo visto, eu não conseguir ser fiel nem a ela. Ou, ao menos, honesto. Não menciono a estagiária nem Maud. Em vez disso, começo a falar de Carmen.

— Acho que vou contar a Carmen, esta semana ainda, como me sinto infeliz. Talvez mencione que a traio desde o início do nosso relacionamento. Não consigo guardar isso só para mim, não dá mais para agüentar. Estou ficando cada vez com mais nojo de mim.

Roos olha pensativa para sua xícara de chá.

— Pense bem se você realmente quer ser tão honesto assim — aconselhou ela, depois de um tempo. — Será que a Carmen tem de ficar feliz por você abrir seu coração justo agora que, depois de todos esses anos, você de repente ficou com sentimento de culpa? O que ela vai fazer com isso? Você não pode fazer isso com ela. Não agora.

Dou de ombros.

— Talvez até conte que tenho uma amante. Pelo menos, ela terá um motivo real para me odiar.

Ela se assusta.

— Mas... Isso você não pode fazer de jeito nenhum! Isso poderia...

— É... Poderia ser o fim do meu casamento. E daí? Talvez seja isso mesmo o que eu quero. Acho que não gosto mais da Carmen.

Saiu. É a primeira vez que digo isso em voz alta.

Roos me olha nos olhos.

— Você gosta, sim, da Carmen — diz, calma. — Ou você acha que eu não noto? Como você fala sobre ela, o orgulho que sente quando me mostra as mensagens que ela manda. Você está misturando amor e felicidade. Você não está feliz agora, mas gosta dela. Senão, você nunca conseguiria fazer tudo o que faz por ela.

— Como ter um relacionamento com você — retruco, com cinismo.

— Que bobagem! — objeta ela. — Isso não tem nada a ver com o que você sente pela Carmen. Eu lhe dou o calor que ela não pode mais lhe dar. É por isso que você foge para mim. Você não consegue ficar sem esse calor. — Vejo que seu lábio inferior começa a tremer. — E, cada vez mais, eu também não estou conseguindo... No início, dava para ir levando, ficar nos bastidores. Mas estou começando a me apaixonar por você... — Ela engole em seco. — Acho que deveríamos pensar bem se não seria hora de nós pararmos, agora que ainda há tempo... — Ela encosta a cabeça em mim. Sinto uma lágrima cair no meu peito.

— Não quero parar, Roos — digo, baixinho. — Não posso sem...

De repente, toca o celular. Olho e sinto meu coração disparar: CEL CARM.

— Merda! É a Carmen! — Empurro Roos com violência. — Merda, merda, merda! — grito.

O celular não pára.

— Atende!

— Não! Não sei o que dizer para ela! Hm... Hm... Me deixa pensar...

Trrrim.

— Por que você não diz que...

— Cala a boca! — rosno — Me deixa pensar...

O celular toca pela quarta vez.

— Deixa tocar! Já, já, ligo de volta. Primeiro, eu tenho que ter uma história.

Quinta vez. Sexta vez. O celular pára de tocar.

Pelado, fico indo e vindo pelo quarto. Desesperado, penso em uma história. E agora? A qualquer momento, vou ouvir o sinal de que recebi uma mensagem de voz.

Em vez disso, o celular toca de novo. Quase não tenho coragem de olhar. CEL FRENK. Pfffuuu.

— Frenk?

— É. — Ele parece desnorteado. — Carmen acabou de me ligar. Acho bom você ligar para ela agora, senão você vai ter um problemão.

— O que foi que você disse?

— Que eu ainda estava dormindo e não vi a que horas você foi embora.

— Ótimo... Obrigado... Afinal, que horas são agora?

— Pouco depois das oito. Ô, Stijn...

— Fala.

— Isso não foi legal.

— Não... Desculpe.

Roos vestiu o roupão. Estou sentado na beirada da cama com o celular na mão, fitando apaticamente o nada.

— Liga logo para ela! — diz Roos, nervosa.

Eu me levanto e balanço a cabeça.

— Não. É melhor eu ir logo. Vou pensar em alguma coisa no carro. — Já estou quase vestido nesse meio tempo.

— Não é melhor você tomar um banho? — pergunta ela, com cuidado.

Antes de eu entrar no carro, ainda olho para cima. Roos está na sacada, de roupão. Ela me manda um beijo. Seu olhar é de medo.

No carro, meu cérebro dá voltas. Antes de subir na Overtoom, já consegui montar minha história. Ligo para Carmen.

— Alô, querida! Vejo que você me ligou... — digo com um tom de voz bem indiferente.

— Liguei. Onde você estava? Também já liguei para o Frenk.

— Estava tomando um café no restaurante na A4, perto do aeroporto, você sabe qual é... Estava quase dormindo ao volante. Mas deixei o celular no carro.

— Hm.

— Foi ótimo ontem! Roterdã é sempre legal.

— Hm. Você vai chegar na hora?

— Vou, estou quase chegando. Estou passando pelo Schiphol agora — digo, enquanto vôo pela Overtoom. — Até já, querida.

— Até já! — rosna ela e desliga.

"Deixe-me só/mesmo que às vezes seja difícil/a solidão pode ser pior a dois"

Klein Orkest, "Laat mij maar alleen" (*Het leed versierd*,1982)

ONZE

Sempre viajamos juntos. África do Sul, Quênia, México, Cuba, Califórnia, Nepal, Índia, Vietnã, Malásia, só para enumerar. Mesmo quando Luna era recém-nascida, ainda fomos mergulhar na República Dominicana com Thomas e Anne. Desde que temos câncer, Carmen ainda foi, sem mim, para Nova York e Londres. E eu, sem ela, para Miami. Quando estamos juntos, tudo que exige certo esforço parece demais.

Isso também vale para os destinos de férias. Aquela semana no Centerparcs, no ano passado, e, na primavera deste ano, a semana que passamos em Texel ou Terschelling... Pode esquecer! Havia mais vacas do que gente e uma praia muito comprida e deserta.

E agora, estamos no Club Med. Pertinho de Cannes, pelo menos isso. Mas já sei de antemão que não sairemos deste resort de merda nem uma vez sequer durante esta semana.

Ao levarmos as malas para o quarto, dois GOs[29] estão fazendo exercícios aeróbicos, ao lado da piscina, com um grupinho de pessoas. Todos parecem felizes.

Carmen, não. Ela ainda está naquele espírito de por que-eu-seria-simpática-com-você? Eu continuo de uma simpatia inabalável. Eu me convenci de que deveria continuar sorrindo feito um budista. Mesmo que caguem na minha cabeça.

---

[29]GO: Animador do Club Med. Pronuncia-se dzji-ooo. Deve ser a abreviação para Gladde Olijkerd. (*N. do A.*), ou "golpista". (*N. da T.*)

Luna também está mal-humorada. Ela está exausta da viagem e chatinha como o Mido.[30] Por sorte, ela cai no sono quando chegamos ao quarto. Carmen e eu levamos a babá eletrônica e vamos almoçar. Inacreditável, as pessoas que circulam por aqui! Parece até que viemos para um parque temático. Aos poucos, Carmen começa a quebrar o gelo. Ridicularizar os outros a dois cria um vínculo. Na cama, recebo até um beijo de boa noite. O primeiro dia poderia ter sido pior.

No segundo dia, o ambiente na equipe chegou até a melhorar. Ficamos deitados nas espreguiçadeiras à beira da piscina, comemos e brincamos com Luna. Há algumas mulheres de topless na piscina que não são de se jogar fora. Visualmente, não tenho o que reclamar. Quando volto ao quarto para buscar o chapeuzinho de Luna, aproveito para mandar uma mensagem para Roos.

> Muitas mulheres aqui, mas não há dúvida: você tem os peitos mais bonitos e é a mais gostosa.

Em mensagens recebidas, encontro uma de Thomas. Ele nos deseja boas férias. Babac... Tudo bem, até que é simpático da parte dele. Vou dar uma ligadinha para Thomas quando voltar.

À noite, na sala de animação, assistimos a uma adaptação ridícula de *Titanic* (pronuncia-se Titaniiic, de acordo com os GOs franceses). Luna está adorando. Carmen e eu procuramos afogar nosso constrangimento com bebida. Somos carinhosos um com o outro. Procuro continuamente, com uma das mãos, contato com Carmen por trás das costas de Luna. Depois do show, colocamos Luna para dormir, bebemos mais um pouco e assistimos a um filme no quarto. Seguro a mão de Carmen. Quando vamos dormir, acaricio seu rosto.

---

[30] Ex-jogador egípcio do Ajax. Autodenominou-se supertalento. Insuportável! E ainda conseguiram perder o manual de instruções! Caro leitor, quando estiver lendo isto, ele provavelmente estará em algum clube de segunda categoria do sul da Europa, ganhando um salário gigantesco sem levantar do banco. (*N. do A.*)

— Foi uma noite gostosa, não achou?

— Foi, sim. — Ela afaga meu peito.

— Durma bem, querida.

— Durma bem, amiguinho.

No terceiro dia, começo a sentir um pouco de tédio. Carmen e Luna estão dormindo no quarto. Estou deitado na beira da piscina trocando mensagens com Hakan, que me mantém a par do amistoso de ontem da seleção holandesa contra a Turquia. A Europa começa em duas semanas! De puro enfado, envio uma piada pesada, que tinha ouvido de um dos rapazes da MIU na sexta-feira passada, para Ramon. E, ora... por que não?, também para Thomas. Ele gosta deste tipo de humor. Depois, envio um torpedo para Roos.

Estou com tesão para te comer com vontade e te encher de carinho depois. Bjs.

Com o polegar clico em opções, enviar para...", "OK", e a mensagem se foi.

Para Thomas.

Não levou um décimo de segundo para eu ver. *Holy fuck*, não! Fico vermelho. Meu coração dispara. Tento segurá-la. Tarde demais. O envelope "enviar mensagem" foi substituído pelo envelope "mensagem enviada". Começo a suar. Quero que o chão se abra para eu desaparecer nele.

Enquanto pondero se devo ligar logo para Thomas e dizer-lhe que não deve ler a mensagem, recebo um torpedo. CEL THOMAS

Que bom que você e Carmen estão
se dando bem de novo. ;)

Rio. Thomas, o Crédulo. Nessa hora, vejo Luna e Carmen virem na direção da piscina. Rindo alegremente depois da soneca de meio-dia. Sorrio, emocionado. Elas acenam. Assim, parecemos até uma família normal, feliz, sem câncer. Carmen me dá um beijo e pisca o olho. Por instantes, sinto-me feliz. Isso quase me assusta. Deus onipotente, em nome do amor,[31] será que devemos nos dar uma chance? Somos ou não Stijn & Carmen? Afinal, não vamos nos deixar abater por meu licencioso impulso sexual ou por um pouco de câncer! Ou vamos?

Depois de pôr Luna na cama e ligar a babá eletrônica, seguimos para o bar ao ar livre, perto da piscina. Peço um Amaretto e um Armagnac. Carmen toma um gole do Amaretto e me fita. Sinto o que está por vir. É agora. A Conversa. Quase não tenho coragem de manter contato visual.

— Stijn, o que é que está acontecendo com você ultimamente? Sinto como se você estivesse se esvaindo.

— Pelo que me consta, não saio mais do que no início, ou saio?

— Sai, sim! — retrucou ela, calma. — Você faz de tudo para sair de casa. E, quando sai, começa logo a abusar.

— Do que é que você está falando?

— Quem é Natas?

Susto.

— Natas? Ah... Natasja. É a nossa nova estagiária. Mas, como assim?

— Quando você não atendeu o telefone no sábado de manhã, achei que tinha alguma coisa errada. E, enquanto você estava arrumando a mala, seu celular tocou, era uma mensagem. Eu a armazenei para você. Olha!

Abro o menu de mensagens com os dedos trêmulos. Ali, vejo um número que não conheço. Leio a mensagem e fico logo vermelho.

> Stijn, acho você um gato... Ontem teve gosto de "quero mais". Bjs. Natas.

Para Carmen, o fato de eu corar foi uma confirmação, se é que a mensagem ainda deixava alguma dúvida. Seus olhos se enchem de lágrimas.

---

[31] Adaptado de *In Liefdesnaam*, de Adriaan van der Veen (1975). (*N. do A.*)

— Ela é boa de cama? Tem peitos gostosos?

— Carm, eu não transei com a Natasja. Juro.

— Pára! — ordena, em prantos. — O pior é que até entendo. É lógico que você prefere transar com uma Monica Lewinsky gostosa do que com uma mulher careca com um peito só.

Quero responder, mas ela faz sinal de que ainda não acabou.

— Mas eu ainda não acho isso o pior! — continua, com a voz hesitante — O que mais dói é que parece que você só consegue ser feliz quando eu não estou por perto. Eu sei muito bem que não sou mais tão legal para se conviver. Gostaria tanto de conseguir fazê-lo feliz, mas não consigo e isso me enlouquece. Aí, começo a ficar irritada, e eu não quero isso. Eu não quero ser uma chata.

— Você não é uma chata — retruco.

Ela não dá a mínima atenção.

— Independentemente de quem seja a culpa, se é sua, minha ou dessa merda de câncer, você detesta estar comigo e acaba fugindo. Você consegue me olhar nos olhos e dizer que ainda me ama?

— Eu... Eu não sei, Carm...

Ela faz uma pausa.

— Eu já sabia que essa seria a sua resposta. Stijn, ouça! Pensei muito bem no que vou lhe dizer agora...

Sinto-me encolher perto da coragem dela. Por essa eu não esperava. É como se o adversário me surpreendesse com três atacantes no campo em vez dos dois de costume. Ela vem com tudo.

— O que você faz quando fica numa boate até quatro e meia, não quero saber. Não quero saber de quem você recebe torpedos, nem onde você está quando não atende o telefone. Há muito tempo sei que você está me traindo. É possível que eu fizesse o mesmo, se você estivesse doente. Quem sabe, eu já teria outro há séculos.

Assustado, olho para ela. Será que ela sabe? Procuro pistas na sua expressão facial que me indiquem o que ela sabe e o que ela não sabe. Mas ela nem me dá tempo para isso. E continua no ataque.

— Mas eu não *sou* você. Sou uma mulher que tem câncer e apenas um peito, e, quem sabe, apenas alguns anos de vida. Prefiro passar esses anos sozinha do que com um homem que não tem certeza se ainda gosta de mim. Eu acharia horrível, mas tenho certeza de que conseguiria...

Ela se segura um pouco, olha para mim e acaba dizendo.

— Talvez devêssemos nos divorciar, Stijn.

Ela disse aquilo. A palavra-chave. *Divórcio.*

Eis que o adversário sugere aquilo que sempre avaliei como uma opção impossível. O divórcio. Ela coloca a bola diante do gol aberto. Só preciso chutar.

Passa de tudo na minha cabeça. A sensação de alívio sempre que saio para ir trabalhar na MIU. Minha alegria quando vou para mais uma noitada. A sensação de bem-estar quando estou com Roos. A tensão horrível que toma conta de mim quando chego em casa, sem saber que ambiente vou encontrar. Quantas vezes eu não teria assinado qualquer coisa às cegas para poder dar no pé para sempre.

E, agora, eu posso. Se eu disser que sim agora, em pouco tempo estarei livre daquela geleira. Da falta de relacionamento íntimo. Do câncer.

— Não!

Digo que não. *Digo* que NÃO!?

— Não, eu não quero me divorciar — *Você quer, sim*!

— Cacete! Diga então o que você quer, Stijn! Você quer ainda mais liberdade? Diga, pelo amor de Deus, o que é que você quer!

Isso mesmo! Diga então o que é que você quer!

— E eu lá sei o que quero? Eu não quero câncer, é isso que eu quero! — respondo, zangado.

— Se você se livrar de mim, também se livra do câncer — arremata ela, seca.

— Não, eu *não quero* me livrar de você! — Estou tomado de surpresa, porque sinto que estou dizendo a mais pura verdade, do fundo do meu coração.

Carmen se cala e pega a minha mão.

— Durante esta semana, pense bem o que é que você quer, Stijn. Eu não tenho vontade de ficar sentada esperando até você descobrir se ainda gosta de mim. É claro que quero ficar com você, mas alguma coisa tem que mudar. Caso contrário, teremos de tomar rumos diferentes. Tanto você quanto eu somos bons demais para toda essa desgraça.

— Deus do Céu, Carm — sussurro. — Como chegamos a este ponto? — Com o polegar, fico desenhando círculos na palma de sua mão.

— Vamos procurar não pensar mais nisso esta noite e tentar nos divertir — desconversa ela, sorrindo. — Vamos ver se ainda sabemos como fazer isso.

— Vamos! — concordo, com um sorriso maroto. — Vamos nos embebedar naquela discoteca.

Good plan, Batman.

Faz muito tempo desde que estivemos juntos em algum barzinho. Carmen toma gim-tônica e eu, cerveja. Nós nos divertimos como nunca, rimos, bebemos e dançamos. Uma diversão só. Juntos!

Voltamos para o nosso quarto sem pressa. Pouco antes de chegarmos, em cima do tapete que cobria os degraus de acesso à varanda, Carmen tira a saia e a calcinha, e se senta de pernas bem abertas. Ela me olha com aquele olhar que eu, há muito, não via nela. Fizemos o melhor sexo em anos.

"Have I got a little story for you/And I'm glad we talked"

Pearl Jam, "Alive" (*Ten*, 1992)

DOZE

Carmen está animada. Ela não pára de fazer alusão ao sexo de ontem à noite e de piscar para mim. Não falamos mais sobre a conversa que tivemos. Nem mesmo agora, que Luna está na cama. Estamos sentados na varanda de nosso quarto, lendo. Carmen pegou minha mão e a está acariciando. Não consigo imaginar que pudéssemos nos separar. *No fucking way*! — De jeito nenhum!

Mesmo assim, estou tenso. Tenho uma carta na manga e terei de jogá-la antes de passarmos para a próxima rodada. Sempre que Carmen olha para mim, quero começar. Mas perco logo a coragem. De repente, junto todos os meus brios...

— Na verdade, ainda gostaria de conversar com você sobre um assunto... nunca tive coragem antes... — Agora, não dá mais para voltar. — Sobre minhas... escapadas...

— Eu já imaginava! — Ela sorri. — Acho que é bom conversarmos sobre isso. Vamos lá...

Deus, mas como ela é corajosa. Eu não. Sinto os nervos fecharem minha garganta.

Carmen se apruma na cadeira.

— Então? *Give it to me, baby*! — Manda ver!

Rio e decido tornar as coisas mais fáceis.

— Você, certamente, nunca me traiu...

— Você quer mesmo saber? — pergunta ela.

— Quero — respondo, sem suspeitar de nada, com o pensamento na minha própria confissão.

— Já.

Carmen percebe que minha ficha não caiu.

— Já, sim, Stijn. Eu já traí você.

Olho para ela como para uma macaca parindo. Carmen, aquela que, desde Sharon, sempre me disse que iria embora se eu fizesse aquilo mais uma vez, a mesma Carmen responde agora a uma pergunta retórica, somente para aquecer, cortar o gelo, do tipo que se faz quando um candidato a uma vaga entra e você pergunta se foi fácil achar o escritório, ela responde toda animada que também pulou a cerca.

— Ããããã... Eu... ãããã... Não estou bem certo... ãããã... Quando? — gaguejo.

— Há alguns anos, na noite da Rainha. Um garoto que vi no café Thijssen. Ninguém viu. Saímos e ficamos só nos beijinhos.

— Que bom!

— Mas com o Pim eu transei.

— Ããããã... O quê?

— Transei!

— Ah! Quando?

— Há alguns anos. Ele já tinha me pedido algumas vezes para sairmos para jantar, mas sempre o mantive a distância. Aí você foi para a Tailândia e eu liguei para ele. Foi então que aconteceu.

— Lá em casa?

— Lá em casa, no carro dele e... num banheiro, uma vez.

— Jesus Amado! — *Ouve só quem está falando!* — Tudo numa única noite?

— Não. Ainda marcamos dois encontros.

— Naquelas quatro semanas que eu estive na Tailândia?

— Foi. — Ela diz como se tivesse acabado de enxaguar a louça.

Eu devia ter desconfiado. Em Miami, cheguei a dizer que as mulheres fazem por vingança. Eu queria tanto ir para Ko Phangan, passar um mês me divertindo com Frenk, pouco antes de abrirmos a MIU. Carmen não gostou da idéia, pois intuiu que meu propósito não era polir imagens de Buda por lá. Quando a vi no aeroporto, quatro semanas mais tarde, ela se atirou chorando nos meus braços. Uma hora depois, estávamos transando e eu fiz como se não tivesse transado em semanas. Carmen, pelo visto, também. A puta.

— E você? — pergunta ela.

— O quê?

— Quantas vezes?

— Ah! — Eu ainda estava me recompondo daquele nojento do Pim, que fica transando em banheiros e carros. Que baixaria. E a minha mulher ainda participou disso... Eca...

— Oi! Terra chamando Stijn! — interrompe Carmen, impaciente.

O quê? Ah, sim! Agora é minha vez. Por onde devo começar? Primeiro as ex com que transei quando eu já estava com a Carmen. Uma ou outra vez com Merel. Durante meio ano, quase toda sexta-feira com Emma, quando topava com ela em Leidseplein. E, de vez em quando, com Maud, depois de festas e comemorações às quais Carmen não ia. É... Isso... É... Deus, não dá nem para começar com isso... Sabe, acho que visitas regulares... não contam ao meu ver. Isso facilita bastante. *Três, então.*

Aquela vez com as putas, eu também não conto. Fui subjugado. Mas aquelas duas na sauna do Noord, quando eu estava com Ramon, aquelas duas não eram putas, ou seja, vou ter que contá-las. *Cinco*.

Agora, no trabalho. Lies e Cindy, na BBDvW&R/Bernilvy, e aquelas vezes com Sharon. Ah... e Dianne. Deixa eu contar... *Cinco e quatro dá nove*. Na MIU, até agora, só Maud, depois daquela recepção de Natal. Mas essa eu já tinha contado com as ex. E com Natas, eu ainda não trepei. Continua nove. *Shit! Merda*! Aquela assistente antes da Maud, com a tatuagem na virilha, que tivemos que despedir depois de três meses. Deu um branco, esqueci o nome dela. *Dez*.

Durante as férias. Aquela garota preguiçosa de Haia, naquele fim de semana com Ramon nas Ilhas Canárias, há alguns anos. *Onze*. Depois, Tailândia. Nossa! Deixa eu pensar... É melhor eu ir por ilha. Ko Samui: aquela irlandesa com espinhas no rabo e aquela alemã velha e horrorosa. O Frenk se acabou de tanto rir. E eu morro de vergonha até hoje. Vejamos... *Treze*. Ko Samet: aquela sueca. Não... Aquela só queria chupar. Depois, Ko Phangan: a finlandesa. *Catorze*. Mmmmm, que tesão...

— *Quantas* vezes, Stijn?

— Estou contando...

Catorze, então. Miami, Linda. *Fazem quinze*. Mais alguém? Durante a temporada de esportes de inverno com Ramon não aconteceu nada. Com Frenk em Nova York? Não, também não. Xi... Turquia, com Hakan. A garçonete. *Dezesseis*. Bom... E isso só foram as férias.

Chegou a vez das noitadas. Meu Deus, e já estou em dezesseis! Vamos lá. Aquela garota da recepção de Natal, no Vak Zuid. *Dezessete*. Eefje, a irmã de Thomas, ano passado, durante o carnaval. *Dezoito*. A menina do Suriname, do Paradiso; e a outra, com o piercing na sobrancelha, do De Pilsvogel. *Vinte*. Ainda bem que não estou contando as chupadas na Bastille, Surprise, De Bommel e Paradiso, senão levaria mais uma hora. Ei, espera aí! Tem aquela depois do show do Basement Jaxx, com essa eu fui, sim, para casa, merda, em quantas eu estava mesmo? Ah, é, vinte. Mais umazinha, vinte e uma. E talvez mais umas três ou quatro que esqueci. Depois tem a Roos, naturalmente. *É melhor arredondar para vinte e cinco*. Olho para Carmen. *Apertem os cintos de segurança*. Bem-vindos à Monofobia.

— E aí?

— Ãããã... Um pouco mais do que os dedos de uma mão.

— Mais do que os dedos de uma mão?

— Duas mãos... — *cinco mãos, seu cínico!*

— Merda!

— Desapontada?

— Esperava que tivessem sido menos. Mas, Stijn... — diz, balançando a cabeça. Ela não parece tão zangada assim. — Eu as conheço?

Glup.

— Hm... Você quer mesmo saber?

— Quero.

— Bom... algumas "ex". Merel, Emma,...

— Viu? — Ela bate com a palma da mão na mesa, quase triunfante. — Eu sabia, eu sabia... Aquela Emma, com cara de sonsa! Eu sabia que vocês ainda transavam! E da Merel, eu também sabia. Fico feliz que não as vemos mais.

É mais conveniente omitir a Maud por enquanto.

— E quando foi tudo isso?

— As duas, no início, quando ainda não estávamos morando junto.

— Mas... Stijn! Deus do Céu, homem, naquela época a gente não parava de transar... Parecia até um casal de coelhos! Para que todas aquelas outras mulheres?!

— Não sei. Eu não conseguia ficar sem uma mulher — *conseguia? Consigo, cretino.*

— Mas, Stijn, isso é um vício.

Assinto com a cabeça curvada.

— Tem mais alguém que eu conheço?

— Tem... Eefje.

— Eefje?

— A irmã do Thomas.

— O QUÊ?! A Eefje? Quando?

— No carnaval do ano passado.

— O Thomas não chegou a ver isso, chegou?

— Não, é claro que não! É lógico que fiz de tudo para ele não perceber — respondo, apressado.

Ainda o vejo xingando a irmã, lá no Bommel, quando estávamos apenas nos beijando.

— Ainda bem. Senão, você poderia colocar isso na primeira página do *De Telegraaf.* O Frenk deve estar sabendo de tudo isso...

— De muita coisa, sim.

— Filho da puta! Isso sim, me deixa para morrer, Stijn.

— Pode deixar, que o Frenk não passa isso adiante...

— Não é essa a questão! Como é que você se sentiria se seus amigos soubessem que eu transei com o Pim? Convenhamos, ainda bem que o Thomas não sabe de nada. E a Maud? Ela sabe de alguma coisa? Ou... Espera aí.

Oh, não! Não me pergunte isso!

— Você não chegou a transar com ela, chegou?

Ai!

— Com a Maud? Não!

— Graças a Deus. Mas ela sabe que você já me traiu?

— Isso sabe...

— *Shit*... Bom, ela também deve saber que você traiu adoidado...

Balanço a cabeça afirmativamente.

— E, claro, sempre sem camisinha...

— Quase sempre com — minto. — E você com o Pim?

— Sem.

— Porra!

— Ei, você não vai querer começar a me agredir, não é? — Ela reage zangada.

Mais do que depressa, balanço a cabeça. Ela dá uma gargalhada.

— Tudo bem... Isso seria a cereja do bolo — diz ela, rindo. — Meu taradinho... Fico feliz que tenha me contado, mesmo sabendo que você deve ter esquecido algumas.

— Hmmm... Nem tantas, eu acho...

— Bom... Vamos parar por aqui. Mas você tem que me prometer uma coisa, Stijn.

— O quê?

Céus, já sinto a tempestade se aproximando. Oh, não! Por favor, não!

— Que, a partir de agora, você não me trairá mais, durante os poucos anos que ainda tenho de vida.

Shit. Shitshitshitshit. Adeus, Roos.

— Prometo — digo, pelo visto, sem titubear, com um sorriso absolutamente tranqüilizador.

"It's raining but there ain't a cloud in the sky/Must have been a tear from your eye"

Bruce Springsteen, "Waiting On a Sunny Day" (*The Rising*, 2002)

TREZE

Eu disse à Carmen que ia sair com Ramon hoje à noite. Ela me beijou e me desejou bom divertimento. No dia seguinte à nossa conversa sobre traição, ela ainda caiu na maior choradeira, mas estava determinada a passar por cima de tudo aquilo. Sentia-se orgulhosa porque eu tinha tido a coragem de contar tudo. Carmen voltou a ter confiança em mim.

Eu, não. Por isso, combinei com Roos no Vertigo, e não na casa dela. Não faço a menor idéia de como esta noite vai acabar. Será que terei coragem de me despedir da minha máquina de sexo, injeção periódica de alegria de vida, padeira de croissant, rainha substituta, psicóloga?

> "CECI" é um termo criado por Ramon. Significa Corpo Exuberante, Cabeça Inepta. Pode-se dizer que **Vertigo** é a variante do termo no serviço de bares e restaurantes: uma "CECA". Colocação Excelente, (dentro, em torno e até mesmo no castelo do Vondelpark) Café Abominável. Não é nem um lounge-café, mas consegue ser sem graça assim mesmo. Se não estivesse tão bem localizado, viveria às moscas.

Sinto uma pontada no estômago quando passo os olhos no Vertigo para ver se ela já chegou. Parece até um primeiro encontro. Lá está ela, no bar. Roos acena e sorri para mim nervosa. Pergunto o que quer beber.

— Pode ser um vinho branco. Acho que esta será a nossa última noite, não é? — pergunta, assustada.

— Seco ou doce? — indago.

Não tenho coragem de olhar para Roos. Ela tem coragem de olhar para mim. Sinto que seus olhos não deixam de me encarar enquanto fico observando o barman encher as taças de vinho. Ele é rápido demais para meu gosto. Pego meu copo e bato de leve contra o de Roos.

— Saúde.

— Pode contar o veredicto — ajuda Roos.

— Carmen e eu vamos tentar de novo.

— Muito bem. Estou feliz por vocês. Sério.

— E confessei que sempre a traía.

— Confessou mesmo? E como foi que ela reagiu?

— Mais ou menos. Tive que prometer que não a trairia a partir de agora.

— Bom... Então vamos brindar pela nossa última noite — anuncia ela, cínica, enquanto eleva o copo.

— Mas a gente pode continuar a se ver, não pode? — pergunto e, na minha exímia capacidade de dar uma notícia ruim, procuro logo permeá-la de leveza. — Não é agora que conseguimos tudo que queríamos? Você tem um romance secreto com um homem casado com o qual não pode ir para a cama, e eu tenho uma amiga para conversar, que, mesmo assim, não posso revelar, senão teria que explicar em casa como nos conhecemos — concluo, rindo.

Roos não ri. *Roos is not amused.*[32] Seu rosto fica tenso.

— Não acho nada de divertido nisso, Stijn — retruca ela, zangada. — Não seja tão inocente! Será que você ainda não percebeu que não podemos mais nos ver? Isso não é óbvio para você? Você não consegue tirar as mãos de mim e eu não consigo oferecer nenhuma resistência. Depois, você vai ficar com sentimento de culpa durante toda a sua vida e eu vou me sentir como uma puta durante toda a minha vida.

Seu argumento é sólido. Para manter minha promessa, a única solução é deixar de nos vermos. Ensine-me a me conhecer. Na verdade, eu ainda deveria dar-me por feliz. Coloco a mão sobre sua perna. Ela a pega e coloca de volta sobre a minha.

---

[32]"Roos não achou divertido". *(N. da T.)*.

— É melhor irmos para casa, antes que dê errado.

— Posso ligar para você de vez em quando, ou mandar um e-mail? — pergunto do lado de fora, constrangido como um moleque, segurando a bicicleta.

— Melhor não — sussurra ela, olhando para o chão.

Curvo-me para ela e lhe dou o último beijo de língua. Em seguida, subo na bicicleta. Olho ainda uma vez e vejo Roos em pé, com a bicicleta na mão.

Ela está chorando.

"It's the final countdown"

Europe, "The Final Countdown" (*The Final Countdown*, 1986)

QUATORZE

Uma semana depois, recebemos a notícia de que Carmen vai morrer.

— Mostre-me exatamente onde dói — pergunta a doutora Scheltema.

Carmen aponta para logo abaixo das costelas, o mesmo lugar que ela havia apontado para mim no dia anterior. Um pouco à direita, a partir do meio; para aqueles que olham de frente, à esquerda. "Não é aí que fica o fígado?", ela tinha me perguntado. E eu lá sei? Sei, mais ou menos, onde ficam meu coração e os pulmões. Posso apontar onde fica o estômago, porque ele se manifesta quando como demais, mas não faço idéia por onde anda o resto. Eu estudei ciências humanas e não biológicas.

— Hum — murmura Scheltema. — Tire a roupa no quarto ao lado.

Fico sentado. Scheltema folheia o arquivo de Carmen. Faz-se um silêncio desconfortável. Então, ela se levanta e me diz, sem olhar para mim:

— Vamos dar uma olhadinha. — Em seguida, fecha a porta atrás de si. Devo concluir que esse "vamos" significa que só ela vai dar uma olhadinha.

Pouco depois, ela volta, lava as mãos numa pia, senta-se, continua sem dizer uma palavra e recomeça a folhear. Carmen também entra. Scheltema fecha o arquivo, tira os óculos e nos encara.

— O que a senhora está sentindo é realmente seu fígado — começa ela. — Temo que haja uma metástase ali.

Às vezes, escuta-se uma palavra jamais ouvida antes; de imediato, sabemos o que ela significa.

— Então está se espalhando?

— Isso mesmo. Está se espalhando.

Carmen e eu nos entreolhamos. Durante alguns instantes, Carmen fica impassível. Em seguida, o lábio inferior começa a tremer, ela põe a mão diante da boca e as primeiras lágrimas começam a rolar. Pego sua mão e continuo a fitá-la. É o *déjà-vu* do ano anterior. O mesmo consultório, as mesmas cadeiras, a mesma silenciosa doutora Scheltema diante de nós. Naquela época, fomos informados de que os quarenta por cento de chance de sobrevivência que Carmen havia lido na internet eram muito otimistas. Agora, eles não passam de zero.

— Não há nenhuma dúvida de que se trata de uma metástase? — pergunto.

— No momento, o melhor a fazer é uma ultra-sonografia do fígado. Depois, a senhora volta aqui.

Como ovelhas adestradas, permitimos que nos mandem de um lado para o outro no hospital. Sentamo-nos no canto do corredor do departamento onde se espera para fazer uma ultra-sonografia. Carmen não diz nada. Com a cabeça curvada, ela olha para o lencinho que enrola e desenrola como se estivesse enrolando fumo. Enrolando e desenrolando. Uma enfermeira sai por uma porta. Ela tem uma pasta na mão, olha para o nome em cima, e de lá, para Carmen, e pergunta: "Sra. van Diepen?".

Carmen assente com a cabeça.

— Quer que eu vá junto? — pergunto.

— Por favor — ela pede.

Entramos na sala. Carmen tem que se despir e deitar sobre uma maca. A enfermeira passa um gel azul-claro sobre sua barriga. Estou de pé ao seu lado, segurando sua mão. Com a outra mão, acaricio seu ombro. Ela olha para mim e começa a chorar de novo. Sinto meus próprios olhos ficarem úmidos. A enfermeira pega um aparelho que reconheço da ultra-sonografia que mandamos fazer quando Carmen estava grávida de três meses. Na época, ficamos observando a tela, felizes da vida, enquanto a obstetra nos explicava as partes do corpo que já eram reconhecíveis naquela minhoca que não parava de dar cambalhotas diante dos nossos olhos. Sempre de novo. Carmen e eu não parávamos de rir. À gravação da minhoca, demos o título de "Opa!". Carmen achou que era o som que melhor condizia com o movimento.

Hoje, não há muito que fazer "Opa!" e não temos a mínima vontade de olhar para a tela. O rosto das duas enfermeiras (ou médicas; sabe-se lá qual é o status delas!) diz tudo. Elas apontam para algo na tela, sussurram entre si coisas inaudíveis que são escritas no dossiê de Carmen por uma delas, que fica olhando da tela para a papelada e de volta para a tela.

— A senhora pode se vestir de novo.

— E? — pergunto.

— A doutora Scheltema lhes dará o resultado logo em seguida — responde ela.

— Não está muito bom — informa a doutora, quando estamos sentados diante dela, sentindo-nos perdidos. — Há uma metástase de três por quatro centímetros, na parte superior do seu fígado.

Olho para Carmen, que já colocou sua mão em frente da boca para sinalizar nova crise de choro, mas decido, simplesmente, fazer a pergunta para Scheltema.

— Hum... eh... Quanto tempo a minha mulher ainda tem?

— Se não fizermos algo rapidamente, no máximo dois meses...

— E se fizermos? — pergunto, pronto para a luta.

— Para dizer a verdade, trata-se apenas de estender o tempo agora. Alguns meses a mais tratando com Taxotere. É outro tipo de químio, diferente do CAF, aquele que a senhora recebeu da vez passada. São, no máximo, doze aplicações. Seu corpo não consegue suportar mais do que isso. E a metástase reiniciará assim que o tratamento for interrompido. No máximo, um ano.

— Vou sentir muita dor? — pergunta Carmen, aos prantos.

— Não. Praticamente nenhuma. A senhora deve comparar seu fígado a uma fábrica que elimina as toxinas do seu corpo.

A certa altura, devido ao tumor, o fígado pára de trabalhar. Aí, a senhora produz cada vez menos energia, sente sono com mais freqüência, até ficar em coma. Depois, a senhora morre. Tudo muito humano.

— Que bom! Isso soa bastante animador — resmunga Carmen por entre as lágrimas. Uma migalha já é o suficiente para uma pessoa com câncer.

— E quais são os efeitos colaterais do tratamento? — pergunto à doutora Scheltema.

— Os mesmo do tratamento com o CAF. Enjôos, cansaço, queda de cabelo, perda do paladar e do olfato. Com este tratamento, seus músculos também começarão a protestar, e a pele da palma da mão e dos dedos fica muito sensível — avisa Scheltema.

— Vamos fazer assim mesmo — decide Carmen.

— Ah! E suas unhas vão cair — acrescenta a médica.

— Tudo bem — concordo, cínico. Por que não piorar ainda mais a situação?

"Tanto por fazer/Ainda tenho tanto por fazer"

Toontje Lager, "Zoveel te doen" (*Stiekem dansen*, 1983)

QUINZE

— Por mais insano que pareça, estou até aliviada — começa Carmen, ainda antes de deixarmos o estacionamento do Hospital Lucas. — Pelo menos, agora sabemos onde estamos. Vou morrer.

— Carm, por favor... — Estas são as primeiras palavras que pronuncio desde que deixamos o consultório de Scheltema.

— Mas não é isso mesmo? No ano passado, deixamos o hospital e saímos do nada para uma situação incerta e completamente impotentes. Agora, temos certeza.

Estou pasmo com o que ela diz. Que ela diga isso. Mas não deixa de ser verdade. Penso no ano passado. A pancada foi muitas vezes pior.

— Quero tirar férias — decide ela, com o olhar firme. — Tanto quanto puder. Ainda quero conhecer a Irlanda. E... Barcelona! Isso mesmo! Quero ir para Barcelona com você.

Mais um pouco e eu até acabo achando bom.

— Vou perguntar ao Frenk se ele conhece algum hotelzinho legal e estiloso por lá — digo, rindo. — Mais alguma coisa, madame?

— Quero passar um fim de semana com todos os meus amigos em um castelo nas Ardenas — responde ela, sonhadora. De repente, ela se tornou o símbolo da vontade de viver. — Aliás, você pode dar uma paradinha nessa lanchonete aí?

— Como assim?

— Vou comprar cigarros. Vou começar a fumar de novo.

Sorrio e paro o carro diante da lanchonete marroquina na Zeilstraat.

— Marlboro normal ou light? — pergunto antes de sair do carro.

— Normal. Juntar mais um pouco de câncer de pulmão não vai fazer diferença.

"Faço o que faço, não me pergunte por quê/faço o que faço, e talvez isso seja burrice/fazemos o que fazemos"

Astrid Nijgh, "Ik doe wat ik doe" (*Mensen zijn je beste vrienden*, 1973)

DEZESSEIS

Rindo, entro na lanchonete. Há duas pessoas na minha frente. Olho para fora e vejo Carmen sentada no carro. Ela olha, apática, para a frente. Anestesiada. Enquanto a observo, meu sorriso desaparece do rosto.

O que ainda nos espera?

Passa de tudo pela minha cabeça. Ambulâncias no meio da noite. Uma Carmen definhando. Medo da dor. Um leito de morte. E morte. A morte. Meu estômago se contrai. De repente, fico em pânico. Minha mulher vai morrer! *Desta vez, a Carmen vai morrer de verdade!* Sinto um enjôo subindo, a ponto de quase ter que vomitar. Começo a ficar nervoso, a transpirar.

— Ô, Achmed, ainda vai levar muito tempo até eu ser atendido? Só preciso de um maço de cigarros, porra! — reclamo, de repente.

— Calma, meu senhor, só tenho duas mãos! — responde, zangado, o sempre simpático marroquino. As duas pessoas na minha frente viram-se e lançam-me um olhar destruidor. Sumo para dentro do banheiro. Lá, pego o celular.

Se espalhou, Roos. Posso ligar para você mais tarde? Por favor?

"Coleciono belos momentos."

Herman Brood, durante entrevista com Henk Binnendijk (*Fifty Fifty, no canal EO*, em 1994)

DEZESSETE

Querida Luna,

Neste livro, quero escrever todas as coisas que fazemos juntas e pelas quais passamos, para você sempre saber o quanto gosto de você. Estou doente. Tenho câncer e, quando você ler esta carta, não estarei mais aqui. Espero que este livro se torne uma boa lembrança.

Você só tem 2 anos, mas já é muito esperta. O fato de você já falar tão bem ajuda muito. O ano que passou foi muito difícil para nós e, quando eu ou o papai chorávamos e você via, vinha logo nos fazer um carinho e limpar as lágrimas dos nossos rostos. Com isso, já nos sentíamos muito melhor. Ou você dizia algo que nos fazia rir e nos alegrava, apesar das lágrimas. Temos muitas pessoas que nos consolam e nos alegram, mas você é quem melhor sabe fazê-lo.

Esta noite, antes de você dormir, ainda fui lhe fazer um carinho e dizer que a amo muito, e você me disse que também me ama. Que maravilha! Isso me aquece por dentro.

Papai e eu conversamos muito, porque sabemos que, em breve, não estarei mais aqui. Isso é muito triste, mas, apesar de tudo, fazemos muitas coisas, nós três juntos, neste curto espaço de tempo. E eu aproveito intensamente cada momento e fico tão feliz com a minha pequena família que poderia chorar de felicidade.

Amo você! Beijos, Mamãe.

"Se você quiser saber a minha opinião,
eles não estão felizes assim"

Tol Hansse, "Big city" (*Tol Hansse moet niet zeuren*, 1978)

DEZOITO

Carmen tornou-se membro de um grupo de auto-ajuda. Ela o chama de Muflão.

O Muflão = reuniões da Tupperware, da Avon, de artigos de sex shop, do clube do livro etc. Se Carmen não tivesse tido câncer de mama, ela jamais teria acabado num grupo como o Muflão. De vez em quando, ela cai na gargalhada quando conta o que se passa durante os encontros: "É uma tarde animada com cinco mulheres que só falam de câncer de mama."
A única que se salva é **Toos**. Como Carmen, também está na casa dos trinta, mora em Amsterdã (as três outras vêm de Zaandam, Mijdrecht e de um vilarejo de que jamais ouvi falar) e não é feia. Eu até diria que é uma gostosona se não soubesse que tem apenas um peito.
Nesse meio tempo, todas elas tiveram um seio amputado. Uma delas (ainda) não teve metástase, uma já foi desenganada pelos médicos, e as outras três estão na mesma situação de Carmen: cedo ou tarde as coisas desandam. "Assim, com o decorrer do tempo, o Muflão chegará ao fim por vias naturais" — diverte-se Carmen.
As mulheres também têm muito que conversar do ponto de vista dos relacionamentos. Carmen conta que uma mulher-Muflão já se divorciou desde que a desgraça do câncer começou. Seu marido não conseguia mais conviver com aquilo. E o marido de Toos mal consegue falar sobre o assunto, passa noites inteiras na frente da tela do computador no quarto do sótão.
O casamento de um terceiro membro do clube-Muflão já estava uma merda antes de o câncer começar, portanto, ali nada mudou. Todas parecem ter rido bastante com a história.
Elas combinam de se encontrar a cada duas semanas, revezando casas. Os maridos também parecem conversar entre si, comenta Carmen. Quando ouço

isso, faço uma careta que detém Carmen de me perguntar se quero participar. Mas ela tira proveito dessas reuniões. Nelas, conversa-se abertamente sobre o significado, para uma mulher, de ter de abrir mão de uma mama. Algo sobre o que nem Anne, Maud, sua mãe, nem as garotas da Advertising Brokers têm coragem de falar.

Na semana passada, o Muflão foi lá em casa. Quando cheguei com Luna, elas estavam todas lá. Senti-me constrangido ao me apresentar, pois sabia que, vez por outra, falavam sobre mim.

— Demos notas aos nossos maridos hoje à tarde — comentou Carmen, à noite. — Como eles lidam com a história de a mulher ter câncer, se sempre vão junto ao hospital, se conseguem conversar a respeito, se continuam sendo amáveis apesar de toda a desgraça.

— E que nota você me deu?

— Oito.

— Oito? — pergunto, atônito.

— É. Depois de ter ouvido todas as histórias no Muflão, descobri que você não é tão ruim assim.

— Talvez fosse bom enviarmos um relatório dessas reuniões para Thomas e Anne um dia desses — respondo.

— Não precisa — diz Carmen. — Eu já contei para eles.

"For the ones who have a notion/a notion deep inside/
that it ain't no sin to be glad you're alive"

Bruce Springsteen, "Badlands" (*Darkness on The Edge Of Town*, 1978)

DEZENOVE

O verão é uma festa.

Frenk concordou que eu só fosse para a MIU em casos urgentes e durante apresentações importantes. De resto, fico com Carmen enquanto ainda dá.

Carmen e eu fazemos tudo que nos dá vontade.

Compramos entradas no câmbio negro para todos os jogos da seleção no Campeonato Europeu. Quando Kluivert faz os quatro gols nas quartas-de-final contra a Iugoslávia,[33] ela enlouquece como os demais cinqüenta mil torcedores.

O jogo foi um orgasmo de uma hora e meia.
Carmen adorou!

— Até que seria bonito se eu morresse quando a Holanda se tornasse campeã européia, não acha? Eu pararia no clímax... — diz ela, às gargalhadas.

Mas a coisa não chega a esse ponto. Carmen sobrevive à nossa seleção. A vantagem do câncer é que ele consegue relativizar as coisas. O recorde mundial de perdas de pênaltis contra a Itália nos dá cãimbras de tanto rir. Pode deixar que você não vai morrer se eles perderem. Futebol não passa de mais um joguinho.

---

[33] 6x1. Quatro gols do Kluivert; dois do Overmars. 25 de junho de 2000. Van der Sar, Stam, Reiziger, F. de Boer, Zenden, Van Bronckhorst, Davids, Cocu, Bergkamp, Kluivert, Overmars. (*N. do A.*)

Viajamos nos fins de semana e pernoitamos nos melhores hotéis. Em Barcelona, ficamos no Hotel Arts. No andar mais alto, com vista sobre Barceloneta e o Mediterrâneo. Pedimos a maior suíte e brincamos de esconde-esconde. Carmen é melhor do que eu. Eu só consigo encontrá-la quando ela não consegue mais segurar o riso depois de eu passar pela terceira vez na frente do armário onde se escondeu.

À noite, o jantar é divino. Praticamente ejaculo ao provar as tapas, os petiscos típicos da Espanha, na Cervezeria Catalunya, na Avenue de Mallorca.

> Acabamos de comer umas tapas deliciosas. Carmen não comeu quase nada, mas está se divertindo muito. Eu também.

> Merda de câncer. Tentamos voltar a pé depois das tapas. Carmen estava exausta depois de 5 minutos. Tivemos que esperar uma hora até passar um táxi. Carmen chorava de desespero. Ligo para você mais tarde, Deusa...

Na Irlanda, escolhemos os castelos mais luxuosos para jantar e pernoitar. Falta tanta energia a Carmen que só conseguimos sair do carro que alugamos para almoçar em um pub ou dormir no castelo seguinte. Apesar disso, temos uma semana maravilhosa. Fazemos vídeos para Luna, cujo tema é o humor infantil de Carmen & Stijn. Carmen brinca de "Como não ser vista" atrás de uma gorda, no salão do The Morrison Hotel, em Dublin. Stijn imita o Red Hot Chili Peppers com uma touca de banho do Castelo de Ballymore pendurada no pinto. Carmen representa uma foca com a prótese na cabeça. Stijn imita Ray Charles sobre os Penhascos de Moher. Carmen reproduz o programa de televisão "O que é pior" (Morrer queimado ou afogado? Nunca mais sentar ou nunca mais ficar mais em pé? Nunca mais comer ou nunca mais ter um orgasmo? Nunca mais fazer xixi ou cocô? Câncer ou AIDS?). Carmen e Stijn usam seu dialeto Stijn&Carmiano (Nós degamos em Chublim. Cijn e Starmen. Como guede o Finess! Você é minha pande graixão. Que terda de mempo!).

Estamos nos divertindo. Que país louco! As pessoas já estão bebendo às 10 da manhã. As mulheres são feias; segundo Carmen, a maior qualidade da Irlanda. Bjs!

De volta a Amsterdã, sempre que tínhamos um dia de sol, navegávamos com nosso barquinho pelos canais. Com os pais, amigos e muito vinho rosé. Paramos, com freqüência, diante do Hotel Amstel para tomar champanhe ao ar livre. Ou íamos para Ouderkerk, almoçar em grande estilo no Klein Paardenburg. Uma vez, quando passamos no barquinho por Zorgvlied, Carmen me disse que quer ser enterrada lá.

Glup. Navegávamos por Zorgvlied. Carmen me pediu para ir com ela escolher um lugar bonito para ela ficar mais tarde. Não tive coragem.

Carmen convida um grupo grande de amigos para passar um fim de semana num castelo em Spa, nas Ardenas belgas. São vinte e três hóspedes ao todo, quase uma antologia da vida de Carmen. De vez em quando, chove mais do lado de dentro do que de fora.

Também começamos a procurar uma casa nova. Na verdade, queríamos ficar morando por uns três anos na Amstelveenseweg e, depois, com um saco cheio de dinheiro, ganho na MIU e na Advertising Brokers, procurar uma casa maior. Mas a metástase no fígado levou a uma mudança de planos. Foi sugestão minha. Carmen teve que se acostumar a ela, mas acabou gostando da idéia de saber onde Luna e eu moraríamos mais tarde.

— E, quem sabe, eu também possa morar lá por um tempo, se o Taxotere se esforçar um pouco — comenta, esperançosa.

Eu espero que não, pois se Carmen ainda viver quando nos mudarmos, isso significa que ela também vai morrer lá. E eu tenho medo de que a nossa nova casa, bem como a da Amstelveenseweg agora, seja automaticamente contaminada com uma associação a doença e morte. Adoraria poder ver a casa nova como um novo início para Luna e para mim. Mas não tenho coragem de partilhar esse sentimento com Carmen.

Mesmo assim, conversamos muito sobre o futuro após sua morte. Horas a fio. Em casa, nos bares, no nosso barquinho, nos cafés. Falamos de tudo.

Papai e eu também já falamos que, mais tarde, você terá uma nova mamãe. Acho uma ótima idéia. Não só para o papai, mas também será bom para você ter uma pessoa carinhosa com a qual poderá conversar, rir, brigar e fazer coisas legais. E mesmo que eu não esteja mais aqui em breve, em pensamento e no meu coração você sempre estará comigo, aconteça o que acontecer, você sempre será a minha queridinha, mesmo que eu não esteja mais presente para conversar com você e fazer carinho... Sempre continuarei amando você, da mesma forma que sempre continuarei amando o papai.

Todas essas conversas fizeram com que nos apaixonássemos de novo. Desfrutamos da presença um do outro, de cada dia que podemos estar juntos. Stijn e Carmen, rei e rainha — sem coroa — dos prazeres. E viveram felizes por um breve intervalo.

"Give me/Give me/Give me the power"

Suede, "The Power" (*Dog Man Star*, 1994)

VINTE

Entre um prazer e outro, a vida continua uma merda. Os efeitos do Taxotere são terríveis. Por causa dele, a menopausa de Carmen se adiantou uns quinze anos. De repente, ela se irritava por nada, não menstruava mais e começou a ficar grisalha. Aliás, isso não demorou muito tempo porque, depois de três aplicações, ela já estava careca de novo. Mais uma vez, "peruquinha pinicante" saiu do armário. Desta vez, a sobrancelha e os cílios também caíram. Ela chegou a usar cílios postiços durante alguns dias, mas não deu certo. O Taxotere faz com que seus olhos lacrimejem o tempo todo. Ela passa o dia secando-os com um lencinho.

Outro efeito colateral é que as extremidades dos dedos estão envoltas em esparadrapo, pois as unhas ou estão soltas ou já caíram. As pontas dos dedos "parecem ter ficado presas numa porta". Carmen chorou hoje de manhã porque não conseguia tirar a fralda de Luna. Ela não tinha força nos dedos para abrir as fitas adesivas. Depois, ralhou consigo mesma, ficou zangada com a Procter & Gamble, com o câncer e comigo, quando me aborreci por ela não ter me pedido para trocar a fralda.

— Porra! Não dá para entender que EU quero fazer isso? — gritou.

Outro problema é a tosse. Principalmente, à noite. Às vezes, tenho medo de que ela engasgue de uma vez por todas. Mas tenho mais medo ainda de que seja uma nova metástase. Li num fôlder que os pulmões são outro local predileto para o câncer de seio disseminado fazer ninho. A médica nos tranqüiliza: deve ser um derrame pleural — "água na pleura, doutora?" — e isso parece ser, sim, um efeito do Taxotere.

De resto, Carmen não consegue fazer mais nada que exija esforço. Ela mal tem energia. É o efeito cumulativo do qual falou a doutora Scheltema. O corpo começa a se rebelar cada vez mais contra a químio. E quem o condenaria por isso?

Mas o maior problema ainda é espetar o tubinho por onde aquela droga entra no corpo através das veias da mão. O ato de espetar tornou-se o símbolo da desgraça que é o câncer. Parece que as veias de Carmen encontram-se menos à mostra do que na maioria das pessoas. E cada vez fica mais difícil e doloroso. São minutos de agonia até que o tubinho esteja no lugar. Carmen criou verdadeira ojeriza às aplicações, e a cada semana a ojeriza cresce mais. Sempre a acompanho, e mal consigo conter as lágrimas enquanto o médico fica espetando a mão da minha chorosa Carmen.

Mais duas sessões e as seis primeiras aplicações terão passado. Depois disso, teremos três semanas sem químio, para dar ao corpo a possibilidade de se regenerar. Em seguida, começa tudo de novo. Mais seis vezes. Carmen enlouquece só de pensar.

— Poderia existir uma bebida em vez de todas essas agulhadas no meu corpo — diz ela, quando estamos no consultório de Scheltema, aonde costumamos ir todas as semanas, antes das aplicações. — Eu daria tudo por isso. — Só o fato de dizer isso, já é demais para ela. Carmen começa a combater as lágrimas.

— Pois é — concorda Scheltema, sem rodeios —, mas não existe.

Assim sendo, dou meu apoio à soluçante Carmenzinha a caminho da sala de químio, para sua quinta aplicação de Taxotere.

Só faltam mais sete agora.

Caí no berreiro no banheiro, depois de terem feito da Carmen uma peneira. É cruel, Roos. Ligo depois. Não demoro.

"O que me surpreende após tantos anos/que não esquecerei nem aos cem anos/você me enganou, você me traiu"

Wim Sonneveld, "Tearoom tango" (*Een avond met Wim Sonneveld*, 1966)

VINTE E UM

Parece que há, sim, uma bebida.

Carmen descobre isso através de Toos. Segundo ela, no Hospital Antoni van Leeuwenhoek, onde Carmen fazia radioterapia, estão fazendo testes aplicando as drogas por via oral. E isso, há meses. Não consigo acreditar.

Carmen me pede para ligar.

— Você consegue se explicar muito melhor.

O médico que me atende no Hospital Antoni van Leeuwenhoek confirma a história de Toos.

Mas eles não podem fazer nada pela Sra. van Diepen enquanto ela for paciente de um colega do Hospital Lucas. Digo que compreendo e que entrarei em contato com a doutora Scheltema.

Desligo o telefone. Carmen olha para mim.

— É verdade. Eles têm um coquetel.

Carmen começa a chorar copiosamente.

Estou a ponto de ir àquele hospital de merda, pegar as mãos da doutora Scheltema e pregá-las na escrivaninha com aquela agulha que sempre colocam na Carmen. Um. Dois. Três. Quatro. Cinco. Seis. Sete. Oito. Nove. Dez. Suspiro fundo. Pego o telefone e ligo para o Hospital Lucas e peço para falar com Scheltema. Ela está de férias.

O médico que a substitui é o doutor Tasmiel. Explico, com toda a calma que me é possível, que a colocação do tubinho perfurando minha mulher semana após semana, está tendo graves efeitos psíquicos, do conhecimento da doutora Scheltema

Finalizo solicitando, simplesmente, que a senhora van Diepen seja autorizada a se tratar com o médico que está à frente dos testes de quimioterapia via oral no Antoni van Leeuwenhoek.

O médico me informa que não tem como me ajudar, explica que não pode indicar, sem mais nem menos, pacientes de um colega para outro e diz que a doutora Scheltema já estará de volta daqui a uma semana e meia.

Estou fervendo de ódio e digo que, até hoje, sempre havia vivido na ingênua crença de que a qualidade de vida dos pacientes terminais era uma prioridade para os médicos que deles tratavam e que a qualidade de vida da minha mulher já estava seriamente comprometida visto que, todas as semanas, dias antes da aplicação, ela já começa a chorar de aflição com a previsão de ser espetada incontáveis vezes. Dando continuidade, desenterro um cadáver que, para mim, é absolutamente relevante nesta situação, e digo que esperava um mínimo de humildade dos médicos, haja vista que minha mulher se encontra na situação atual graças a um erro de outro colega dele, o doutor Wolters, quase dois anos atrás.

O doutor Tasmiel se irrita, diz que não tem conhecimento desse fato e que, segundo ele, o mesmo não tem nada a ver com o assunto em questão. Além disso, ele desaprova meu tom de voz ao dirigir-me a ele.

— Já acabou? — pergunto.

— Já.

— Ótimo. Então vou lhe dizer mais uma coisinha: não tenho NADA a tratar com o senhor! — E continuo com a promessa de enviar, ainda hoje, um fax, com cópia para a doutora Scheltema e para o médico do Antoni van Leeuwenhoek, por considerar o bem-estar da minha mulher mais importante do que a porra das férias da Scheltema.

Carmen me pergunta se não seria melhor deixar como está. Nem pensar! Estou puto! Estamos sendo sacaneados, fodidos, enrabados.

Vou direto para o computador. No fax, escrevo que, se preciso for, levarei a questão para a mídia, a fim de que minha mulher possa fazer parte dos testes. Não medirei esforços para tal. Não faço a mínima idéia de que esforços seriam esses, mas, em minha opinião, soa ameaçador o suficiente.

Às nove horas da manhã seguinte ao fax, ligam para mim.

— Sr. van Diepen, o senhor está falando com Rodenbach, diretor clínico do Antoni van Leeuwenhoek. O doutor Tasmiel, do Hospital Lucas, deu-me seu número.

Duas horas depois, estamos sentados com ele. Rodenbach é um oásis. Um médico que deixa o paciente contar sua história e chega até a ouvi-la. Ele nos informa que os resultados dos testes via oral ainda são incertos e alega que o tratamento que Carmen vem fazendo com Taxotere tem dado resultado até agora. Ele a desaconselha a tomar parte nos testes e oferece uma alternativa para se ver livre das agulhadas. Um cateter de longa duração chamado Port-a-Cath. Nos meus ouvidos, soa como um banheiro químico, mas, ao que parece, é um aparelhinho muito prático que é implantado no peito, sob efeito de anestesia. Uma operaçãozinha de nada. A punção do aparelho é feita através de uma agulha — e não de um tubinho — e é praticamente indolor, além de dar certo logo de saída. Nada mais de espetadas na veia. Carmen comenta que, através do grupo de chat na internet, ela já sabia da existência desse cateter há meio ano. Ela havia conversado a respeito com Scheltema, que desaconselhara seu uso com veemência. A operação não seria tão simples assim, o aparelho costumava entupir, em suma, não valeria a pena, segundo a médica.

— Bem... Hum... Parece que nossa opinião diverge nesse sentido.

Rodenbach faz o possível para não atacar a sua colega, doutora Scheltema, do Hospital Lucas. A mesma Scheltema à qual eu perguntara se não seria melhor tratar minha mulher no Hospital Antoni van Leeuwenhoek, especializado em câncer. A mesma Scheltema que se sentira profundamente ofendida, uma vez que, desde o advento da internet, toda informação sobre câncer, os mais novos progressos e os métodos usados em hospitais de todo mundo passaram a se tornar, em questão de horas, bem público dentre os médicos. Além disso, ela nos havia dito que, a cada quinze dias, ela deliberava com médicos do hospital vizinho sobre o progresso de seus pacientes.

No melhor dos casos, Scheltema não fez seu dever de casa durante meses e, pior, mentiu na nossa cara quando Carmen lhe disse, em prantos, que faria de tudo para se ver livre das agulhadas.

Rodenbach diz considerar o Port-a-Cath uma opção melhor do que a aplicação via oral, mas que a escolha cabe à Carmen. E ele se oferece para passar a tratá-la.

Carmen opta pelo Port-a-Cath, por Rodenbach e pelo Antoni van Leeuwenhoek. Vejo que ela está satisfeita, e eu também estou.

> O hospital **Antoni van Leeuwenhoek** (AvL) é especializado no tratamento de câncer (não deve ser confundido com o Lucas, que é um hospital canceroso). Os médicos e enfermeiros no AvL compreendem o que se passa na cabeça de pessoas com uma doença que ameaça sua vida ou — no caso de Carmen — terminal.
>
> O outro lado da moeda é que todos que lá circulam sabem que você não está ali porque sua mulher acabou de dar à luz ou está se restabelecendo de uma apendicite, mas que se trata de câncer. Até eu me pego olhando, comovido, para pessoas que caminham de braços dados pelos corredores, ou que estão sentadas no saguão perto da máquina de café. Com certeza, acabaram de receber a notícia de que ocorreu metástase na mãe ou que podem perder o avô a qualquer momento, ou então o marido foi desenganado pelos médicos. Na verdade, o AvL é algo como o Wallen, a região das prostitutas de Amsterdã. Você sabe qual o motivo que leva todos para lá.

A cirurgia para implantar o Port-a-Cath realmente foi simples e Carmen vai assobiando para as quimios que faltam.

Nunca mais pisamos no Hospital Lucas. Ainda ouvimos a voz de Scheltema na nossa secretária eletrônica, dizendo o quanto lamenta que as coisas tenham desandado dessa maneira durante suas férias e nos deseja, de coração, o melhor. Acredito em cada palavra que ela disse e deixo por isso mesmo. Carmen também.

Isso não fará com que ela viva mais, mas, certamente, com que viva melhor.

"And when I get that feeling/I want sexual healing"

Marvin Gaye, "Sexual Healing" (*Midnight Love*, 1982)

VINTE E DOIS

Para tornar também a minha vida mais agradável, acabei retomando meu velho hábito. Mais uma vez, estou viciado em Roos.

No dia pós-metástase, depois de eu ter levado Luna para a creche, fomos juntos ao Coffee Company de Pijp.

Do ponto de vista monofóbico, o local é seguro e o horário também, pois é longe da casa da Roos, em Oud-West.

Roos ficou escutando enquanto eu botava toda a minha frustração e tristeza para fora.

Depois, durante todo o verão, permeando as férias e os passeios de barco com Carmen, havíamos combinado de nos encontrarmos às escondidas, Roos e eu, em diversos bares e lanchonetes. Evitávamos a todo custo cafés perto da casa dela, para não correr o risco de terminarmos lá e quebrar a "Promessa que fiz à Carmen".

> **Coffee Company**. Dá para esnobar aqui, mas trata-se de um estabelecimento para nível avançado. Quanto mais diferente o café, mais alto o status. Faça de conta que é um especialista. Esqueça o cappuccino ou o expresso. Mesmo que você entenda tanto de café quanto uma vaca entende de rapel, peça um americano ou um *ristretto*. Aí você passará a fazer parte da tribo e esse é o propósito.

Consegui manter distância de Roos durante quatro meses inteiros. Desde que conhecera Carmen, nunca fiquei tanto tempo monogâmico. Ou melhor, *zerogâmico* — com Carmen, ficou naquela única vez no Club Med. Logo depois, o Taxotere enterrou de vez seu desejo de fazer sexo. E foi assim que a minha vida sexual desapareceu, enquanto meu sentimento de culpa permanecia inalterado. Pela primeira vez na vida, a monofobia riu da minha cara: continuava levando vida dupla e ainda tinha uma segunda mulher em segredo, mas não podia ir com nenhuma das duas para a cama. Havia vezes que meu pinto quase explodia de tesão quando Roos me fazia um carinho mais íntimo no bar. Quando chegava em casa, deixava que ele se esbaldasse no vaso ou no banho, seguindo o ritmo da minha mão, enquanto fantasiava com ela.

Numa noite, após um daqueles "quimiodramas" no Lucas, as coisas desandaram. Liguei para Roos, que estava em casa, e quinze minutos depois eu estava lá. Ela me consolou. Do consolo passou para carinho e, do carinho, para sexo. Ela ainda chegou a protestar, mas não havia como segurar. Fizemos em cima do tapete. Após entrar nela, não levei nem um minuto para chegar lá. Depois, choramos os dois.

Nas semanas que se seguiram, o meu vício por Roos só crescia. Qualquer meia hora que tinha, queria ficar com ela. A minha agenda começou a sucumbir sob uma administração de tempo desumana. Carmen. Luna. As idas ao hospital. As visitas às casas que o corretor escolhia para nós. Meu trabalho. Embora este último também servisse, com freqüência, como álibi para as minhas visitas-relâmpago à Roos.

Ainda assim, há uma diferença com o relacionamento que mantínhamos na primavera. Na semana passada, enquanto estávamos relaxando depois de uma intensiva atividade na cama dela, Roos disse: "Amo você, Stijn".

Por mais engraçado que pareça, senti-me mais lisonjeado do que preocupado com um problema em potencial. A princípio, não entendi bem o motivo. A "Promessa que fiz a Carmen" já estava quebrada mesmo e as coisas não se tornariam mais fáceis.

Quando percebi por que o "Amo você, Stijn" me fizera tão bem, fiquei assustado, para dizer a verdade. A declaração de amor de Roos me acaricia o ego. Sinto-me de novo um homem em vez de um amiguinho. É uma compensação para o meu amor-de-sentido-único que tenho em casa.

Conscientizo-me de que isso não merece aplausos. Mas me convenço de que o amor em tempos de câncer cria suas próprias regras. A companhia de Roos é a única que me dá prazer, que me faz sentir-me à vontade. E, ainda por cima, ela me ama.

Não há Frenk, Bastille, álcool ou ecstasy que supere isso.

"It's my baby callin'/says I need you here"

Golden Earring, "Radar Love" (*Moontan*, 1973)

VINTE E TRÊS

No início, pensamos que fosse imaginação, mas, passadas algumas semanas, não havia como negar. A barriga de Carmen crescia, embora ela realmente não estivesse grávida e comesse menos do que Luna.

O doutor Rodenbach confirma nossas suspeitas. O Taxotere não está fazendo mais efeito. Ele dedica todo o tempo para nos explicar que os marcadores no sangue comprovam que o tumor tornou-se ativo de novo. O fígado não funciona mais como deveria e acaba fazendo algo que se assemelha à transpiração. O que ele transpira chama-se fluido ascítico e, com isso, a barriga de Carmen passa a fazer parte da animação da festa, pois o fluido contém células cancerosas malignas.

Rodenbach diz haver ainda uma opção já que o Taxotere não está mais dando resultado. Mais outro tipo de quimioterapia, que se chama LV. O "L" significa Leucovorin e o "V", 5-FU. Praticamente não tem efeitos colaterais, deve ser aplicado semanalmente através do Port-a-Cath. Nós nos entreolhamos e damos de ombros. Vamos lá! Que Deus abençoe mais esta empreitada. Embora tudo não passe de adiamento, avisa Rodenbach. E esperamos que o 5-FU não chegue tarde demais, pois a aplicação só pode ser iniciada daqui a algumas semanas. O corpo não consegue mais fazer frente a dois tipos de quimioterapia diferentes num curto espaço de tempo.

Não demora muito e a barriga de Carmen se assemelha à de uma mulher no último mês de gravidez. Ela não consegue mais vestir quase nada. Esta semana, Carmen põe a vergonha de lado e vai comprar um vestido na Ruimschoots, na A. J. Ernststraat. Um vestido para gestantes. Quando encontramos uma ex-colega da BBDvW&R/Bernilvy, ela diz: "Que legal! O segundo está a caminho!"

Carmen assente com entusiasmo.

— É! Esperamos que seja menino.

De resto, não há muito do que rir. Carmen está a ponto de explodir. O doutor Rodenbach diz que podem drenar a ascite, mas que ele prefere fazer isso o mínimo possível. Quanto mais se remove o fluido, com maior intensidade ele volta. Será que ela ainda consegue agüentar mais alguns dias, até a primeira aplicação de LV?

— Até lá, ainda consigo agüentar — responde Carmen.

A noite anterior à primeira aplicação, eu não estou em casa. Tenho estado tão ausente da MIU que propus a Frenk nos encontrarmos uma vez por semana, à noite, para conversarmos sobre todas as questões mais urgentes. Depois, ainda posso dar um pulinho na casa de Roos.

— Você consegue mesmo agüentar essa barriga até amanhã? — pergunto à Carmen, antes de sair.

— Consigo, sim, pode deixar.

Nesse meio tempo, descobri que minha mulher, além de câncer, sofre de uma overdose de positivismo e de uma incapacidade crônica de reclamar. Portanto, não acredito nela.

— Tem certeza?

— Tenho. Sem problemas.

Não estou nem uma hora no Stadion quando o meu celular toca.

— Não está dando mais, Stijn — choraminga Carmen.

— Já estou indo.

Frenk também vem. Juntos, corremos para o carro. Em cinco minutos, estamos em casa e eu subo as escadas correndo. Vejo no seu rosto que ela está morrendo de dor.

— Já ligou para o hospital? — pergunto.

— Não... Não tenho coragem.

Num intervalo de 2,34 segundos clico: Menu — Agenda — Nomes — AvL — Ligar.

— Boa noite, Antoni van Leeuw...

— Meu nome é van Diepen. Poderia me ligar com alguém de plantão no departamento do doutor Rodenbach?

Depois de responder à pergunta feita pelo médico de plantão sobre se a minha mulher realmente não consegue esperar até amanhã de manhã com um curto e grosso "Não, agora!", recebemos autorização para ir imediatamente fazer a drenagem da barriga de Carmen.

Frenk fica em casa, com Luna.

Temos de ir ao quarto andar. O Antoni van Leeuwenhoek já não consegue chegar aos pés da Bastille no que tange ao entusiasmo, nem do Hotel Arena no quesito iluminação. Tarde da noite, no entanto, consegue ser ainda mais deprimente do que durante o dia.

Lá em cima, o médico que fará o procedimento já está nos aguardando. Ele deve ter, no máximo, uns 28, 29 anos.

— Os senhores vieram para a punção de ascite? — pergunta ele.

Que bom, aprendi mais uma expressão. Carmen gesticula que sim. Junto com o médico, ajudo-a a subir na maca. Ela recebe um anestésico e introduzem um tubo de meio centímetro de diâmetro na parte lateral de sua barriga. Do outro lado do tubo, colocam um balde. Aos poucos, ele se enche de um líquido amarelo que sai de dentro de Carmen. Um litro, dois litros, três litros, quatro litros, quatro litros e meio. Ainda deitam-na de lado e a empurram, como se faz com uma tigela de massa de panqueca, de um lado para outro. Quatro litros e setecentos.

Ela está aliviada.

— É como se pudesse fazer xixi depois de prender por uma semana!

Agora que sua barriga está vazia, ela consegue caminhar um pouco. Em silêncio, nos arrastamos pelos corredores escuros e vazios do hospital até a saída. Meia-noite e quinze chegamos em casa. Frenk está sentado no sofá, assistindo à televisão. Carmen e eu não dissemos nem uma única palavra no caminho.

— Quem quer beber alguma coisa? — pergunto.

— Um copo d'água — pede Carmen, baixinho.

— Eu tomo uma dose de vodca — digo a Frenk. — E você?

— Pode ser uma cervejinha.

Vou sentar e deixo que a noite tenha seu efeito sobre mim. Era o que eu temia, desde o dia em que Carmen "começou a ter câncer". À noite, ir ao hospital em pânico. Hoje, chegamos ao nível 2 do Top 5 da Escala Traumática do Câncer, logo depois do imbatível número 1, nesse meio tempo já um velho conhecido: raspar a cabeça de minha mulher. Abro um berreiro. Carmen faz coro, no mesmo ritmo. Faltam braços a Frenk para nos consolar.

— Eu deveria ter dito hoje à tarde que não ia agüentar, não é? — pergunta ela, cheia de culpa.

— É — respondo, zangado.

— Mas eu acho um horror sempre ficar reclamando dessa barriga...

— Sair correndo para o hospital, em pânico, no meio da noite, é muito pior.

— Você tem que dizer a verdade, Carmen — acrescenta Frenk, antes de se despedir. — Só assim o Stijn vai ter certeza de que está mesmo tudo em ordem com você...

Carmen concorda com a cabeça, sentindo-se culpada, abraça Frenk e leva-o até a porta.

Pouco depois, ouço-a gritar no banheiro.

— Vem ver o que de repente apareceu aqui — diz, assustada.

Do lado esquerdo, em cima da virilha, tem um calombo do tamanho de uma bola de sinuca. Também eu levo um susto dos diabos. Uma infecção? E eu-lá-sei-o-que-pode-aparecer-do-nada-em-três-horas-e-ter-o-tamanho-de-uma-bola-de-sinuca? Simulo calma. Telefonamos para o médico de plantão no hospital. Ele não tem idéia do que possa ser. Telefonamos para Rodenbach.

Pelo telefone, ele nos livra do sofrimento. Não é nada de grave. A bola de sinuca é uma conseqüência da punção, que provocou pequenas perfurações nas diversas camadas da parede abdominal, através das quais o restante do fluido acabou pingando, com a força da gravidade, e escorrendo para o ponto mais baixo da barriga.

— Como a gente não pensou nisso? — concluiu Carmen, seca.

Assim que ela se deitar, o fluido se espalhará de novo por toda sua barriga e, amanhã de manhã, os orifícios terão se fechado.

Antes do amanhecer, estou com Rodenbach na linha mais uma vez, depois de Carmen me acordar gemendo de dor.

— Doutor, é Stijn van Diepen de novo! — grito, agora também eu em pânico. — Minha mulher está ao meu lado, contorcendo-se de dor! Ela descreve como se fossem dores de parto, mas acho isso difícil.

Rodenbach, mais uma vez, não entra em pânico. Ele diz que a dor deve passar em alguns minutos. Trata-se de um fenômeno comum após punções do líquido ascítico. Os órgãos estão voltando aos seus lugares originais na barriga.

— Meu estômago está se contorcendo — digo a Rodenbach.

— E é mais ou menos isso que está acontecendo com ela — completa o médico.

Seguro a mão dela e belisco-a da mesma forma que fiz quando Luna estava nascendo. Pouco depois, as convulsões passam. Está amanhecendo. Dentro de uma hora, Luna vai acordar. Como se nada tivesse acontecido.

Pouco antes de adormecer, morto de sono, conscientizo-me, sobressaltado, que me esqueci de algo. Meu coração dispara.

Ai, meu Deus! Que merda. Mas que burrice a minha. Mas que merda, merda, merda.

Roos continua esperando por mim.

"Uma bocarra atrás do portão/uma bocarra atrás do portão"

Ajax F-Side[34]

VINTE E QUATRO

Ela só se acalma depois de eu ter feito um relato detalhado do desespero que foi a visita noturna ao hospital e de eu ter pedido desculpas dezesseis vezes. Estou sentado vendo-a tomar o café-da-manhã. Roos ainda está de roupão. Levei Luna para a creche e fui direto para sua casa. A minha plantinha no Oud-West precisava ser regada com urgência.

— Está ficando cada vez mais difícil, Stijn... Viver com a constante incerteza sobre se você vai cancelar um encontro na última hora, a preocupação sobre se algo de ruim aconteceu na sua casa quando você se atrasa dez minutos, o pavor de que Carmen tenha descoberto...

— Você prefere terminar? — pergunto, transtornado.

— Não! — suspira ela. — Claro que não quero terminar.

— Jamais vou querer que você se sinta usada. Nem agora, nem depois, quando a Carmen... hum... não estiver mais. Porque sei que, depois, vou precisar de um tempo para pensar só na Luna e em mim mesmo.

— Pára! Eu sei disso. Mas não quero ouvir você dizendo essas palavras.

— Mas precisa. Você precisa ouvir.

Sei que é cruel, mas verbalizo isso conscientemente. Embora seja de uma honestidade egoísta, uma honestidade cuja

---

[34]Do repertório do F-Side (setor da torcida do Ajax). Melodia: *When The Saints*. Entoado sempre que os torcedores do time adversário dizem algo desagradável sobre o Ajax ou seus torcedores. (*N. do A.*)

função primária é suavizar a sensação que tenho de que, talvez, eu só a esteja usando mesmo para conseguir atravessar esta situação.

E é uma bocarra atrás do portão. Eu sei que Roos jamais me deixará na mão.

"I wouldn't wanna take everything out on you/though I know I do every time I fall"

All Saints, "Black Coffee" (*Saints And Sinners*, 2000)

VINTE E CINCO

Se o tratamento com o LV não começar a fazer efeito em breve, Carmen não chegará nem ao Natal. E aquela merda do Taxotere, com toda aquela agonia, não terá resultado em mais que meio ano de prorrogação, porra!

O fígado de Carmen já está tão inchado que dá para reconhecê-lo como uma bolota do lado da barriga. Ele mal funciona; em compensação, transpira cada vez mais. Desde a primeira drenagem da ascite, Carmen passou a esvaziar a barriga semanalmente. A última vez foi um novo recorde pessoal: 7,1 litros. Também não me surpreenderia se fosse um recorde holandês e europeu, no caso de Carmen não ser desclassificada previamente por doping.

O "reaninhamento" dos órgãos após cada punção torna a drenagem um martírio. Às vezes, ela passa dias com aquilo, até não conseguir esconder mais a dor de mim. E aí, começa tudo de novo.

Junto com o fluido, vão-se cada vez mais proteínas de seu corpo. Ela emagrece a olhos vistos e, a cada semana que passa, tem menos energia. Nos dias em que a barriga está cheia, ela não consegue andar nem cem metros. No fim de semana passado, ela quis dar uma saidinha de qualquer jeito. Levei-a para passear na cadeira de rodas que nos foi entregue em casa, esta semana, pela assistência médico-social. Menti para Carmen dizendo que não me incomodava de empurrá-la. A verdade é que eu estava travando uma dura batalha contra as lágrimas.

Eu havia lhe contado que não consigo mais andar muito bem e que, por causa disso, temos uma cadeira de rodas. Você me disse que me carregaria. Achei aquilo tão doce e, ao mesmo tempo, tão triste, que tive que chorar. Mesmo agora, enquanto escrevo isto, tenho lágrimas nos olhos. Às vezes, é tão difícil. Outro dia você veio me perguntar se eu ainda estava doente. E quando você nos acompanhou para o hospital e viu o médico, você perguntou: "Ele vai fazer você ficar boa, mamãe?"

Carmen quer fazer de tudo, mas não consegue fazer nada. No domingo passado, ela quis cuidar de Luna de manhã para que eu pudesse dormir até mais tarde. Às oito e meia, ela veio me acordar porque já tinha vomitado duas vezes.

Somente lá pelo meio-dia, ela consegue entrar nos eixos, aos poucos, com passos ritmados. Por isso, visto Luna de manhã, dou-lhe o mingau e levo-a à creche. Durante o fim de semana, levo Luna cedinho para a fazenda de caprinos, em Amsterdamse Bos, ou para o parque infantil, no Vondelpark. Às vezes, sinto tanta pena de Carmen que prefiro não contar onde Luna e eu estivemos.

Geralmente, só consigo sair da cama perto do meio-dia. De manhã, sinto-me enjoada demais. Papai sempre acorda com você e faz todo o trabalho. Há dias em que reclamo com ele, simplesmente porque eu não consigo fazer o serviço. Aquele que se encontra mais próximo de nós é quem mais apanha, por mais injusto que isso seja. Mas tenho a impressão de que estamos mais unidos do que jamais estivemos. Apesar de tudo, ele ainda procura encontrar prazer nas coisas e isso me dá forças. Assim, ainda procuramos fazer muitas coisas legais nos dias em que me sinto melhor.

Mas esses dias são raros. O ponto mais baixo foi o dia em que Carmen perdeu a chegada do Papai Noel na creche. Ela conseguiu levantar-se da cama, vestir-se, mas nada mais além disso... Ela estava tomada por náuseas. Na creche, encontro-me como único homem — excluindo o Papai Noel (que usa um vestido) e seus dois duendes — entre doze mães.

— Se não dá mais para participar desse tipo de coisas, então para mim chega — diz Carmen, entre soluços, quando Luna e eu chegamos em casa.

Uma enchente de proporções catastróficas atinge meu rosto.[35]

Percebo que Carmen também sente que o fim se aproxima. Ela procura concretizar seus planos, desejos e idéias num ritmo frenético.

Ela disse para Maud, Anne, Thomas e Frenk que eles podem mandar fazer um anel: "Considerem um anel de lembrança". Eu também mandei fazer um, que substituirá minha aliança depois. Ela manda gravar: "Para meu grande amor. Beijos, Carmen". Quando vamos buscá-lo, a mulher que fez a gravação pergunta se vamos nos casar.

— Não, é para outra ocasião especial — responde Carmen, sem se aprofundar.

— Ah! Então já sei! — diz a mulher com um aceno da cabeça na direção da barriga de Carmen. — Que idéia excelente, comemorar com um anel!

Em um e-mail para amigos e conhecidos, Carmen pede para escreverem algo sobre ela para Luna. Chega uma enxurrada de cartas. Compramos uma caixa grande, onde guardamos todas elas, junto com os diários de Carmen e suas fotos, além de — idéia do Frenk — dois vídeos nos quais amigos falam sobre ela. Luna pode não ter mais uma mãe mais tarde, mas, se quiser, saberá mais sobre ela do que uma criança cuja mãe ainda está viva.

Num fôlder de uma associação dedicada a crianças e adolescentes que perderam entes queridos, que Carmen viu na sala de espera do Antoni van Leeuwenhoek, ela leu sobre psicólogos infantis especializados no "processo de luto em crianças". Acabamos visitando uma psicóloga na Rapenburgerstraat. Sem Luna, porque queremos poder falar abertamente.

---

[35]Extraído de *De kleine blonde dood,* de Boudewijn Büch (1985). (*N. do A.*)

O consultório está cheio de brinquedos. Na parede, há desenhos de crianças. Num deles, há uma cruz enorme e uma bonequinha com asas. "Minha mamãe" lê-se, em letra de criança. Espero que Carmen não veja o desenho. A psicóloga explica o que a criança conseguirá lembrar, mais tarde, do que se passou com aquele que partiu, o que ela compreende do conceito de morte, e qual o efeito que tem sobre a criança o fato de crescer com apenas um dos pais. Quando contamos que Carmen está escrevendo cartas para Luna, a psicóloga acha a idéia ótima. Caso contrário, Luna não se lembrará de mais nada de sua mamãe. Carmen ouve aquilo e não consegue segurar as lágrimas. A psicóloga espera um pouco e diz que há como se preparar crianças de 3 anos para a morte de um dos pais.

— Não apressem nada — aconselha ela —, mas não escondam que a mamãe está doente e que, em breve, ela pode ter partido.

Ela dá dicas sobre a maneira como devemos contar a Luna e avisa sobre um comportamento que ela chama de "desligamento".

— Quando crianças ouvem ou percebem que vão perder alguém de quem gostam, podem tornar-se menos carinhosas, ou até chatas diante dessa pessoa. Essa é uma reação instintiva para se protegerem contra a dor futura, quando essa pessoa realmente não estiver mais ali.

Eu me assusto com o que ela diz, mas não por causa de Luna. Reconheço meu próprio comportamento. As minhas dúvidas sobre se ainda gostava de Carmen; minha monofobia, que se tornava cada vez mais obsessiva. O Stijn criança dava provas de estar "se desligando".

À noite, leio uma historinha do livro que a psicóloga infantil nos dera: "O sapo e o passarinho". O passarinho está deitado de costas e alguns acham que ele está dormindo, e outros que está cansado.

A lebre se ajoelhou perto do pássaro e ficou observando.

— Ele está morto — disse, finalmente.

— Morto? O que é isso? — perguntou o sapo.

A lebre apontou para o céu azul.

— *Todos morrem — explicou.*

— *Nós também? — perguntou o sapo, surpreso.*

Isso, a lebre não sabia com certeza.

— *Quando ficarmos velhos, talvez — arriscou.*[36]

Eles enterram o passarinho e estão muito tristes. Depois, vão todos brincar alegremente. Enquanto leio, Luna acaricia meu braço com sua mãozinha. Ela percebe que estou tendo dificuldades e tem pena de mim. E eu, dela, pois Luna não sabe que o passarinho é a mamãe.

Carmen tem seu próprio jeito de contar.

Compramos dois peixinhos, que batizei de Elvis e Beavis. Você gostava muito deles. De repente, na semana passada, Elvis apareceu boiando no aquário, completamente morto. Para dizer a verdade, eu não achei tão ruim assim, porque você pôde ver, pela primeira vez, que animais e pessoas morrem. Você me perguntou o que havia acontecido para ele não estar mais vivo, e eu lhe disse que ele talvez tivesse ficado muito doente, sem condições de melhorar, do jeitinho que, às vezes, acontece com as pessoas. Elas também morrem. Eu lhe disse que era provável que Elvis, agora, fosse para o céu dos peixes. Você achou isso muito natural. Depois, coloquei o Elvis na privada e dei descarga. Quando papai chegou em casa, à noite, você contou para ele que o peixinho havia morrido e que ele estava no céu dos peixes, "... que é na privada", você ainda explicou. Neste meio tempo, Beavis também partiu desta para melhor e nós demos descarga juntas, mas você não achou tão ruim assim, porque isso significaria que ele estaria com seu amiguinho Elvis de novo. Quando eu morrer, vou para o céu das pessoas e você mesma disse que ele fica entre as nuvens. Portanto, aos poucos, você já está começando a entender as coisas.

---

[36] Adaptação de "Kikker en het vogeltje", de Max Velthuijs (1991). (*N. do A.*)

"Uma casa própria, um lugar ao sol/mas o que eu queria mesmo é ser simplesmente feliz"

Rene Froger, "Een eigen huis" (1989)

VINTE E SEIS

Deusa, compramos uma casa! Em Oud-Zuid, Joh. Verhulststraat. Carmen está feliz da vida. Bom, não é?

Oud-Zuid é o bairro nobre de Amsterdã. Um saquinho de uvas no "frutijoalheiro" custa mais do que um mês de aluguel em Bos em Lommer. É tão esnobe que até o boteco tem um nome francês: Le Sud.

Carmen está entusiasmadíssima. Ela manda e-mails e liga para todos os conhecidos para contar sobre a casa. Anne e Thomas vêm dar uma olhada e eu me sinto um pouco envergonhado. A casa é linda, mas absurdamente grande. Quatro andares e três vezes maior do que aquela onde moramos agora. E, em breve, não morarão mais três pessoas aqui, e sim, duas.

No sábado após a assinatura do contrato de compra, vamos visitar algumas lojas de decoração na KNSM-eiland. Segundo Frenk, há uma sala de exposição da Poggenpohl; e ele ainda diz que devemos dar uma passadinha na World of Wonders e na Pilat & Pilat. Depois de duas lojas, Carmen já está exausta. Sua barriga já está para explodir de novo. E, assim, temos uma casa gigantesca, dinheiro e tempo o suficiente para decorá-la, mas nos falta energia para fazer compras.

Vamos direto para Frenk e pedimos sua ajuda. Ele aceita de bom grado e se agarra ao projeto. Passamos noites seguidas olhando amostras de pisos, madeira e cortiça; e estudando catálogos de móveis e fôlderes de luminárias. Parecemos até o casal ganhador de um desses programas de TV que redecoram toda a sua casa.

No domingo, após termos recebido a chave, a mãe de Carmen vem dar uma olhada. Eu sabia que ia acontecer e, mesmo assim, surpreendi-me quando, de fato, aconteceu. Tínhamos feito o tour quase completo e estávamos no terceiro andar, no quarto que será de Luna, quando minha sogra leva a mão à boca. Seus ombros começam a balançar. Vou até onde ela se encontra e abraço-a no quarto que será de sua neta. Ambos sabemos que Carmen jamais chegará a ninar Luna ali, como um dia já fizera.

"Shiny happy people"

REM, "Shiny Happy People" (*Out Of Time*, 1991)

VINTE E SETE

De repente, a aplicação de LV surte efeito e Carmen sente-se melhor.

De manhã, ela continua enjoada, mas, à tarde, ela tem mais energia e sai com freqüência. Carmen faz compras até não conseguir mais carregar sacolas. Será ótimo quando nos mudarmos para a casa nova. Lá teremos armários o suficiente para colocar tanta roupa nova.

A casa recém-adquirida está prosperando. Eu acerto tudo com o banco, a mudança, o cartório e a venda da nossa antiga casa. Carmen não precisa pensar em nada, o que é muito bom, uma vez que, desde que ela parou de trabalhar, sua memória mais parece um queijo de cabra.[37] Isso me custa todo o tempo do mundo, mas acho maravilhoso poder fazê-lo. Talvez seja porque tem a ver com o futuro. O futuro. Mmmm. Anseio por ele diariamente.

Todo o trabalho de reforma da casa é feito pelos Manussen.

Os Manussen são uma ilustre dupla de quebra-galho, formada por Rick e Ron. Eu não faço absolutamente nenhum serviço doméstico. Tenho dislexia operária e concordo com o princípio de Johan Cruyff, segundo o qual as qualidades devem ser melhoradas e os defeitos, camuflados. Cultivo minha inaptidão sem acanhamento. Com freqüência, Manus Rick deixa recadinhos do tipo: "Veja, Stijn, isto aqui é um martelo." Digo a eles que deixem de bancar os espertinhos e continuem dando duro, e que já os venho observando há

[37]Expressão usada por Johan Cruyff: "A defesa deles é feito queijo de cabra". (*N. do A.*)

semanas com uma câmera instalada nos olhinhos do Baby Bunnie, o coelhinho de brinquedo de Luna que foi autorizado a passar algumas noites na casa nova junto com Maf, o cachorrinho de pelúcia. No dia seguinte, os olhos de Baby Bunnie desapareceram.

Não temos o que reclamar do ritmo deles. Os Manussen são rápidos no trabalho e terminam um ambiente após o outro. O quarto de Luna, como previsto, é o primeiro a ficar pronto. Se os Manussem e o tratamento com LV continuarem com a mesma presteza, parece que Carmen ainda acabará morando na casa nova.

As pessoas à nossa volta têm dificuldade de acompanhar. Ninguém diz nada, mas percebemos que os amigos começam a duvidar se a situação realmente é tão dramática quanto havíamos descrito. Maud e Frenk contaram que alguém na MIU chegou a apostar durante o almoço que Carmen completaria 70 anos. Uma vez, ouvi Thomas dizer a Frenk que Carmen estava com uma "cara ótima". Durante uma festinha de funcionários da Advertising Brokers, perguntam à Carmen quando ela vai voltar. Não *se*, mas *quando*.

Dá para entender. Um ano e meio atrás, havíamos dito a todos que Carmen tinha um tipo de câncer cujas chances de sobrevivência eram bastante reduzidas. Dissemos isso durante um ano inteiro. Depois, começamos a dizer que Carmen morreria por causa da metástase. No início de dezembro, parecia que tinha chegado a hora — ela piorava a cada dia. Agora, passaram-se mais alguns meses e Carmen anda assobiando por aí! Está vendo que tudo se arranja? A Carmen está ótima! O cabelo dela está crescendo de novo, sua aparência está excelente, não dá nem para ver sua prótese mamária, ela está uma animação só e, enfim, é bem verdade que ela está mais magra e a barriga sempre cresce de novo — o que não deve ser nada agradável — mas, de resto, está tudo indo bem, não é?

Amigos, parentes, colegas e conhecidos só conseguem imaginar a vida de alguém que tem uma doença que lhes ameaça essa mesma vida por tempo limitado. Uma pessoa assim ou melhora ou morre logo de uma vez depois de algum tempo, não é simples assim?

Não, não é tão simples assim.

— A terapia com LV pode reter o câncer em alguns pacientes durante anos — informa-nos Rodenbach —, mas é bem possível que ela não faça mais efeito a partir da semana que vem. Não temos como prever.

O marco de chegada da maratona foi alterado de novo. Acrescentou-se uma quantidade desconhecida de quilômetros. Voltamos àquela incerteza em que nos encontrávamos durante todo o primeiro ano, desde o momento em que o câncer foi descoberto.

Ah, é mesmo doutor? Muito obrigado!

"Despite all my rage/I am still just a rat in a cage"

Smashing Pumpkins, "Bullet With Butterfly Wings

(*Mellon Collie And The Infinite Sadness*, 1995)

VINTE E OITO

Agora que Carmen estava se sentindo melhor, naturalmente ela não podia mais passar o dia todo fazendo compras, embora se esforçasse bastante para isso. Ela começou a pensar em outras coisas. Por exemplo, sobre as confissões que fiz em junho, no Club Med. No início, ela havia reprimido aquilo. Estávamos felizes juntos e queríamos passar o tempo que ainda tínhamos desfrutando a vida ao máximo. Depois, seu corpo a deixou na mão de tal forma que toda sua atenção e energia se voltaram para a sobrevivência física.

Mas, agora, digerir meu passado monofóbico voltou a ser prioridade. Ultimamente, Carmen me liga com freqüência, para checar onde estou, e começa a querer saber detalhes quando passo uma horinha fora.

E, embora ela ainda não tenha mencionado, estou sentindo que "As escapadas do Stijn às sextas à noite" virão à tona muito em breve. Nem que seja por um breve espaço de tempo. Já começo a ficar irritado antes mesmo de ela fazer qualquer alusão a respeito. Só a idéia já me deixa irado. Será que não se respeita mais nada neste mundo, porra?

Hoje é sexta-feira. A intenção é fazer uma boquinha com Ramon e depois ir para a casa de Roos. Vesti minha camisa cor-de-rosa e as calças de couro de cobra, e vou para a sala. Carmen está deitada no sofá, assistindo à televisão. A julgar pelo seu olhar, vejo que minha suposição está correta. Faço de conta que não percebo nada e dou-lhe um beijo.

— Até de madrugada, querida — digo, docemente.

— Para dizer a verdade, não quero que você saia esta noite.

— Querida, se acontecer alguma coisa, volto para casa em quinze minutos. Vou levar o celular.

— Não é isso que quero dizer. Quero que você fique em casa, só isso.

— Como? Combinei com o Ramon daqui a dez minutos. Você poderia ter dito isso antes! Passei o dia pensando na minha noitada... Essa é a minha única distração na semana.

— Você deveria ter pensado nisso antes de sair fodendo todas aquelas piranhas — responde ela, friamente.

— Carm, isso não tem nada a ver! Já conversamos muito sobre isso no Club Med.

— Eu sei, e agora mudei de idéia. Senão, como é que eu posso ter certeza de que você não está me traindo de novo?

Como eu consigo, não sei, mas me faço de extremamente ofendido.

— Carm! Não seja criança! Eu acompanho você para as aplicações de químio, radioterapias, brigo com médicos por sua causa, tiro-os da cama por você, eu... eu... faço tudo por você!

— Tudo o que você faz por mim não vem ao caso. É mais do que normal. "Na saúde e na doença", lembra, Stijn van Diepen? — contrapõe ela.

Agora, eu fico realmente puto. Ela não está falando sério. Ela não pode estar falando sério. Ainda lhe dou um tempo para ela dizer que não está falando sério. Em vez disso, ela me lança um olhar desafiador.

— Muito bem — digo, com a voz trêmula. Pego o telefone, jogo-o no sofá. — Pode ligar para a Anne, ou para a Maud, ou para a sua mãe. Que uma delas venha cuidar de você a partir de agora, se você acha tão normal tudo o que eu faço por você. Eu vou dormir num hotel.

Levanto-me e saio batendo o pé. Ela joga o telefone na minha direção.

— Isso mesmo, pode fugir de novo! Pode ir comer mais uma piranha! — grita. — Sai daqui! Eu não preciso de você!

Eu não preciso de você. *Eu não preciso de você.* Depois de um ano e meio de hospitais, consultas médicas, crises de choro, medos e desgraça *ela não precisa de mim.*

Fora de mim de raiva, abro a porta na direção do saguão de entrada. *Eu não preciso de você.* Então se vire com essa sua merda de câncer, Carmen van Diepen. Vou embora. Irado, ponho o sobretudo e abro a porta da frente xingando.

E paro ali mesmo.

A minha mulher tem câncer e vai morrer. Eu não posso ir embora. *Eu realmente não posso ir embora.* Fecho a porta da frente e tiro o sobretudo. Olho-me no espelho. *Eu realmente não posso ir embora.* Da sala, ouço a voz de Carmen, baixinho.

— Stijn...

Abro a porta intermediária e volto para a sala. Carmen já está perto da porta.

— Desculpe... — diz, baixinho. — Desculpe, Stijn...

Desesperado, olho para ela, vou ao seu encontro e a abraço. Ela se pendura em mim como uma boneca de pano e começa a chorar até soluçar.

Ramon, não vai dar hoje à noite. Depois eu conto.

Deusa, problemas em casa. Não vai dar para ir. Ligo amanhã. Desculpe.

Depois de uma hora de chorar, consolar e fazer as pazes, decidimos ligar para Frenk e perguntar se ele teria vontade de nos fazer uma visitinha. Para aliviar o ambiente. Ele não pode.

— Estou no Bep.

— Ah...

— Aconteceu alguma coisa?

Café Bep. Café projetado de tal forma que se pensou até no design das latas de lixo. O Bep fica no Nieuwezijds Voorburgwal, há uns dez anos a "area to be" para os "hippy few" — o lugar da moda para os poucos que podem. Começou com o Seymore Likely e o Schuim (na esquina da Spuistraat); depois vieram o Diep e o

Bep. Em dado momento, todos os que se faziam no mundo da publicidade (aquelas gerentes de conta gostosas, as boazudas da televisão e analistas de tráfego) iam para lá, portanto, Ramon e eu também tivemos uma fase em que não saíamos de lá. Até termos coragem de reconhecer que gostávamos muito mais da Bastille. Desde então a vida — Ordnung muss sein![38] — voltou ao normal.

— Não, não, pode deixar. Divirta-se!

— E como irei fazer isso, não se preocupe!

Ligo para Maud. Reconheço logo, barulho de bar.

— Stijn? — grita ela, no celular. — Não está dando para ouvir. Estou no De Pilsvogel com a Natas.

Prefiro desligar e mandar uma mensagem dizendo que não é nada de importante.

— Está todo mundo no centro enchendo a cara, porra! — xingo.

Carmen mal tem coragem de olhar para mim.

Começo a ficar com pena dela.

— Não tem problema, querida. Quer que eu ligue para a Anne?

— Hum... Se contarmos para ela por que brigamos, ela dará um jeito de brigarmos de novo — diz ela, rindo.

Telefono para a mãe de Carmen. Ela percebe que algo está acontecendo e, antes de eu conseguir convidá-la, ela se oferece para nos fazer uma visitinha. Ela chega em meia hora. Conversamos sobre tudo e mais um pouco, menos sobre o que aconteceu antes. Às onze horas, Carmen vai exausta para a cama. Abro mais uma garrafa de vinho tinto e fico conversando com minha sogra.

Quando tudo fica quieto no andar de cima, ela me pergunta o motivo da briga.

— Como é que você sabe? — pergunto, surpreso.

— Mães sentem isso — ela responde, rindo. Minha sogra olha para mim. — Carmen me contou há algum tempo sobre suas amantes.

[38] Ordem é imprescindível! (*N. da T.*)

— Hum… — murmuro, pasmo.

— Se você fosse meu filho, eu lhe daria uma surra e tanto.

Dou um sorrisinho, só para constar.

— Sabe, meu filho — continua minha sogra — não consigo dormir à noite pensando nessa merda desse câncer e no que está fazendo com vocês. Bem que eu queria ter podido passar pelas quimios, pela amputação e por toda essa desgraça no lugar da Carmen. Dá para entender por que ela enlouquece de vez em quando.

— Dá mesmo — concordo baixinho.

— Mas ficar trancafiado em casa realmente é o fim e eu vou dizer isso para ela amanhã. A sua vida também não tem sido fácil e eu acho que você está dando conta maravilhosamente bem. — Ela me abraça e me faz um carinho. — Tenho orgulho do meu genro. — Eu me escondo no abraço da minha sogra. — De vez em quando você deve torcer para que tudo passe logo, não é? — pergunta ela.

— É, para dizer a verdade… — sussurro.

— Eu entendo, meu filho — segreda ela. — E como entendo! Você não precisa se envergonhar. — Ela me beija na testa e limpa as próprias lágrimas. — E agora eu quero um café, seu sem-vergonha!

"Fuck you/I won't do what you tell me"

Rage Against The Machine, "Killing In The Name Of"

(*Rage Against The Machine*, 1992)

VINTE E NOVE

— Qual é o sobrenome do Ramon? — grita Carmen.

— Del Estrecho — grito de volta.

— Del Estrecho... Se estiver correto, é para duas pessoas.

Silêncio.

— Não. Está tudo certo, só queria confirmar. Obrigada.

Ela desliga.

— Você acredita em mim agora? — suspiro, sem levantar os olhos do jornal.

Ela também suspira e diz que sim.

— Está bem, então...

Estarei com você por volta de dez e meia, Deusa. Bjs!

— O quê?!? Há quanto tempo, cara? — pergunta Ramon com a boca cheia de steak tartare.

— Há um ano e meio — respondo, calmo.

— Há um ano e meio já? — grita ele pelo Le Garage afora.

— Já.

— Quer dizer que, quando a gente estava em Miami, ela já estava com câncer?

Le Garage. Homens do tipo de O Presidente* vêm comer aqui, na companhia de mulheres tão apetitosas quanto a comida do Le Garage, mas com menos frescor e com mais colorantes, aromatizantes e conservantes.

*De Ronald Giphart (1999). (*N. do A.*); o presidente (*N. da T.*)

— Já.

— Por que você nunca me contou?

— Porque, aonde quer que eu vá, o assunto é a Carmen. Sempre tenho que contar como ela está. E eu não precisava fazer isso com você. Para mim, você era um oásis livre de câncer.

— Mas que merda... — Ele fita o nada. — Porra... Eu sabia que tinha coisa aí — diz, de repente. Ele me olha sério demais para seu jeito de ser. — Mas não sabia o quê. Você mudou tanto neste último ano, amigo. Você começou a tomar ecstasy quase todas as vezes em que a gente sai, aparece com umas camisas bonitas e essa jaqueta de couro tão cara, anda com o cabelo menos comportado... Agora é que eu entendi! Você está é tentando se distanciar de toda essa desgraça na sua casa.

Meu queixo cai. Ramon, com quem pensava que só pudesse conversar sobre futebol e piranhas de todos os tipos, compreende em dois minutos o que amigos como Thomas teimam em não querer entender.

— Na semana passada, quando você cancelou na última hora, a Carmen estava passando mal? — pergunta, preocupado. Soa quase engraçado vindo dele.

— Não, tinha mais a ver com meus casos — rio, sem graça. — No momento, a Carmen está na fase da "tolerância zero". Ela checa tudo que faço.

— E está coberta de razão, sendo casada com um devasso como você — diz, enquanto despudoradamente limpa a boca na manga. — Se você deixar que ela descubra que você ainda a trai agora que está doente, eu mesmo torço o seu pescoço, seu filho da mãe. Isso é segredo só seu e dos seus amigos,[39] entendeu? Pronto, hora de ir para a Bastille, ver se ainda tem alguma gostosona por lá.

Ele chama o garçom e pede a conta.

— Eu não vou — aviso. — Combinei com uma garota e já estou uma hora atrasado.

---

[39]Adaptado de Hans Teeuwen, em *Dat dan weer wel*, 2001. (*N. do A.*)

É claro que não encontro nem uma única vaguinha na Eerste Helmersstraat. Merda! E já são onze e meia! Maldita hora em que resolvi vir de carro. Do Le Garage até a casa de Roos são três paradas de bonde.

Estou a caminho, Deusa! Não perca as esperanças!

Depois de xingar durante dois quarteirões, largo o carro numa vaga para deficientes, onde, calculo, a chance de tê-lo rebocado não chega a cinqüenta por cento a essa hora da noite. Às quinze para a meia-noite, toco a campainha da casa dela.

— Oi! — grito pelo interfone.

O interfone permanece mudo. Depois de ter subido os três lances de escada que levam ao apartamento, vejo que Roos está tão intratável quanto Louis van Gaal durante uma coletiva de imprensa.

— Lamento. As coisas se estenderam com o Ramon.

— Lamenta?! — vocifera ela. — Esta é a segunda vez esta semana que estou esperando feito uma palhaça. Na sexta-feira passada, a noite inteira, e hoje, uma hora e meia. Mas eu tenho que estar pronta, seja na vertical ou na horizontal, quando convém ao senhor. Estou cansada disso, Stijn!

Não... Estou pronto para a briga... Olho-a nos olhos.

— Se é para ser repreendido, posso ficar em casa mesmo. Para isso, eu não preciso vir aqui — digo, gélido.

— Ah! É assim, é?

— É!

— Então, suma daqui! — grita ela.

E é o que eu faço. Quando Carmen me disse isso, logo soube, na porta da frente, que não poderia ir embora. Mas não há nada que me segure aqui. Afinal, certamente não é culpa minha que Roos goste de mim!

"Esta noite bebi e vi/que mulher nenhuma jamais recebe o que merece"

The Scene, "Blauw" (*Blauw*, 1990)

TRINTA

Bato a porta do carro e saio feito louco da Eerste Helmersstraat para entrar na Constantijn Huygen e viro logo à esquerda, subo a Overtoom. Por um momento, pondero se não deveria digitar minhas desculpas num torpedo para Roos. Não dá, não consigo! Em vez disso, mando uma mensagem para Ramon.

Você ainda está na B?

E mando a mesma mensagem para Maud. Estou com vontade de vê-la. Pelo menos, ela não é tão complicada quanto Roos. Aos gritos, acompanho o De Dijk enquanto subo a Stadhouderskade. "E, de repente, tenho a sensação de que, talvez, ainda dê…, não, ainda não é tarde demais, somos como a maioria, que quer ter um lugar ao sol." Ramon responde: "Estou!". Abro um sorriso de orelha a orelha. — "Tudo vai dar certo, só estamos começando… só agora estamos começando para valer!"

De Dijk está coberto de razão: a Maud também responde. Ela está com Natasja — hummmmm… — no Pilsvogel. Elas pretendiam ir para o More, mas não se incomodam de passar na Bastille antes.

Depois de dar uma volta no Lijnbaansgracht, encontro uma vaga quase em frente à Bastille. Tenho que me segurar para não sair correndo.

O homem no bar deixou de abotoar pelo menos dois botões da camisa só para poder ostentar o peito exageradamente musculoso. Uma loura, abençoada com enormes peitos, está pendurada nele. Ela se apresenta como Debby. Se Carmen costuma se identificar como ex-louraça-de-peitos-grandes, a Debby é exatamente o oposto: antes, ela não era nem loura nem tinha peitos grandes. Mas isso não diminui o prazer de Ramon.

— Mudança de planos, amigo?

Dou de ombros.

— Que tal uma vodca?

Ramon dá uma gargalhada, põe o braço em volta do meu pescoço e arremata o cumprimento passando a mão sobre a minha cabeça. Ele me oferece um comprimidinho. Ah! E por que não? Faço que sim com a cabeça e engulo-o com uma dose de vodca. Nessa hora, Maud e Natas entram, aos gritos. Animadas, elas me abraçam e riem de prazer. Santo Cristo, e eu que pensava já ter bebido todas esta noite.

— Mas, Stijntje, você está com uma carinha de estressado — diz Maud. — Aconteceu alguma coisa?

— Nadinha! Vodca com limão para as duas?

— Eu quero uma Breezer — arrulha Natas, enquanto põe o braço ao meu redor. — Quero uma das vermelhas para eu ficar com a língua bem doce. Aí você pode provar depois.

Rio, sem graça.

— Aliás, a Roos não veio? — pergunta Natas, casual, quando lhe passo a garrafinha.

— Como é que você sabe da Roos? — devolvo, desconcertado, e olho com raiva para Maud, que logo balança a cabeça deixando claro que Natas soube de outra fonte.

— Alôôô!!! — responde Natasja, dando de ombros. — Você deveria desligar seu Outlook com mais freqüência quando se afasta do computador, querido...

Fico vermelho feito um pimentão. Maud dá uma gargalhada. Mas, afinal, qual é o problema? Estou na Bastille, Ramon me passa minha terceira vodca com limão em meia hora, o ecstasy está começando a fazer efeito e, além de Natas, também Maud está com o braço em volta da minha cintura. Não demora muito e eu vou com duas gostosas animadíssimas para o More. Na Bastille tocam

"Geef de nacht maar de schuld",[40] e é isso mesmo.

Se o RoXy era o Marco van Basten da vida noturna — o **More** é o Ton Blanker.* O local jamais conseguiu satisfazer a expectativa, que era tornar-se o novo RoXy. Mas, se consigo interpretar bem a opinião de Frenk, o More não está nem em condições de lustrar os sapatos do RoXy.

*No fim da década de setenta, foi considerado o maior talento do Ajax desde Johan Cruyff. E nunca passou disso. (*N. do A.*)

São três horas quando entramos no Club More. Bem... "entramos"... Parece até que estou querendo entrar com a camisa do Ajax no estádio do Feyenoord, — sou revistado até a virilha.

Tenho a impressão de que as chances são mínimas de que eu vá para casa dentro de uma hora. Passei do *point of no return* ou ponto de não retorno. A balinha do Ramon e a língua de Natasja são irresistíveis. Depois de mais um beijo, olho para Maud, cheio de culpa. Ela não reage como pensei. A julgar pelas pupilas, ela também recebeu um comprimido de Ramon. Ela me pega e começa a me beijar. Estamos os três nos lambendo na pista de dança do More. Natasja sussurra algo no ouvido de Maud. Elas se entreolham e, em seguida, Maud assente com a cabeça.

— Está a fim de algo excitante, Stijn? — grita uma provocante Natas, por cima dos graves da música house.

Eu já deveria ter adivinhado. Se você sempre chega em casa antes de quatro e meia e, uma vezinha que seja, não dá notícias até às cinco e meia, está procurando encrenca.

Trim... Trim... Trim...

Faço sinal para que Maud e Natasja fiquem quietas.

— Onde é que você está, seu filho-da-mãe? — pergunta Carmen, aos prantos.

— Eu... Eu já estou indo...

— Porra, Stijn, já são quinze para as seis — grita Carmen, enfurecida.

---

[40]De Robert Leroy (1996). (*N. do A.*); "pode culpar a noite" (*N. da T.*)

Meu coração está batendo na garganta. Maud está tremendo, sentada na cama. Natas acende, impassível, um cigarro.

— Coragem — sussurra Maud quando saio do quarto. Natas só pisca o olho.

Corro para o carro, que está estacionado três quarteirões dali, na Ceintuurbaan. Vejo se não tem nenhum policial e vou pela pista do bonde na direção da Hobbemakade. Troco o CD do De Dijk pelo do Bruce, ao vivo. Vou passando as faixas até ouvir o som cortante da gaita em "The Promised Land". O sinal da Roelof Hartstraat passa para amarelo a uns cinqüenta metros de distância. Piso no acelerador e atravesso o cruzamento já com o sinal vermelho. A adrenalina está a mil no meu corpo. Aos gritos, acompanho a letra desesperada de Springsteen: "Às vezes, me sinto tão fraco..." Reduzo um pouco para pegar aquela curvinha boba do posto Shell — "... Quero mais é explodir..." — e acelero de novo ao entrar na curva — "... Explodir e destruir toda esta cidade..." — nisso, o carro puxa para a esquerda. Com um puxão no volante, desvio do meio-fio — "... pegar uma faca..." — mas a Blazer começa a ziguezaguear — "... e estirpar esta dor do meu coração"[41] — e a capotar. Ouço uma batida seca, o atrito, vidro quebrando... O carro e eu derrapamos metros e mais metros lateralmente pelo asfalto.

Aí tudo fica quieto. Ensurdecedoramente quieto.

Não há mais Hazes. Não há mais Dijk. Ou house. Ou Springsteen. Estou pendurado, de lado, no cinto de segurança. Durante alguns segundos, sinto-me como que anestesiado. Mas logo, tudo passa pela minha cabeça. Estou vivo! Dor? Não, nenhuma. Mexer? Consigo, sim. Vidro. Vidro por todo lado. Merda, Carmen! Perigo de incêndio? Sair daqui. No meio da rua. Sair daqui! Possibilidade de explosão? Dar o fora. Por cima. Rápido. Polícia. Bebi. Porra. Que merda! Merda, merda, merda, merda.

Empurro a porta do lado do passageiro para cima e escalo por ela para fora do carro. Estou quase surpreso ao ver a parte de

---

[41]Trecho de "The Promised Land" (*Darkness On The Edge Of Town*, 1978) (*N. do A.*)

baixo da Blazer. Como se fosse a coisa mais natural do mundo, meu carro mostra suas partes íntimas antes do raiar do dia, aos nove minutos para as seis horas. Como se pedisse arrego.

Caminho até a calçada. Ali, encosto-me na mureta de proteção da ponte. Aos poucos, começo a me conscientizar do significado daquilo tudo. Aconteceu uma catástrofe aqui. Meu carro. Minha carteira de motorista. Seria um milagre se ainda encontrassem sangue no meu álcool.[42] Isto ainda poderia me custar um tempo na cadeia. Eu poderia estar morto. Luna... Oh! E Roos pensa que estou simplesmente em casa. E, meu Deus! O que Carmen vai...

Ligo para ela. Ela não atende. Deixo recado que sofri um acidente de carro e que, por sorte, não me aconteceu nada, mas que ainda vai demorar um tempinho até chegar em casa.

Chega um carro de polícia com a sirene ligada. Ponho uma bala de hortelã na boca.

Na delegacia de polícia, tenho que entregar meu celular, carteira e chaves; tirar o cinto e soltar os cadarços. Terei que aguardar neste local. A porta se fecha atrás de mim.

O local é uma cela. A porta é pesada, de aço e tem uma pequena abertura com grades. Sento-me num dos banquinhos aparafusados à parede.

Em casa, a minha mulher, que está prestes a morrer, passou a noite em claro esperando por mim. Em Oud-West, uma mulher que me ajuda a enfrentar esta situação há meses, provavelmente passou a noite aos prantos. E cá estou eu.

Leva uma eternidade até me deixarem sair. Mas, ao que parece, só se passaram vinte minutos. Depois, tenho que fazer um depoimento e chamar um táxi para me levar para casa. São sete e quinze.

Carmen está na sala, deitada na cama hospitalar. Com a cabeça calva e o roupão cinza, seu olhar me atravessa.

— Onde é que você estava quando liguei?

---

[42]Adaptação com certa liberdade poética de *Leo*, de Ria Valk (1982). (*N. do A.*)

— Com uma garota.

Plaf!

Pela primeira vez na vida, uma mulher me bate na cara.

Não posso tirar-lhe a razão.

— E, como se não fosse o bastante, você ainda pega o carro totalmente bêbado. — E completa, apropriadamente: — Daqui a pouco, a Luna não só vai ficar sem mãe, mas também sem pai!”

"Sou como o maldito do rei Midas/Tudo que toco vira merda"

Em Família Soprano (1999)[43]

TRINTA E UM

Carmen não está mais ao meu lado quando acordo. Olho para o celular e vejo uma mensagem de Ramon. Ainda bem que Carmen não leu. Ele pergunta se a noite com as garotas foi gostosa. Bem... Nossa, como me deliciei! E continuo me deliciando. Levanto-me, tomo uma chuveirada e desço. Com os olhos vermelhos, ela está dando de comer a Luna.

— Está na hora de você ir se tratar, Stijn. Isso não pode continuar assim.

Não digo nada. Carmen sobe e, feito um zumbi, dou as últimas colheradas de mingau para Luna.

Pouco depois, Carmen desce. Com uma bolsa enorme na mão.

— Estou indo.

— Para onde? — pergunto baixinho.

— Para Thomas e Anne.

— Quando é que você volta?

— Não sei ainda — responde, chorosa. — Não sei ainda, Stijn.

Acompanho-a até a porta da frente com Luna nos braços. Ela beija a filha e diz que vai ligar. Entra no Beetle e vai embora sem olhar para trás.

Luna me dá um beijo na boca e faz um carinho. Eu lhe digo que fui muito mau.

— Papai tomou um monte de cervejas, foi dirigir e teve um acidente.

---

[43]Palavras ditas por Tony Soprano a sua analista no episódio 12. (*N. do A.*)

— Com o seu carro?

— Foi…

— A mamãe está muito zangada agora, não é?

— Está…

Ficamos abraçados. Baixinho, canto nossa canção.

Papai e Luna, que boa dupla/São grandes amigos, vê-se logo/Papai e Luna, que boa dupla/ São grandes amigos, vê-se logo.[44]

Ligo para Frenk e digo que vou me atrasar. Pego a bicicleta e levo Luna para a creche. De lá, vou para a garagem, onde o carro deve ficar pelos próximos meses. É mais fácil conseguir falar com o serviço ao torcedor do Ajax do que conseguir uma peça para a Blazer dentro de um mês após a encomenda. Além disso, só vou conseguir minha carteira de volta depois da sentença; portanto, não vai fazer muita diferença.

Levo um susto ao ver o carro. Parece até que o lado do motorista saiu derrapando sobre o gramado do ArenA.

— É impressionante que o senhor tenha conseguido sair — diz o mecânico sacudindo a cabeça.

O representante da minha seguradora está ao seu lado e afirma que o seguro, naturalmente, se recusa a pagar o valor do sinistro, que é de nove mil Euros, tendo em vista o fato de eu estar dirigindo alcoolizado. Ainda assim, ele fará o possível para a empresa de leasing não me descartar como cliente e acrescenta que foi uma grande burrice minha. Digo que concordo plenamente com ele. O mecânico ri.

Natas faltou alegando estar doente. Maud veio trabalhar. Peço para ela dar um pulinho lá fora comigo. Conto-lhe sobre o acidente e sobre Carmen. Ela fica lívida. Depois, vai para o banheiro, onde permanece por um bom tempo.

Conto a Frenk sobre o acidente.

---

[44]Texto: Stijn. Melodia: Hino do PSV. Autor: desconhecido, e é melhor que continue assim. (*N. do A.*)

— A Carmen devia estar uma fera!

— Ela arrumou as coisas e foi embora logo cedo.

— Meu Deus, Stijn...

Ramon liga. Maud lhe contou o que aconteceu. Ele me chama de grandessíssimo imbecil pelo telefone.

— Se eu soubesse que você estava de carro, eu teria jogado as chaves pessoalmente no canal, seu babaca. Amigo, afinal, o que é que está acontecendo com você?

Pouco depois, recebo um e-mail de Maud.

De: maud@creativeandstrategicmarketingagencymerkinuitvoering.nl
Para: stijn@creativeandstrategicmarketingagencymerkinuitvoering.nl

Enviado: Quinta-feira, 22 de Março de 2001 14:31
Assunto: Ontem

Jamais devíamos ter feito aquilo ontem. Só percebi pela manhã como havíamos ultrapassado todos os limites com o ecstasy e a bebida. Não tenho mais coragem de olhar para Carmen. Estou zangada com Natas, com você e comigo mesma. E estou preocupada com você. Você está se acabando, Stijn. Não que eu o esteja julgando, mas você tem que se tratar. Você não consegue sair dessa sozinho.

Maud

P.S.: Talvez possamos ir juntos e conseguir um desconto ;)

Um pequeno *ménage à trois* é bom para curar o que lhe machuca. Apago o e-mail, suspirando. Mais uma que vem me aborrecer com esse papo de psicólogo. Parem com isso! O que é que eu teria para contar para um homem desses? Que, com uma concentração de 35 decigramas de álcool por litro de sangue do meu corpo, tive um acidente de carro porque estava dirigindo feito um alucinado depois de minha mulher ter me ligado enquanto eu estava na cama com uma estagiária e uma ex-namorada minha — que, aliás, também é ótima amiga da minha mulher, doutor — e que tudo isso aconteceu porque eu tinha brigado, nessa mesma noite, com a minha amante — com quem, apesar da promessa feita à minha mulher de não traí-la até sua morte (porque ela tem câncer e deve vir a falecer em breve, doutor), continuo transando com outras — e se ele também poderia me ajudar nesse sentido. O senhor acha que também devo confessar isso à Carmen, doutor, aproveitando o gancho?

"You're no good/you're no good/you're no good/baby you're no good/I'm gonna say it again/you're no good/you're no good/you're no good/baby you're no good"

Linda Ronstadt, "You're No Good" (*You're No Good*, 1974)

TRINTA E DOIS

Carmen só liga depois de dois dias, quatro horas e dezoito minutos.

Ela anuncia que voltará mais à tarde. Não está para muita conversa, mas, pelo menos, ligou. Deixo que reclame comigo sem dizer uma palavra. É melhor ficar quieto para não apanhar mais. Além disso, estou tão envergonhado que a atitude hostil de Carmen chega a me fazer bem. Abri mão, temporariamente, do meu amor-próprio. E, depois de ter acabado com metade de uma garrafa de vodca ontem à noite, um cálice de veneno desses pelo telefone é pinto.

A vodca era do Frenk. Ele apareceu diante da minha porta, de repente. Na MIU, não havíamos mais trocado nem uma única palavra sobre o acidente. Ontem à noite, contei-lhe tudo (embora censurasse os nomes e os feitos de Natas e Maud). Ele colocou o braço em torno do meu pescoço e não consegui mais me segurar. Depois de dois dias de humilhação em casa, na delegacia, na oficina e no trabalho, abri o berreiro nos braços de Frenk. No fim da noite, sentia-me bem melhor.

Hoje de manhã, não. Acordei com a voz chorosa de Luna, estava de ressaca e com uma depressão daquelas. Consegui, a muito custo, sair da cama, dar de comer a Luna, vesti-la e levá-la até a creche. Depois, liguei para Maud para avisar que não iria trabalhar e voltei para a cama. É brincar de esconde-esconde, como Luna faz — cobrindo os olhos com as mãozinhas na esperança de que ninguém a veja.

Não consegui pregar o olho e, agora, uma hora depois do telefonema de Carmen, sinto-me ainda pior. Tenho medo do que a tarde trará. Pareço com o garotinho que é atormentado por todos da classe e acorda, na segunda-feira, sabendo que tudo vai começar de novo assim que ele puser o pé na escola. É possível que, para me penitenciar, eu devesse ter passado dois dias de castigo, escrevendo a frase:

Não posso transar com outras mulheres nem dirigir bêbado.
Não posso transar com outras mulheres nem dirigir bêbado.
Não posso transar com outras mulheres nem dirigir bêbado.
Não posso transar com outras mulheres nem dirigir bêbado.
Não posso transar com outras mulheres nem dirigir bêbado.
Não posso transar com outras mulheres nem dirigir bêbado.
Não posso transar com outras mulheres nem dirigir bêbado.
Não posso transar com outras mulheres nem dirigir bêbado.
Não posso transar com outras mulheres nem dirigir bêbado.
Não posso transar com outras mulheres nem dirigir bêbado.
Não posso transar com outras mulheres nem dirigir bêbado.
Não posso transar com outras mulheres nem dirigir bêbado.
Não posso transar com outras mulheres nem dirigir bêbado.
Não posso transar com outras mulheres nem dirigir bêbado.
Não posso transar com outras mulheres nem dirigir bêbado.
Não posso transar com outras mulheres nem dirigir bêbado.
Não posso transar com outras mulheres nem dirigir bêbado.
Não posso transar com outras mulheres nem dirigir bêbado.
Não posso transar com outras mulheres nem dirigir bêbado.
Não posso transar com outras mulheres nem dirigir bêbado.
Não posso transar com outras mulheres nem dirigir bêbado.
Não posso transar com outras mulheres nem dirigir bêbado.
Não posso transar com outras mulheres nem dirigir bêbado.
Não posso transar com outras mulheres nem dirigir bêbado.
Não posso transar com outras mulheres nem dirigir bêbado.
Não posso transar com outras mulheres nem dirigir bêbado.
Não posso transar com outras mulheres nem dirigir bêbado.

Não posso transar com outras mulheres nem dirigir bêbado.
Não posso transar com outras mulheres nem dirigir bêbado.
Não posso transar com outras mulheres nem dirigir bêbado.
Não posso transar com outras mulheres nem dirigir bêbado.
Não posso transar com outras mulheres nem dirigir bêbado.
Não posso transar com outras mulheres nem dirigir bêbado.
Não posso transar com outras mulheres nem dirigir bêbado.
Não posso transar com outras mulheres nem dirigir bêbado.
Não posso transar com outras mulheres nem dirigir bêbado.
Não posso transar com outras mulheres nem dirigir bêbado.
Não posso transar com outras mulheres nem dirigir bêbado.
Não posso transar com outras mulheres nem dirigir bêbado.
Não posso transar com outras mulheres nem dirigir bêbado.
Não posso transar com outras mulheres nem dirigir bêbado.
Não posso transar com outras mulheres nem dirigir bêbado.
Não posso transar com outras mulheres nem dirigir bêbado.
Não posso transar com outras mulheres nem dirigir bêbado.
Não posso transar com outras mulheres nem dirigir bêbado.
Não posso transar com outras mulheres nem dirigir bêbado.
Não posso transar com outras mulheres nem dirigir bêbado.
Não posso transar com outras mulheres nem dirigir bêbado.
Não posso transar com outras mulheres nem dirigir bêbado.
Não posso transar com outras mulheres nem dirigir bêbado.
Não posso transar com outras mulheres nem dirigir bêbado.
Não posso transar com outras mulheres nem dirigir bêbado.
Não posso transar com outras mulheres nem dirigir bêbado.
Não posso transar com outras mulheres nem dirigir bêbado.
Não posso transar com outras mulheres nem dirigir bêbado.
Não posso transar com outras mulheres nem dirigir bêbado.
Não posso transar com outras mulheres nem dirigir bêbado.
Não posso transar com outras mulheres nem dirigir bêbado.
Não posso transar com outras mulheres nem dirigir bêbado.
Não posso transar com outras mulheres nem dirigir bêbado.
Não posso transar com outras mulheres nem dirigir bêbado.
Não posso transar com outras mulheres nem dirigir bêbado.
Não posso transar com outras mulheres nem dirigir bêbado.

Não posso transar com outras mulheres nem dirigir bêbado.
Não posso transar com outras mulheres nem dirigir bêbado.
Não posso transar com outras mulheres nem dirigir bêbado.
Não posso transar com outras mulheres nem dirigir bêbado.
Não posso transar com outras mulheres nem dirigir bêbado.
Não posso transar com outras mulheres nem dirigir bêbado.
Não posso transar com outras mulheres nem dirigir bêbado.
Não posso transar com outras mulheres nem dirigir bêbado.
Não posso transar com outras mulheres nem dirigir bêbado.
Não posso transar com outras mulheres nem dirigir bêbado.
Não posso transar com outras mulheres nem dirigir bêbado.
Não posso transar com outras mulheres nem dirigir bêbado.
Não posso transar com outras mulheres nem dirigir bêbado.
Não posso transar com outras mulheres nem dirigir bêbado.
Não posso transar com outras mulheres nem dirigir bêbado.
Não posso transar com outras mulheres nem dirigir bêbado.
Não posso transar com outras mulheres nem dirigir bêbado.
Não posso transar com outras mulheres nem dirigir bêbado.
Não posso transar com outras mulheres nem dirigir bêbado.
Não posso transar com outras mulheres nem dirigir bêbado.
Não posso transar com outras mulheres nem dirigir bêbado.
Não posso transar com outras mulheres nem dirigir bêbado.
Não posso transar com outras mulheres nem dirigir bêbado.
Não posso transar com outras mulheres nem dirigir bêbado.
Não posso transar com outras mulheres nem dirigir bêbado.
Não posso transar com outras mulheres nem dirigir bêbado.
Não posso transar com outras mulheres nem dirigir bêbado.
Não posso transar com outras mulheres nem dirigir bêbado.
Não posso transar com outras mulheres nem dirigir bêbado.
Não posso transar com outras mulheres nem dirigir bêbado.
Não posso transar com outras mulheres nem dirigir bêbado.
Não posso transar com outras mulheres nem dirigir bêbado.
Não posso transar com outras mulheres nem dirigir bêbado.
Não posso transar com outras mulheres nem dirigir bêbado.
Não posso transar com outras mulheres nem dirigir bêbado.
Não posso transar com outras mulheres nem dirigir bêbado.

Olho para o rádio-relógio e vejo que é meio-dia e meia. Dentro de algumas horas, Carmen voltará para casa. À medida que a hora se aproxima, menos vontade tenho de encará-la. Quero fazer a coisa certa, quero estar presente para a minha Carmenzinha, mas consegui estragar tudo. Carmen não entende mais porra nenhuma do que se passa comigo. Ninguém entende. Maud está zangada comigo. Frenk, provavelmente, também, tendo em vista que não fui trabalhar hoje. Ramon me chamou de imbecil. E Thomas e Anne, depois de passarem dois dias consolando Carmen, creio que também não devem ter uma imagem muito favorável a meu respeito. Até Roos está zangada e nem sabe o que o resto sabe. Ah, é! E eu também me acho um tremendo idiota. Sinto-me culpado, de ressaca, um coitado, furioso, com medo, depressivo, egoísta, fraco, ruim, com pena de mim mesmo, um grosso, cínico, subestimado, estressado, quebrado, imoral, pouco sociável, incompreendido, covarde, mentiroso e infeliz.

Resumindo, não vou nada bem!

Suspiro profundamente e me viro na cama. Vou para o banheiro. Volto para a cama. Saio da cama. Olho pela janela. Volto para a cama de novo. Deito-me de costas. Deito-me de bruços. Saio da cama. Pego um copo de leite na cozinha. Volto para a cama. Doze minutos para uma hora. Deito-me do lado esquerdo. Choro. Deito-me do lado direito. Esquerdo. Direito. De costas. Ligo para Roos.

Roos está zangada.

— Por que diabos você não ligou antes? Passei dois dias e duas noites chorando e esperando por um telefonema ou uma mensagem!

Conto para ela que ainda voltei ao centro e tive um acidente de carro, depois de ter enchido a cara. Roos se assusta.

— O quê?... Você é um tremendo de um imbecil! E você... Você se machucou?

— Não...

— Ainda bem — suspira ela. Roos é a primeira a me dizer algo carinhoso hoje.

Percebo que a dramaticidade do acidente se reduz na medida em que ignoro a parte de Maud/Natasja e da recepção de Carmen, ao chegar em casa.

— Carmen me deixou há dois dias, Roos.

— O quê?!

— Ela estava possessa por causa do acidente, da bebedeira e porque eu deveria ter chegado em casa horas antes...

— Você realmente não passa de um babaca, Stijn... Você pode ser muito carinhoso, mas o jeito como você vem tratando as pessoas ultimamente, isso não é normal... Por que é que você não vai procurar um analista?

— Você também vai começar com essa ladainha? Não! Eu não vou para o analista.

Roos fica em silêncio durante alguns instantes.

— Já falei para você da Nora? — pergunta, de repente.

— Não. Quem é?

— Nora é uma mulher que dá conselhos espirituais.

— Bom para ela.

— Talvez fosse bom para você.

— Acho que não acredito em Deus.

— Eu disse alguma coisa sobre acreditar?

— Não, mas o que é que eu vou fazer com conselhos espirituais? Pedir receitas para limpar a alma?

— Pode ficar debochando à vontade, mas eu vou lhe contar assim mesmo.

— Fique à vontade.

Roos fica impassível diante do meu cinismo.

— Talvez você ache vago e, quem sabe, a coisa não seja mesmo para você, mas a Nora é uma mulher com um dom. Ela não é nenhuma curandeira, ou guru, ou testemunha de Jeová; mas mais uma espécie de, como se diz... Alguém com um dom espiritual e que o usa para ajudar os outros, respondendo às perguntas que eles têm sobre suas vidas.

— E como ela tem essas respostas?

— Ela... Bem... Ela as recebe.

— De quem?

— Do mundo espiritual.

— Não diga! — Finjo indiferença, mas algo do que ela diz me interessa. Não faço idéia do motivo!

— Se quiser, posso lhe passar o número dela depois.

— Por mim... — digo, o mais desinteressado possível.

— Boa sorte, esta tarde...

Nora. 06-42518346. Ligue para ela agora... Bjs.

Fico olhando para o número no visor, dou de ombros e armazeno no celular. Por motivo de segurança, gravo-o como "SOS". Não tenho nenhuma vontade de ficar explicando para Carmen quem é Nora, como cheguei ao seu número e que não transei com ela.

"Se você estivesse no meu lugar/o que teria feito/
ponha-se no meu lugar"

De Dijk, "Ga in mijn schoenen staan" (*Muzikanten dansen niet*, 2002)

TRINTA E TRÊS

Ouço a porta da frente se abrir. Ela entra, coloca a bolsa no chão, tira o casaco e vai se sentar à mesa da cozinha.

— Quer um café?

Ela balança a cabeça.

— Mas eu quero, se não se incomoda.

Sinto que ela me segue com os olhos, enquanto faço café para mim.

— Frenk ligou para mim, hoje cedo — disse ela. — Ele me contou que você estava se sentindo perdido e que não foi trabalhar, alegando estar doente.

— É... Pois é...

— Ouça, Stijn. Eu me sinto traída por você. E Anne e Thomas me deram toda razão.

— Ah, não diga! Isso eu não esperava deles! — resmungo.

— Seria legal se você desse algum crédito aos seus amigos de vez em quando. Anne ainda chegou a defender você. Ela me disse que, se eu estivesse no seu lugar, também descarregaria minhas frustrações à minha maneira. Talvez já tivesse nos levado à bancarrota comprando toda a P. C. Hooftstraat. Além disso, ainda aconteceu mais uma coisa.

— O quê?

— Toos se separou do marido. Aquele que nunca ia com ela para as sessões de quimioterapia porque não tinha estômago para isso. E com quem ela já não conversava. Isso me fez parar e pensar. Já passamos por tanta coisa juntos, que ainda agüento mais esse tranco. Aconteceu, azar! Vamos seguir em frente.

Balanço a cabeça, alegre feito uma criança que acabou de ouvir da mãe que eles vão continuar sendo amigos.

— Vem cá, seu babaca — diz ela, com um sorriso, e passa a mão pelo meu cabelo. — Perdoar também faz parte do amor.[45]

[45]Trecho de "Wat is dan liefde", de André Hazes (*'n Vriend*, 1980). (*N. do A.*)

"Mesmo que ofereçam dinheiro e insistam/não pretendo sair de Mokum/aqui ainda se ri/ainda há diversão/não faço idéia de melhor lugar para estar"

Danny de Munk, "Mijn Stad" (*Danny de Munk*,1984)

TRINTA E QUATRO

Eu já temia isso.

Perguntei a Carmen, três vezes esta semana, se ela não preferia passar o dia da mudança com Anne. Assim, eu poderia fazer toda a mudança da Amstelveenseweg para a Johannes Verhulststraat junto com o pessoal da empresa. Colocaríamos os móveis no quarto de dormir e na sala e, à noite, Carmen chegaria numa casa mais ou menos arrumada. Mas ela não quis nem ouvir falar.

O pessoal da mudança chega em quinze minutos e Carmen está passando muito mal. Não que eu tivesse esperado que fosse ser diferente: de manhã, o corpo de Carmen está presente apenas pró-forma. Enquanto ela dorme ou fica quieta na cama, não há nenhum problema, mas, assim que ela se esforça um pouco, o corpo protesta contra o desperdício de energia de forma extremamente eficaz e põe tudo que recebeu durante as horas anteriores com a mesma vitalidade para fora. De uma hora para cá, ela já se curvou três vezes sobre o vaso para vomitar.

Fico aguardando até o pessoal chegar, digo que o café está pronto, que podem comer os doces de maçã que estão no saco em cima da mesa da cozinha e que eu mesmo vou fazer a mudança da minha mulher e do balde de vômito. Ajudo Carmen a se vestir, levo-a até o carro, volto e subo as escadas correndo, apanho uma almofada, um edredom e um balde no quarto, jogo tudo no Astra alugado e dirijo, com todo cuidado possível, evitando curvas fechadas e movimentos bruscos, para a Johannes Verhulststraat. Chegando lá, pego primeiro o edredom e a almofada, subo as escadas correndo em direção ao quarto, agradeço a Papai do Céu e à loja de colchões d'água por terem feito a entrega pontualmente, volto a mil para o carro e, agora com Carmen, retorno ao andar superior numa marcha bem mais lenta. Ajudo-a a se despir e cubro-a no colchão d'água. E lá está ela: um montinho de gente que não chega nem a cinqüenta quilos, branca feito cera, sorrindo num enorme colchão d'água, num quarto maior ainda, que, não fosse ainda o balde, estaria completamente vazio.

— Enquanto eu tiro uma soneca na nossa casa nova, vê se faz rapidinho a mudança, querido! — diz ela, rindo.

Eu caio na gargalhada. Como sentirei falta desse humor em breve.

"Como você é feia de perto."

Huub Hangop, "Wat ben je lelijk van dichtbij"

(*De allerergste van Huub Hangop*, 1993)

TRINTA E CINCO

A nossa babá chegou. Por encomenda, da República Tcheca, de ônibus.

Carmen e eu a encontramos através do site "World Wide Au Pair", já faz alguns meses. Não poderíamos ter imaginado, na época, que a babá ainda chegaria a ver Carmen; mas, graças à quimioterapia com LV, é esse o caso. Carmen afirma que acha bom ainda poder conhecer a moça.

O que também agrada a Carmen é o fato de a babá ser ainda mais feia do que parecia na foto. Meu Deus, que aberração trouxemos para dentro casa!

> **A nossa babá** parece um cruzamento entre uma cantora de banda de rock gótica e Furby-com-um-piercing-no-lábio-inferior. Como a Luna é louca pelos monstrinhos Furby, ela está muito feliz. Carmen também. Contente, ela partilha via e-mail com as amigas a certeza de que eu jamais tentarei nada com a moça. E Manus Rick, que está terminando os últimos detalhes na casa, envia um torpedo exigindo uma taxa de insalubridade, por correr o risco de cair da escada em decorrência de um eventual encontro com a babá.

Nem tudo acontece sem tropeços.

No tempo que levo para explicar o que a babá deve comprar, como se chama em holandês, escrever para ela e explicar mais uma vez, já teria ido no supermercado três vezes.

— What are "ooyen", Stain? — Ela quer saber o que são "ooyen".

— "Oeien"? — também não sei o que são "Oeien".

— Yes, "ooyen", what you have written here. — Isso mesmo, "ooyen", o que você escreveu aqui.

— Ah! "Uien"! — Foi isso que eu escrevi.

— What are "aaien"? — Quer saber.

E, quando finalmente compreende o que significa "trezentos gramas de carne moída", a garota se recusa a ir comprar. Ela não consegue passar pela seção de açougue do supermercado. A babá é vegetariana e não compra nem cozinha nada que seja fruto ou tenha participado do sofrimento de algum animal.

Andar de bicicleta, ela também não quer. Primeiro, pensei que se tratasse de algum princípio religioso ou filosófico, mas quando insisti para que, pelo menos, tentasse, mudei de idéia. Era puro pavor. Assim sendo, continuo levando Luna para a creche.

Finalmente, além da barreira do idioma, sua inabilidade e feiúra inatas e nossas diferenças básicas no que se refere à política culinária tornaram-se um problema adicional. Não tardamos a descobrir que a nossa babá não trouxera luz à nossa casa. A cada solicitação sucedia-se um suspiro ofendido, como se eu tivesse lhe pedido para engolir seu piercing. A garota é tão intratável quanto Kurt Cobain. (Até que dá para entender — quero dizer, imagina ficar sempre de lado durante a adolescência, vendo as amiguinhas aos beijos com todos os rapazes bonitos. Não dá para ser feliz assim!)

A vantagem é que ela — mesmo aos suspiros — passa roupa, faz faxina, varre e tira o pó. Além disso, dei-lhe a responsabilidade de zelar pela lava-louças e as máquinas de lavar e secar roupa. Também a incumbi de levar os sacos de lixo para fora. Senão, eu teria voltado à estaca zero: perderia quase o mesmo tempo quanto antes de ela chegar e ainda teria um problema a mais em casa.

Mas, sejamos honestos, tornei-me mais flexível desde sua chegada. Durante o fim de semana, ela fica com um dos meus turnos da manhã e está em casa à noite para tomar conta de Luna quando Carmen apaga com dois soníferos. Aí eu posso dar uma saidinha para fazer umas compras na loja 24 horas, terminar algum assunto na MIU e fazer sexo com Roos.

"Sempre veja o lado bom da vida."

Monty Python, *A vida de Brian* (1979)

TRINTA E SEIS

Outra vantagem da presença deprimente da nossa babá é que a Carmen me enche cada vez mais de orgulho. Ela contrasta de forma gritante com a garota.

Carmen não pode acrescentar dias à sua vida, então, acrescenta vida aos seus dias. A babá, ao contrário, não sabe nem o que é viver. Ela nunca tem vontade para nada. Nunca.

Nos dias em que se sente um pouquinho melhor, Carmen ainda está cheia de vontade de viver. Assim, ela passou a semana toda animada para ir jantar com Anne e Thomas hoje à noite. Eu não. Portanto, o fato de Carmen se sentir péssima hoje não poderia ter vindo em melhor hora.

Mesmo assim, ela quer ir. Nessas horas, gostaria de estar casado com uma mulher que preferisse ficar em casa por qualquer peido atravessado. Mas acho que Carmen ainda vai querer sair depois de morta e enterrada há tempos.

Não vejo Thomas desde que pisei duas vezes na bola com a história do acidente. Quando desço do Astra, quase não tenho coragem de encará-lo. Carmen passa minha dianteira e entra na sala. Thomas puxa-me pelo braço.

— Nada sobre o carnaval, hein! — sussurra-me, nervoso.

Olho para ele com cara de idiota.

— Aquilo... aquele negócio entre mim e a Maud. — Ele pronuncia o nome dela como se estivesse falando de uma barata, embora seu olhar traia que as imagens daquela noite ainda estão bem vivas em sua memória. Ele chega até a sorrir. Faço um movimento com a mão como se trancasse a boca e engolisse a chave.

Thomas pisca para mim como numa daquelas cenas de "Cutucão, cutucão, piscadinha, piscadinha", o quadro do programa de TV do Monty Python. Pode-se dizer, portanto, que as vantagens de pular a cerca são altamente desvalorizadas. Como o fato de tornar as pessoas bem mais tolerantes, por exemplo.

Anne e Thomas fizeram de tudo para que nos sentíssemos à vontade. Tanto Carmen quanto eu. Eles não fazem isso com palavras ou com carinho, como Frenk, mas do modo deles. Evitando mencionar o acidente ou comentar sobre o Astra. Comprando uma garrafa de vodca e outra de suco de limão especialmente para mim. Esmerando-se na cozinha, como Anne fez hoje para nós, para nos mimar, como disse. Carmen, por sua vez, esconde que passou o dia vomitando e come junto conosco.

Depois da entrada, ela vai ao banheiro. A entrada já era.

Depois do prato principal, ela vai ao banheiro e o vomita.

Depois da sobremesa, ela vai ao banheiro e também põe a sobremesa para fora.

— Muito obrigado pela noite de hoje, amigos — digo. Anne me dá três beijos e pisca o olho. Thomas me dá um tapa e tanto no ombro.

Carmen está pálida, mas seus olhos brilham.

— Muitíssimo obrigada, queridos. Adorei a noite.

Thomas lhe dá um abraço e, de repente, tenho a sensação de que nunca mais vai largá-la.

De dentro do carro, quando já estamos indo embora, vejo que Thomas abraça Anne e, com a mão livre, limpa uma lágrima do olho.

Dois aniversários e um funeral...[46]

TRINTA E SETE

A primeira do Muflão a morrer é Toos.

Carmen está arrasada. Toos soube há três semanas que a quimioterapia não fazia mais sentido. Agora, ela está morta.

Toos não viu mais o ex-marido desde a separação. Ele pode vê-la ainda uma vez, no caixão.

— Pelo menos, eles não têm mais como brigar — ri Carmen.

Ela insiste em querer ir ao enterro. Quando descubro a data, fico louco. A terça-feira seguinte. No dia em que Luna e eu fazemos aniversário. Nosso terceiro aniversário seguido sob o signo do câncer. E o último, pode ter certeza. E aí a Carmen quer ir a um *enterro*? É como ir à pré-estréia do próprio sepultamento.

— Você não acha que... bem... vai ficar um pouco pesado para você?

— A gente já vai comemorar o aniversário de vocês no domingo, não é? Na terça-feira não vai vir ninguém mesmo. E são apenas algumas horinhas.

Eu não digo nada, mas Carmen percebe que não estou muito satisfeito.

— Não posso fazer isso com a Toos e simplesmente deixar de ir.

— Mas pode fazer isso com a Luna e comigo? — Pronto, saiu antes de eu conseguir segurar.

---

[46]Trocadilho com o título do filme *Quatro casamentos e um funeral* (1994). (*N. do A.*)

No domingo, a casa está cheia. Amigos meus, parentes, amiguinhas da creche de Luna. Percebo que a mãe de Carmen leva um susto ao entrar. Faz três semanas que ela viu a filha pela última vez. Com a barriga d'água, Carmen mais parece uma mulher grávida e desnutrida. Estamos conversando um pouco na cozinha. Luna vem toda orgulhosa no seu vestidinho novo de princesa e com as asas de anjinho. Carmen fica de cócoras para dar uma boa olhada nela.

— Que linda! — ela elogia a filha, entusiasmada, e acaba perdendo o equilíbrio e caindo junto com a menina.

Luna se assusta e começa a chorar.

— Presta atenção! — disparo, também assustado. — Porra! Você sabe que não tem mais força nas pernas, Carm!

Carmen sente-se humilhada com a própria queda e com a minha reação. Também ela começa a chorar. O início da festa não foi o que eu esperava.

— Vocês ainda vão comemorar o aniversário na terça-feira? — pergunta Anne, enquanto come uma garfada do bolinho infantil cor-de-laranja.

— Carmen vai. Ela vai para o enterro de Toos, uma das mulheres do grupo de auto-ajuda.

— O enterro é terça-feira?

— É.

Anne franze a testa.

À noite, depois da festinha, Carmen diz que não vai mais ao enterro na terça-feira.

— Anne começou a falar a respeito. Vou colocar um belo arranjo de flores para Toos aqui em casa mesmo. Acho que vai ficar bonito e que ela vai entender.

— Tenho certeza absoluta de que a Toos vai entender — concordo, aliviado.

"Parabéns pra você/ nessa data querida/muitas felicidades/ muitos anos de vida"

TRINTA E OITO

Muitos anos de vida. Imagine cantar isso quando se está prestes a morrer. Carmen canta. Percebo que ela decidiu se redimir do plano de ir ao enterro de Toos. Luna e eu recebemos o café-da-manhã na cama. Carmen preparou-o para nós e pediu à babá para levá-lo para cima. Luna come, extasiada, um pequeno croissant com pasta de amendoim e um pãozinho de coco; eu como um pão com queijo brie enquanto Carmen força seis colheres de All-Bran Frutas e Fibras para dentro.

Hoje não vai ser um dia fácil. Com tudo que está acontecendo, acabo ficando emotivo. Quando Frenk me manda uma mensagem dizendo que se sente feliz por me ter como amigo e espera continuar a sê-lo por muitos anos. Quando Anne manda outra dizendo que está feliz por Carmen, Luna e eu ainda festejarmos nossos aniversários juntos, apesar de tudo o que aconteceu. E quando Carmen me dá uma ampliação de uma série de fotos que fiz dela nua quando tínhamos acabado de nos conhecer.

Depois do café, noto que Carmen está cansada e enjoada.

— Que tal você se deitar por uma horinha agora? — sugiro.

— Não vai quebrar o clima? — pergunta ela, cuidadosa.

Balanço a cabeça, afirmando que está tudo bem.

— Pode ir dormir um pouquinho. É possível que eu vá para o centro por meia hora. Recebi um vale-presente da Maud, no domingo, para escolher um CD.

Passo a hora seguinte brincando com meu solzinho até pedir à babá para fazer umas panquecas com Luna. Neste meio tempo, a falta de jeito da moça tomou proporções míticas. Sendo assim, não canso de repetir que ela deve prestar atenção para Luna não cair do tamborete junto à bancada.

— *Trust me* — "Confie em mim". Brrr. Já conheço nossa babá o suficiente para sentir um calafrio sempre que ela me diz algo assim. Mas não dá para passar o dia evitando que aquela cretina machuque a minha filha.

Ainda subo rapidinho. Carmen colocou um balde do lado da cama. Olho lá dentro e vejo que não foi sem motivo. Os cereais que ela conseguiu engolir a custo não foram muito longe.

Como uma bala, vou de bicicleta para a loja de CDs da Van Baerlestraat. Em menos de quinze minutos, troquei o vale-presente por um CD do Coldplay e, com isso, comprei meu álibi.

Depois, vou pedalando até Roos. Ela se embrulhou em renda vermelha como presente de aniversário.

"O que foi aquilo?/Foi sua vida, cara/Ok... passou rápido... posso ter mais uma?"

John Cleese filosofa em Fawlty Towers (1976)

TRINTA E NOVE

É um tédio só na sala de espera do consultório de Rodenbach. Já li o *Spits*, que se encontrava no cesto próximo à entrada, de cabo a rabo. Começo a folhear o dossiê de Carmen. O enfermeiro que acabou de esvaziar a barriga dela havia nos dado o arquivo para que o entregássemos ao doutor Rodenbach mais tarde. Leio que a barriga de Carmen já foi esvaziada 16 vezes desde novembro. Somo os números.

— Você sabe quantos litros desse líquido já tiraram da sua barriga?

— Não faço idéia.

— Setenta e um litros e mais um pouquinho.

— Hahaha... Isso é mais do que eu pesava quando começaram com as punções!

Carmen não está pesando mais do que 47 quilos. Dá para vê-la emagrecer a cada dia que passa. Há meio ano, ela ainda pesava quase setenta quilos. Por falta de gordura, ela tem sentido muito frio nas últimas semanas. Na sala, o termostato está continuamente ajustado para 24 graus. A cama d'água está quatro graus acima da temperatura recomendada. Temos sorte de ter uma cama d'água. Qualquer outro colchão seria duro demais. Entre seus ossos e o colchão só resta pele, não há mais nenhuma sobrinha de gordura.

Não temos um bom pressentimento sobre a conversa que teremos com Rodenbach em instantes. A freqüência das punções, que no início do tratamento com LV havia regredido a uma a cada duas semanas, aumentou a ponto de ser necessária em intervalos de poucos dias. E elas se tornam cada vez mais desagradáveis. Parece que os órgãos de Carmen estão apodrecendo e, depois de cada punção, doem ainda mais. Agora há pouco, foi horrível. Mesmo com uma injeção de morfina, ela vomitou de dor. Acho que vou acabar ficando traumatizado de tanto ver minha mulher curvada, vomitando, com um tubo saindo da sua barriga, cuja extremidade oposta se encontra dentro de um balde que se enche, aos poucos, de litros de um líquido amarelo opaco.

— Por favor, sentem-se — convida-nos um simpático Rodenbach.

Desde a nossa mudança para o Antoni van Leeuwenhoek, devemos ter-nos encontrado umas seis vezes. Podemos falar de respeito mútuo neste caso. Ele sabe que não somos de choramingar nem reclamar, coisa que seus outros pacientes costumam fazer; nós sabemos que ele não nos engana nem dissimula, coisa que nossos médicos anteriores costumavam fazer.

Sentamo-nos nas cadeiras em frente à escrivaninha. Ato contínuo, pego a cadeira da esquerda; Carmen, a da direita. Tornou-se uma rotina. Da mesma forma que sempre me sento no fundo da Bastille, perto dos toaletes; nos shows do Paradiso, fico nas escadinhas do lado de trás do salão, perto do bar; e no De Bommel, à direita, bem na frente. Uma pessoa precisa ter algumas certezas na vida.

Rodenbach está a ponto de nos dar uma nova certeza.

— O nível dos marcadores tumorais está subindo. A terapia com LV não está mais surtindo efeito.

— E... o que... hã... significa isso? — gaguejo.

Sei qual vai ser a resposta.

— Receio que tenhamos que entregar os pontos agora.

É isso, então. Fim do treinamento.

Carmen é dada como caso perdido. Toos morreu três semanas depois.

Com a mão sobre da boca, Carmen fica olhando para mim. Seguro sua outra mão e olho para ela.

— Vamos indo? — pergunto com cuidado.

Ela assente com a cabeça.

Marcamos nova consulta com Rodenbach em três semanas. Trata-se mais de uma consulta para manter o hábito porque, mesmo que Carmen continue viva na data marcada, os trunfos de Rodenbach se esgotaram. A única coisa que ele ainda pode fazer é assinar as receitas de morfina, Kytril, codeína, Prednison e Temazepam. Mera administração da dor.

Ligo o carro e desligo o CD. O De Dijk não serve.

As coisas não vão mais se acertar.

Parte Três
Carmen

"I'd tell all my friends but they'd never believe me/they'd think that I have finally lost it completely"

Radiohead, "Subterranean Homesick Alien" (*OK Computer*, 1997)

UM

Liguei para Nora. Um dia depois de recebermos a notícia de Rodenbach.

Só Roos está sabendo. Preferi não comentar nada em casa por enquanto. Carmen não entenderia se eu lhe dissesse que contei meus problemas a alguém como Nora, em vez de ir a um psicólogo, como ela sugerira tantas vezes.

Também não sei bem por que liguei. Acho que o acidente de carro foi o divisor de águas. O fato de eu ter saído ileso, enquanto toda a lateral do carro estava destruída, era um milagre compatível com o gol de Marco contra a Rússia em 1988.

Frenk e Maud também não estão sabendo que vou ver Nora hoje. Pedi para Natas anotar na agenda comum da MIU que eu tiraria a tarde livre. Ela me olhou curiosa, piscou o olho e fez um sinal obsceno com os dedos. Não esbocei reação.

A consultora espiritual tem uma sala numa das casas multigeminadas dos anos 1960, em Buitenveldert. Toco a campainha com o coração batendo forte.

Nora é uma mulher discreta, de estrutura frágil e cabelos negros. Subimos as escadas para sua sala, onde me pergunta se quero chá. Eu quero. Ela sai. Dou uma olhada no lugar com mais calma. Pedras pintadas e posicionadas de acordo com o feng shui. Incensos perfumados cujo cheiro reconheço das férias que passei na Índia. Música que deve estar no top ten do Himalaia. Folhetos para uma oficina que Nora ministrará na semana que vem: "Compreensão dos sonhos".

A vista sobre os corredores externos de um prédio residencial destoa deste ambiente alienado do mundo. Pode-se dizer de tudo deste tipo de construção, menos que tenha uma arquitetura indefinida. A vista me deixa à vontade. Lembra-me Breda-Noord.

Nora dá um sorriso simpático quando entra com a bandeja. Ao que parece, é chá preto.

— Você sentiu necessidade de vir — começa. De repente, tenho um *déjà-vu*. As minhas conversas com o psicoterapeuta há quase dois anos! Onde é que eu fui parar? Isto mais parece a segunda temporada do programa do Monty Python. — Que tal começarmos logo? — pergunta, ao perceber meu olhar desconfiado. Ela me diz que, com meu nome e data de nascimento — dados que eu lhe havia passado quando telefonei —, ela recebeu algumas mensagens para mim do outro mundo e compilou-as numa carta que leria em voz alta para mim. Evito lhe dizer que não costumo acreditar nesse tipo de baboseira. Nora pega a carta e começa a ler.

O destinatário desta mensagem tem muita energia, mas ele deve controlar essa energia neste momento. É hora de fazer escolhas. Ele já percebeu que querer tudo leva ao caos.

Essa conscientização é boa. Deixe-a vir e impregná-lo. Ela é boa.

Se exigirá muito dele em breve. Agora, não dá para mudar o rumo dos acontecimentos. Ele deve estar presente para assumir suas responsabilidades. Não há como furtar-se delas.

O caminho está traçado. Ele tem forças para seguir, embora ache que não.

Diga-lhe que deve confiar na intuição. Focar na sua energia vital. Isso o ajudará e fortalecerá.

Ele consegue. Diga-lhe para confiar. À sua volta, há muita ajuda proveniente desta esfera.

Com amor...

Isso mesmo. Baboseira pura.

Nora pousa a carta calmamente e espera um pouco.

— Você reconhece algo desta carta?

— Bem... O que posso dizer? Isto pode ter a ver com qualquer um.

— Você acha? — diz, sorrindo. — E o caos que a carta descreve?

É, está começando a ficar divertido...

— Parece mais com truques de horóscopo. Quem não se encontra em situações caóticas de vez em quando? Você já viu a liquidação do Bijenkorf?

Ela cai na gargalhada.

— Acho que a carta se refere a um caos bem maior.

Decido dar-lhe uma chance.

— Há pouco tempo, tive um probleminha com o carro que você poderia, sim, chamar de caótico.

— Um acidente?

Concordo com a cabeça.

Ela repete meu movimento.

— Você sabia que nós, seres humanos, somos protegidos por forças que ignoramos por completo? — *Ah, é esse o caminho que ela vai seguir?* — Aquele acidente foi um sinal de que a proteção estava chegando ao fim[47] — *Hum... Está começando a feder. Quero dizer, mesmo que você não acredite em Deus ou no destino ou em quem quer que se ocupe desse tipo de coisas, o fato de ouvir que você não está mais protegido coloca-o no outro extremo.*

— Mas você está aqui porque alguém se encontra muito doente, não é?

Susto!

— É... Minha mulher...

— Qual é o nome da sua mulher?

— Carmen.

— Carmen está prestes a morrer.

Um calafrio percorre todo o meu corpo. Que o doutor Rodenbach anuncie que Carmen não tem mais muito tempo de

---

[47]Extraído de "A ponte para o sempre", Richard Bach. (*N. do A.*)

vida, vá lá; mas que uma desconhecida, numa casinha geminada dos anos 1960 na Buitenveldert...

— Você não precisa ficar com medo. Ela também não está. Está tudo bem.

Engulo em seco. Embora eu ainda não acredite em tudo que ela diz, Nora conseguiu me atingir.

— Tenho a sensação de que ainda tenho tanto para conversar com ela... — ouço-me dizer.

— Mas você ainda vai ter oportunidade para isso... — *Será que essa Nora tem mesmo conexões com... digamos... outras esferas?* — ...Trate de ficar com ela o máximo possível daqui para a frente... — *Lá vamos nós, mais uma vez. Até eu poderia ter deduzido isso com meu bom senso, pelo menos, o que me sobra dele. Sabe de uma coisa? Eu vou é chocar essa mulher. É algo a que esses tipos esotéricos geralmente têm aversão.*

— Tenho uma amante, há mais de um ano — *1 a 0 para o Stijn! Isso soou bem provocativo. Agora é sua vez, sua médium de meia-tigela.*

Nora permanece a calma em pessoa. Ela faz um gesto me incitando a continuar. Por instantes, não sei o que dizer. Ou, talvez, saiba. Lá no fundo, bem sei por que vim. Vamos fazer uma tentativa e perguntar, simplesmente...

— Carmen não sabe de nada. Devo contar-lhe enquanto ainda posso?

Nora espera um pouco.

— Ela sabe, sim. E sabe há muito tempo... — *O quê?* — ... Se ela perguntar, você deve dizer a verdade... — *Brrr* — ... mas ela não vai perguntar... — *Isso me conviria* — ... Ela sempre soube como você era. Melhor, até, do que você mesmo. Não faz muito tempo, ela se conformou com isso... — *Até que gosto dessa Nora* — ... Como se chama a sua amante?

— Roos...

— Não é mera coincidência que você tenha se deparado com Roos depois de Carmen cair doente — esclarece-me ela, com a voz tranqüila. — Era uma necessidade. — *Está vendo? É...*

Essa Nora sabe o que diz. Vou dar-lhe o benefício da dúvida. Todo aquele cinismo não leva a lugar nenhum.

— Será que a Carmen está feliz comigo? Nunca fui fiel e sou... bem... um hedonista.

— Sem a jovialidade com que você leva a vida, ela jamais teria sido capaz de suportar essa doença — diz-me ela com veemência. — Não se sinta culpado. Ela está muito feliz com você. E não precisa se envergonhar com suas fraquezas... — *Será que devo lhe passar o número do celular do Thomas?* — ... Carmen já está pronta aqui, você não... — *Espero que não!* — Lá no fundo, ela já o perdoou... — *Ela parece ter certeza disso* — ... mas agora você ainda tem que ajudá-la. Ponha tudo de lado e cuide dela com todo o amor que tem dentro de si... — *Eu? Dando uma de Florence Nightingale? Impossível!* — ... Deixe os trabalhos domésticos a cargo de outros. Dá para fazer isso?

— Bem... Temos uma babá em casa. Ela cuida da minha filha e cuida da casa quando eu insisto bastante.

— Muito bem. Não se constranja em pedir que ela faça tudo o que não diz respeito a Carmen. E como se chama a sua filha?

— Luna. Acabou de fazer três anos. No mesmo dia do meu aniversário — revelo com tanto orgulho que chego a corar.

— Isso explica muita coisa. Sua filha e você têm um laço bem mais forte do que você pensa... — *Eca, isso está começando a ficar meloso novamente, cara Nora* — ... Quando sua mulher se for, você não vai mais querer saber da babá... — *Parece até que ela conhece a babá!* — ... Aí você vai querer cuidar da sua filha sozinho... — *Esqueça! Quem é que vai cuidar dela enquanto eu estiver no trabalho e a creche estiver fechada? Ou — pior — quando eu quiser me divertir?* — Você vai mudar muito... — *O que ela quer dizer com isso?* — ... Você vai se tornar outra pessoa... — *Ihhhh! Pode ir parando!* — ... E a sua mulher vai lhe ajudar a mudar. Mesmo não estando presente. — *Carmen, a fantasminha camarada, como é isso? Vê se anima essa conversa que eu já estou ficando arrepiado!*

Nora percebe meu olhar apavorado e começa a rir.

— Pode acreditar, Carmen e você se conhecem há muito mais tempo do que você pensa. Ela ama você. De coração...

Não consigo evitar e me emociono, engolindo em seco.

— Vocês são almas gêmeas. Para sempre.

Silêncio. Começo a piscar os olhos.

— A Carmen sabe que você está aqui?

— Não. Ela é objetiva demais par este tipo de... hum... conversa obscura.

— Pode contar. Vai fazer bem a ela.

— Não sei, não... — digo, hesitante. — É possível que ela ache ridículo e fique zangada. Parece que nos distanciamos de tal forma que, ultimamente, ela se irrita com tudo que eu faço...

Nora balança a cabeça com veemência.

— Vou repetir: Carmen gosta de você de corpo e alma. Ela não quer ser amparada por mais ninguém... — **Bum!** — ... Se eu fosse você, iria imediatamente para casa. Vai começar antes de você se dar conta... — Bum! — ... Trate de estar junto dela quando acontecer... — Bum! — ... Ela lhe será imensamente grata por isso. E você também. Agora, você tem a possibilidade de retribuir à sua mulher tudo o que recebeu dela durante todos esses anos...

Quando estou no carro, uma frase fica zumbindo no meu ouvido: "Agora, você tem a possibilidade de retribuir à sua mulher tudo o que recebeu dela durante todos esses anos..."

Giro meu espelho retrovisor e miro-me nele. Surpreso, percebo um largo sorriso. E não é que estou me sentindo feliz? "Agora, você tem a possibilidade de retribuir à sua mulher tudo o que recebeu dela durante todos esses anos...". Com uma energia de fazer inveja a Edgar Davids.[48]

Graças à Nora e àqueles que sussurram tudo aquilo no ouvido dela, *quem quer que sejam*.

---

[48]O coquetel molotov entre os jogadores de futebol. (*N. do A.*)

"I was unrecognizable to myself/I saw my reflection in the mirror/ didn't know my own face/I can feel myself fading away/and my clothes don't fit me no more"

Bruce Springsteen, "The Streets Of Philadelphia"

(Trilha Sonora *do* filme *Filadélfia*, 1993)

DOIS

Ligo meu celular e vejo que tenho uma mensagem de voz. É Carmen. É para eu ligar para ela. Percebo, de imediato, que as coisas não vão bem.

— Stijn, eu não paro de vomitar — diz ela, soluçando. — Estou com tanto medo...

— Já estou chegando.

Quatro minutos e cinqüenta e um segundos depois, subo dois lances de escada correndo até o nosso quarto. Carmen está curvada sobre o balde, tentando vomitar.

Sento-me ao seu lado e passo os dedos pelo seu cabelo curto e grisalho, pintado de ruivo.

— Que bom que você chegou! — exclama ela. Sua voz soa oca, devido ao balde. Ela está com metade da cabeça dentro dele. — Passei a manhã toda enjoada, mas não sai mais nada.

De repente, ela tem mais um espasmo e ainda lhe sai um filete de vômito da boca. Vejo que é bílis. Não é comida. É difícil a comida sair se não entrou antes.

O doutor Bakker, nosso clínico geral, que chega uma horinha mais tarde, receita um preparado alimentar líquido, duas caixinhas de Primperan e uma de Kytril para combater a ânsia de vômito. Enquanto Carmen está dormindo, vou à farmácia na Cornelis Schuytstraat para buscar o kit da alegria.

A caminho, ligo para Roos. Ela se sente aliviada por tudo ter dado certo com a Nora. Digo-lhe que as coisas não vão bem com Carmen e que provavelmente não poderei vê-la durante um tempinho. Cancelo nosso encontro da próxima sexta-feira. Roos parece resignada. Ela me deseja muita coragem e diz que, a partir de agora, vai acender uma vela para Carmen sobre o aparador da sala. Para a mulher que ela nunca viu, mas de quem já ouviu falar tanto que é como se a conhecesse há anos.

À noite, a mãe de Carmen também vem.

Vamos, os quatro, sentar-nos no King Arthur, ao ar livre.

> O terraço do **King Arthur** encontra-se no meio de uma área de luxo, na pracinha onde se encontram a Cornelis Schuyt e a Johannes Verhulst. A clientela masculina é irritante acima da média (advogados dos escritórios da De Lairessestraat, além de ingleses engravatados que pernoitam no Hilton e têm alguns momentos de liberdade dos filhos e da esposa). E também não vale a pena ir lá pelas mulheres (fósseis locais). Mas você tem uma hora a mais de sol ali do que no Pijp ou no Oud-West. O nosso bairro é tão esnobe que até as horas de sol parecem organizadas.

A mãe de Carmen veste uma blusa fina de seda. Luna e eu estamos de camiseta. O sol à noitinha é maravilhoso. Chega a ser quente.

Carmen está na cadeira de rodas, veste um casaco grosso e usa óculos escuros.

— Está fresquinho, não está não? — pergunta, com cuidado, assim que recebemos nossas bebidas.

— Também acho — minto.

— Realmente, não está tão agradável quanto eu pensava — concorda a mãe de Carmen.

Cinco minutos depois, estamos em casa de novo.

Não há horas de sol extra que consigam competir com pele sobre osso.

"You're packing a suitcase for a place none of us has been/
a place that has to be believed to be seen"

U2, "Walk On" *(All That You Can't Leave Behind,* 2000)

TRÊS

— Eu espero, de coração, que tudo isso acabe logo — diz a mãe de Carmen, e começa a chorar, com as mãos cobrindo os olhos. Coloco o braço em volta de seu ombro e puxo-a para mim.

Uma mãe que está prestes a perder a filha. A filha, que viu acabada na cama depois das seções de químio. A filha, que, em prantos, lhe mostrou o lugar onde outrora estava o peito e, agora, revela um zíper costurado. A filha, por quem torce que não precise sofrer mais muito tempo. Deveria haver uma lei que proibisse que mães tivessem que assistir à dor dos filhos.

Ela pega minha mão e a beija.

— Vamos nos arrastar juntos por essa situação, não é?

Balanço a cabeça. Frenk está quieto, assistindo à cena. As coisas não andam nada bem; portanto, Frenk está presente. É uma lei absoluta. Anne também já chegou. Percebo que seu abraço caloroso ainda me faz bem, como há dois anos, quando ela e Thomas vieram nos dar seu apoio na Amstelveenseweg.

— Vou dar uma olhadinha na Carmen — digo, e subo as escadas.

Carmen ainda está meio sonolenta depois de uma soneca. Ela me vê entrando e sorri.

— Oi, amiguinho — sussurra.

— Como você está se sentindo? — pergunto ao sentar ao seu lado, na cama. Seguro sua mão. Deus do céu, como ela está magra.

— Perdi a vontade, Stijn... Se continuar assim, prefiro que acabe logo... — Ela olha para minha mão, que acaricia a sua. Vejo que ela quer dizer algo, mas hesita.

— O que foi? — pergunto.

Sei o que está passando por sua cabeça, mas permaneço calado. Prefiro que ela comece.

— Gostaria de saber quais são as regras no caso de... eu querer pôr um fim a isso tudo. E o que você pensa disso.

— Você está falando de eutanásia?

— Estou — confirma, aliviada, grata por eu dar nome ao monstro.

— Quer que eu ligue para o nosso médico e pergunte qual é o procedimento?

Ela assente com a cabeça. Eu a pego em meus braços. Ela parece mais frágil que um recém-nascido.

— Vou ligar para ele. Posso fazer mais alguma coisa por você?

— Seria bom se alguns amigos viessem amanhã...

— Pode dizer. Quem você quer que venha?

— Thomas e Anne. Maud. Frenk.

— Anne já está aí, e o Frenk também.

— Que bom! Peça para eles subirem.

— Peço, sim. Você quer comer uma coisinha?

— Eu deveria, não é?

— A partir de hoje você está liberada, não "deve" mais nada.

"Deixe-me fazer minha vontade"

Ramses Shaffy, "Laat me" (*Dag en nacht*, 1978)

QUATRO

Assim que Luna compreendeu o sentido de fazer carinho, nós três fazemos carinho grupal, todas as manhãs, na cama.

Hoje de manhã, peço a Frenk — que, como a mãe de Carmen, passou a noite aqui — para tirar uma foto de nosso carinho grupal. Tenho nos braços o meu solzinho radiante, transbordando de saúde (3), e minha esquelética, mas ainda radiante mulher (36). Carmen está usando um pijama roxo de seda; Luna, um branco com ursinhos. As duas abrem um largo sorriso. Percebo que Frenk tem dificuldade em manter a câmera firme.

Tomamos o café-da-manhã na cama de Carmen, junto com a mãe dela e Frenk. No almoço, Maud também está presente. Logo ao ver Carmen, dá-lhe um abraço apertado e começa a chorar alto. Anne e Thomas também entram. Até a babá tomou a iniciativa de se aninhar ao lado da cama de Carmen. Minha mulher está feliz com todo aquele tumulto. Ela própria não come nada. A julgar pela aparência, emagreceu mais ainda. Calculo que pese uns quarenta e dois quilos no momento.

O doutor Bakker chegará daqui a pouco. Liguei para ele ontem e ele me explicou em detalhes como funciona a eutanásia. Carmen deve fazer uma carta estipulando sob que condições ela deseja que a eutanásia seja feita e assiná-la. Em seguida, ela terá uma conversa com o doutor Bakker a respeito e, depois, ainda com outro médico. Ambos os médicos ratificam tratar-se de "uma situação sem perspectiva, de sofrimento desumano" e não haver coação por parte de parentes ou outros. A partir desse momento, a própria Carmen pode determinar quando deseja morrer.

Pelo menos, se tudo correr bem. O médico liga para dizer que deu um jeito na coluna. Se ele precisa mesmo vir hoje para ter a conversa com Carmen. Digo que sim.

Ofegante, ele entra no quarto, no segundo andar da nossa casa. Ele conta a Carmen o que houve com as costas. Preocupada, ela pergunta se ele sente muita dor e se não teria sido melhor vir amanhã.

— Os analgésicos estão dando um jeito — diz ele. — E você? Está com muita dor?

— Cada vez mais e... desde ontem, minhas costas começaram a doer também — responde ela, para minha surpresa. Ela não havia me dito isso.

Ele examina o lugar indicado por Carmen.

— Presumo que seja mais uma metástase.

— Não diga! — reage Carmen, seca.

— Vou prescrever algumas cápsulas de morfina. Stijn me disse que você gostaria de deixar tudo pronto para o caso de não agüentar mais.

Carmen assente. O nosso médico diz que pode pedir para um colega passar logo mais, à tarde, para oficializar a eutanásia dentro das normas da lei.

— Obrigada — responde Carmen.

O segundo médico chega ao fim da tarde. É um homem formal. Pergunto se devo sair. Como vou saber de que modo esses procedimentos funcionam? Talvez seja como um daqueles programas de auditório de antigamente, em que o marido não podia ouvir o que a mulher ia responder e tinha que ficar esperando, com um fone tapando o ouvido, dentro de um cubículo.

Eu posso ficar. Carmen lhe diz que deseja poder determinar se quer pôr fim à sua doença e quando. Ela fala como se estivesse numa entrevista de emprego. Como se tivesse que se vender. O médico assina o formulário, sem muitas perguntas. Carmen agradece. Dá para ver que ela está feliz. Como se tivesse acabado de receber as chaves do seu carro novo.

— Você está realmente feliz, não é? — pergunto, surpreso com toda aquela animação.

— Estou. Agora, eu tenho uma opção de novo. Posso determinar novamente o que vai acontecer com a minha vida.

"What you don't know you can feel it somehow"

U2, "Beautiful Day" (*All That You Can't Leave Behind*, 2000)

CINCO

Além da mãe de Carmen e de Frenk, também Maud decidiu acampar em nossa casa enquanto Carmen viver, contribuindo, assim, com mais apoio moral e organizatório. Frenk e Maud dormirão numa cama, em um dos quartos de hóspedes. Carmen está se divertindo horrores com isso e, assim que Frenk sai, ela incita Maud a dar uma liçãozinha nele logo mais, à noite.

— Quando ele cair no sono, você simplesmente senta em cima dele e começa a gritar: "E agora, vamos transar, seu preguiçoso!"

Elas caem na gargalhada. Carmen está de bem com a vida hoje.

— Vamos jantar todos juntos aqui de novo, hoje à noite? — pergunta ela, toda esperançosa.

— Você não acha que vai ficar enjoadíssima com o cheiro daquela comida quente à sua volta?

— Vou sim, mas quem sabe se aí, finalmente, sai alguma coisa?

Nossa babá prepara o jantar. Carmen não come; o restante, mal encosta na refeição. A comida tem o cheiro do balde de Carmen. Arroz com algo verde e amarelo. No amarelo, reconheço milho; o verde pode ser qualquer coisa. Carmen, ao nos ver comer, um olhando para o prato do outro vez por outra, acaba soltando uma risada frouxa. E foi assim que a nossa babá terminou por exercer uma função à parte no leito de morte de Carmen: a de bobo da corte.

Após o jantar, fico com Carmen. Os demais descem para a sala.

— Stijn... eu... tenho que fazer cocô...

— Quer que eu saia?

O serviço de assistência em domicílio deixou um tipo de cadeira para evacuação. Parece uma cadeira de jardim, com uma tampa de vaso para se sentar. Embaixo da tampa, há um balde pendurado.

— Espere um pouco... Não sei se conseguirei me levantar sozinha...

Bem devagar, Carmen tenta sair da cama. Quando está quase em pé, ela cai de volta e começa a chorar.

— Não tenho mais força nas pernas — soluça.

— Vamos lá — animo-a.

Aproximo a cadeira ainda mais da cama e levanto-a por baixo dos ombros. Ela desce a calça do pijama e a calcinha. Devagar, vou descendo-a até ela se sentar.

— Ainda bem... Vovó está sentada — brinca.

Depois de terminar, ela fica enrolando.

— Você quer que eu limpe seu bumbum? — pergunto.

Sua cabeça diz que sim. Ela mal tem coragem de olhar para mim.

— Tenho medo de cair...

— Segure-se em mim. Pelo menos assim eu posso ficar mexendo no seu bumbum sem que você possa revidar — digo, piscando o olho.

Ela ri por entre as lágrimas. Seu rosto está voltado para mim, e os braços envolvem meu pescoço.

— Amiguinho querido... — sussurra ela.

Com um braço, eu a seguro por baixo da axila e, com o outro, limpo-a. Depois, dobro um pouco mais os joelhos. Carmen pendura-se em mim com os braços em volta do meu pescoço. Ela mal consegue se firmar sobre as pernas. Com a mão livre, levanto as calças e as iço sobre seu bumbunzinho.

— Há alguma coisa que você prefira que eu não faça mais tarde, quando você não estiver mais aqui? — pergunto, quando ela está de volta na cama, arfando devido ao esforço.

— Não.

— Você prefere que eu espere um tempo antes de fazer sexo de novo?

— Não — sorri ela. — Faça tudo que tem vontade. Se bem que... Espero que você nunca mais faça com a Sharon. Ela se tornou o símbolo da sua traição. Afinal, ela foi a primeira com que você me traiu?

— Não... Deve ter sido com uma das minhas ex... Com a Merel. Ou a Emma. Mas a Sharon foi a primeira que você descobriu.

Acabamos rindo, os dois.

— Ainda deve sobrar um montão delas para você ter casinhos. Pode ficar certo de que a temporada de caça vai começar. Você está livre, tem seu próprio negócio, uma casa bonita e uma filha que é um doce. É um bom partido. Já avisei a Anne, o Frenk e minha mãe para não se surpreenderem se você aparecer com uma nova esposa bem antes do que eles esperam. Você é assim.

— Oh! — exclamo, um tanto chocado.

— Isso não faz mal. Espero que você consiga ser feliz logo. Com uma nova esposa. E ainda vou lhe dar uma ajudinha: você precisa de alguém que consiga enfrentá-lo e não se deixe dominar.

— Mais algum desejo?

— Ela tem que ser um tesão!!!

Caio na gargalhada de novo.

— Mas todos esses casos, Stijn, você tem que tentar se corrigir.

— Ser monogâmico...

— Não, quase ninguém consegue isso durante a vida toda. Você, com certeza, não conseguiria. Mas jamais dê a uma mulher a sensação de ser a última a saber. Você transa com metade de Amsterdã e de Breda e ela é a única que não sabe de nada. Trate de não deixar ninguém saber.

— Como você e o Pim...

— Isso mesmo. É coisa sua. Acho que ninguém consegue, emocionalmente, ver uma traição como algo que não tem nada a ver com amor. Quisera eu ter conseguido...

Cheio de culpa, mantenho o olhar voltado para o chão. Hesito um pouco, mas decido perguntar o que continua me incomodando. Pergunto fazendo um rodeio.

— Você ainda gostaria de saber algo sobre mim? Algo que você nunca teve coragem de perguntar?

Ela sorri de novo.

— Não. Você nunca precisa se sentir culpado. Eu sei tudo o que quero.

— Tem certeza?

— Tenho. Estou muito bem assim.

Sinto-me encolher perto dessa mulher. Sorrio e vou para o banheiro. Jogo a merda e o vômito fora e limpo os dois baldes.

Quando volto, ela fica olhando enquanto coloco o balde de volta na cadeira.

— Você fez tanto por mim desde que adoeci — diz ela, emocionada — e, agora, de novo, com todo esse cocô e xixi nojentos...

Lembro das palavras de Nora. "Agora, você tem a possibilidade de retribuir à sua mulher tudo o que recebeu dela durante todos esses anos...". Hesito por um momento.

— Ontem, estive com alguém, mas ainda não tive coragem de contar para você.

— É mesmo? Conta, então — insiste Carmen, curiosa.

Sem graça, começo a relatar sobre Nora e o efeito que teve sobre mim.

Carmen ouve com atenção enquanto leio a carta que recebi de Nora. Vejo que ela fica emocionada.

— Estou orgulhosa por você ter ido lá e contente por ter-lhe feito bem. Acho muito bonito...

— Sério? Mas você acredita nesse tipo de coisas? — pergunto, surpreso.

— Não sei no que acredito, mas o que Nora lhe disse não é nenhum absurdo. Cada vez mais, sinto que minha morte não é nenhuma coincidência. É como se eu estivesse pronta.

— Você acha que ainda estaremos juntos, de uma forma ou de outra, depois, quando você não estiver mais aqui?

— Acho que sim — diz ela, decidida. — Depois, ainda estarei aí para você e para Luna.

— Também acho — concordo —, mas as pessoas dizem que muita gente começa a acreditar em Deus e na vida após a morte só porque está no fim da própria vida. Como um tipo de autoproteção...

— Não... É mais do que isso. É mais forte. Eu simplesmente sinto que ainda continuarei aqui depois. É como sentir que você gosta de alguém. Você sabe e basta. Da mesma forma que eu sabia, ano passado, no Club Med, que aquela história de você pensar que não gostava mais de mim era bobagem. É como se eu sempre tivesse gostado de você, mesmo antes de conhecê-lo...

Nesse meio tempo, deitei-me ao seu lado.

— Apesar da minha tendência egoísta?

— Você nunca deixa que lhe falte nada — ri ela — e isso nem sempre foi muito bom para mim, é verdade. Você se lembra que me arrastou, há dois anos, para o Vondelpark, no Dia da Rainha? — lembra ela.

— Aquilo eu fiz, a bem da verdade, para mim — confessei.

— Não tem importância. Aquilo foi simbólico. Pensei várias vezes naquele dia, quando eu estava arrasada e não tinha vontade para mais nada.

— E se você tivesse sabido antes como eu sou com as mulheres, ainda assim, você teria casado comigo? — pergunto.

Ela olha para mim, sorri aquele sorriso que conheço de cor, com o canto do lábio superior um pouco levantado.

— Teria, na hora!

Seguramos a mão um do outro, apaixonados, sem dizer mais nada. Ficamos assim alguns minutos. Vejo que ela fechou os olhos. Mais um pouco e ela está dormindo.

Desço e encontro Maud, Frenk e a mãe de Carmen bebericando um rosé. Estou sorrindo de orelha a orelha.

— Você parece feliz — diz Maud.

— E estou — digo, radiante. — Foi maravilhoso!

Olá, Deusa... Estou cansado e emotivo,
mas com uma sensação gratificante.
Stijn faz as vezes de Florence Nightingale.
Contei à Carmen sobre Nora.
Ela ficou feliz. Eu também. Bjs.

"Nós dois aqui, juntos/este pode vir a ser o momento"

Tröckener Kecks, "Nu of nooit" (*Eén op één miljoen*, 1987)

SEIS

De manhã, Luna está ao meu lado, na cama. Carmen está do meu outro lado, num sono profundo. Eu sussurro no ouvido de Luna que, talvez, seria divertido se ela fosse para o quarto de hóspedes, onde Frenk e Maud estão dormindo. Cheia de entusiasmo, ela pula da cama.

— Psssssssssiu! — digo, assustado. — A mamãe ainda precisa dormir mais um pouco.

— Ah, é! — diz, baixinho, com a mãozinha cobrindo a boca.

Entro no quarto onde Frenk e Maud dormem. Frenk ainda está dormindo. Maud está de camiseta, lendo. Não parecem ter tido uma noite memorável. É uma pena. Carmen teria gostado. Maud chama Luna, que pula toda animada em cima dela.

Desço e deito-me, novamente, embaixo das cobertas, ao lado de Carmen. Ela ainda está dormindo. Olho para ela, apaixonado, seguro sua mão, procurando não mexer muito. Ela respira com dificuldade. Devagar, com interrupções irregulares. É imaginação minha ou essas interrupções tornam-se cada vez mais longas? Se ela morresse agora, enquanto está dormindo, seria muito bonito. Ela parece satisfeita. De repente, dou-me conta de que nunca vi ninguém morrer. Como é que isso acontece? Quando é que o corpo decide parar um batimento cardíaco ou uma respiração? Isso ocorre paulatinamente? Dá para ver quando acontece? Ou há algo que antecede o momento derradeiro? E, então, você tem que sair correndo para ligar para o médico ou deve deixar que aconteça assim, sem mais nem menos? Não faço idéia das normas de comportamento do morrer, ou melhor, do *deixar mor-*

rer. Baseio-me na minha intuição, que diz que Carmen está em paz e que, por mim, ela poderia partir.

A respiração lenta leva dez minutos. Carmen começa a respirar normalmente de novo. Do jeito que fez durante toda a vida. Por mim, também está bem.

Vamos fazer deste dia mais um dia feliz.

"I have become comfortably numb"

Pink Floyd, "Comfortably Numb" (*The Wall*, 1979)

SETE

Quando Carmen acorda, pergunto se quer comer alguma coisa.

— Quero. Meia cápsula de morfina.

— Está doendo de novo?

Ela balança a cabeça.

— E como. Minhas costas.

— Então vou lhe dar uma inteira.

— Acha que a gente deve?

— Acho, sim. Ou você tem medo de morrer disso?

Ela cai na gargalhada.

— Seria bom demais...

De repente, seu rosto fica sério.

— Será que já não está na hora de contar à Luna que, daqui a pouco, eu não vou estar mais por perto?

— Eu já a preparei um pouquinho, esta tarde.

— E o que foi que ela disse?

— Que... — Engulo em seco. — Que vai ser bom você não sentir mais dor nem precisar vomitar.

Juntos, choramos pelo nosso solzinho.

— Você está se sentindo melhor? — pergunto depois de alguns minutos.

Carmen assente.

— Quer que eu leia os e-mails que chegaram para você?

Ela quer, sim. Como uma verdadeira estrela, ela responde a seus fãs. E, como um verdadeiro secretário, digito as respostas que me são ditadas. Em todas elas, Carmen diz como se sente feliz agora.

— Você também escreveu um trecho muito bonito no diário de Luna. Gostaria de lê-lo durante a cerimônia de despedida.

— Ah, é? Qual?

Pego o diário que Carmen está fazendo para Luna, abro-o na página em que colei um Post-it amarelo e começo a ler.

Espero, de coração, deixar algo de bom para as pessoas lembrarem e que, mais tarde, elas venham contar isso para você. Em outras palavras, eu acho — e isso não só desde que adoeci — que, se você realmente quer algo na vida, deve correr atrás daquilo! Você deve tirar de cada dia o que ele tem a oferecer, porque nunca saberá o que pode vir a acontecer. Pode ser que isso soe muito clichê, mas, no momento, não consigo pensar em outra forma de dizê-lo.

Quando trabalhei como babá em Londres, nós saíamos muito para jantar e beber no pub. Lembro-me bem que, a certa altura, eu só tinha um par de sapatos e as solas estavam furadas. Eu não tinha dinheiro para trocá-las. Isto é, se era para eu optar entre colocar solas novas nos sapatos ou me divertir com meus amigos à noite, então eu ficava com a última opção. Sempre pensei: sinto-me mais feliz fazendo algo de divertido com outras pessoas do que ficando sozinha em casa com solas novas nos sapatos.

Depois, fiz uma viagem ao redor do mundo. Ouço muita gente dizer que também teria gostado de fazer isso, mas que nunca conseguiu. Luna, muitas vezes há centenas de motivos para não se fazer algo, mas aquele um motivo para fazê-lo deveria ser o suficiente. Seria muito triste ficar se lamentando por coisas que você não fez, porque você só tem a aprender com todas aquelas que você acabou fazendo.

— É, faz sentido, ainda que seja eu que o diga — concorda ela, corando.

Depois, termino de arrumar a mala repleta de lembranças de Carmen para Luna. Ainda leio algumas cartas que amigos, parentes e colegas escreveram para nossa filha.

Ramon diz que só encontrou com Carmen uma ou duas vezes, em festas do escritório de publicidade onde papai e ele trabalhavam na época, e, portanto, ele não pode dizer muito sobre o caráter da mamãe, mas se lembra bem dela. "Lembro-me de como o papai estava orgulhoso ao apresentá-la para mim. E como eu senti inveja dele. Luna, não vou ficar enrolando e vou dizer logo o que eu acho: sua mãe era uma tremenda de uma gostosona. Direi ao papai que você só poderá ler isto quando tiver idade o suficiente. Mas sua mãe tinha umas te... uns peitos que faziam os homens se virarem. Pronto. Assim você também saberá disso. Beijos, Ramon, o amigo do papai."

Carmen ri sem parar.

— Que simpático, ele escrever isso...

Leio os e-mails que entraram ontem e hoje. Enquanto estou lendo em voz alta, Carmen adormece de vez em quando. De repente, ela está presente de novo.

— Stijn, você mandou ampliar a nossa foto de casamento?

— O quê?

— A nossa foto de casamento. Bem grande. Para colocar na lareira.

— Não mesmo...

— Eu já temia... — sorri ela.

— Essa morfina é mesmo da boa, hein?

Silêncio.

— O que foi que você disse, Stijn?

— Nada, querida... Nada mesmo.

Ela suspira.

— Estou cansada... Vou dormir um pouquinho. Vocês vêm comer comigo depois, não vêm?

Carmen tem tido alucinações por causa da morfina. Mas continua se divertindo com tudo. Estou orgulhoso e feliz por ela. Bjs.

"Aí, vamos beber, durante sete dias/aí vamos beber, que sede!/há suficiente para todos/portanto, vamos beber juntos/abra o barril/ vamos beber juntos, que sede!/aí, vamos comer, durante sete dias, aí, vamos comer..."

Bots, "Zeven dagen lang" (*Voor God en Vaderland*, 1976)

OITO

Os proprietários das lojas da Cornelis Schuytstraat está lambendo os beiços nesta reta final da vida de Carmen.Abastece-se um exército. Nugteren, o "hortifrutijoalheiro", está presente nas embalagens de tomate seco, uvas e salada crua. Nan, da delicatéssen, tem dificuldades de suprir a lista de leite, patê de pimenta, rosbife e *filet américain* (comprado pela babá sob veemente protesto), queijo de fazenda, salada de ovos e pãezinhos tanto para o café quanto para o almoço na casa de Stijn & Carmen & Luna & Maud & Frenk & a mãe de Carmen & Co. A farmácia da Cornelis Schuyt já está desconfiando de que temos planos de abrir nossa própria drogaria ou de começar uma equipe de ciclismo. Diariamente, alguém vai buscar uma nova encomenda para a Sra. Carmen van Diepen. Eles mal dão conta de nossos pedidos de Prednison, Kytril, Paracetamol com codeína, Temazepam, Primperan, bebidas vitaminadas, morfina e dos cotonetes com sabor de limão — para tirar um pouco o gosto de vômito da boca de Carmen. Quando ligo para a loja de vinhos Pasteuning e encomendo mais duas caixas de rosé, perguntam-me, rindo, se a festa não vai acabar nunca. São quatro garrafas por noite, em média. E não chego nem a computar o que vai durante a tarde. Toda vez que desço, tem gente nova no jardim, na sala e na cozinha. E todos, claro, querem ser alimentados.[49] Um

[49]De Wim Sonneveld, em "De Jongens" (*Conferences*, 1970). (*N. do A.*)

leito de morte pode ser muito animado, mas custa uma fortuna. Só agora compreendo de onde vem a expressão "os preços estão pela hora da morte".

Carmen diz que o dinheiro não traz felicidade, mas que se pode ter uma vida muito divertida com ele. Ela está adorando o fato de nossa casa ter se transformado numa pousada digna da Borgonha. Todos ainda querem ver Carmen tanto quanto podem. Ninguém quer perder nada. Há certa semelhança com eventos como grandes festivais de música ao ar livre, o carnaval ou o Festival de Jazz em Breda. É uma euforia só. Você chega quase a desejar que um leito de morte desses se torne um acontecimento anual.

Já se passou uma semana, e Carmen está indo muito bem, nestes momentos derradeiros. Melhor, até, que no início da semana. Com a morfina, ela consegue passar o dia razoavelmente sem dor. "E dá até para ver coisas diferentes, com todas essas alucinações", comenta ela. Nem mesmo os vômitos constantes a tiram do sério. Eles se tornaram tão naturais quanto assoar o nariz.

— Quer dizer que posso adiar por mais alguns dias a prescrição da bebidinha? — pergunta o nosso médico.

— Pode. Chame de prorrogação — digo.

— Ou prorrogação com morte súbita — acrescenta Carmen, rindo.

Bakker nos olha perplexo, mas também chega à conclusão de que a eutanásia neste mar de alegria[50] é um tanto quanto precipitada.

Carmen me pergunta se não quero fazer um esquema de visitas para os dias por vir. Além das visitas rotineiras dos pais e das melhores amigas, ela ainda gostaria de ver as colegas da Advertising Brokers, algumas amigas do tempo de escola e as mulheres do Muflão. Ligo para todos e monto um esquema rigoroso. Enquanto as garotas da Advertising Brokers estão no quarto, ouvem-se gargalhadas e mais gargalhadas. Passada

---

[50] "Poel van Jolijt", Henk Elsink, em *Harm met de Harp* (1961). (*N. do A.*)

meia hora, subo para avisar que o horário de visita terminou. A estrela precisa descansar. Uma hora depois, as mulheres do Muflão (pelo menos, as que continuam vivas) estão batendo à porta. E o rapaz da funerária também ficou de passar no decorrer da tarde.

"I never say die and I never take myself too seriously"

Fun Lovin' Criminals, "The Fun Lovin' Criminals" (*Come Find Yourself,* 1996)

NOVE

O agente funerário sentou-se ao lado da cama de Carmen. Como ela queria opinar na sua "festa de despedida", procurei o número de telefone de uma agência nas Páginas Amarelas e pedi para nos fazerem uma visitinha.

Mostramos para ele o projeto e o texto para os convites.

— Vejam só! — exclama o homem, surpreso. — Vocês já têm o projeto pronto para os cartões de luto.

— Os convites — corrige Carmen.

— É... Isso... Os convites.

Informamos ao agente o nosso desejo de que Carmen seja velada em casa. E que queremos que a cerimônia tenha lugar na Obrechtkerk, quase na esquina de onde moramos, de tal forma que o dobrar dos sinos a cada meia hora nos lembre de Carmen, a Luna e a mim. Deixamos claro que nós mesmos, nossos pais e amigos queremos fazer a cerimônia. Mostramos o CD de Carmen, que já está pronto há meses, e as músicas que devem ser tocadas na igreja. Ele promete verificar se a igreja tem aparelhagem de som. Eu digo que não é necessário, nós mesmos faremos isso.

Também avisamos que Carmen deseja ser enterrada em Zorgvlied e que, depois do enterro, iremos beber algo no De Mirandapaviljoen.

— E comer — completa Carmen. — Brownies, balinhas coloridas de alcaçuz, waffle com mel, sanduíche de salmão e cream cheese e sorvete Häagen-Dazs. Sorvete de baunilha com macadâmia crocante.

— O senhor não precisa anotar nada — digo, ao ver que ele começa a escrever. — Dois amigos vão cuidar da comida.

O homem começa a se divertir com a nossa abordagem.

— Será que eu ainda posso lhes ser útil na escolha de um caixão, ou já se decidiram por algum modelo? — pergunta ele, brincalhão.

— Mostre-nos o que o senhor tem na promoção — pede Carmen.

Escolhemos um caixão de madeira branca, sóbrio, com forração interna branca.

— Para ressaltar meu vestido azul da Replay — explica Carmen. Ela olha para mim. — Pelo menos, se você não se importar que eu vista esse.

Digo que o vestido lhe cai bem. A palavra "bem" quase não quer sair.

— E o carro até a igreja? — pergunta o agente funerário.

— Branco. Nada muito chamativo.

— Ótimo.

— Bem... Eu não posso dizer "até a próxima", não é mesmo?

O homem ri sem graça e vai embora.

— Teria sido engraçado se ele tivesse me desejado um final feliz — observa Carmen, depois de ele ter saído.

Naquela noite, todos jantamos novamente em volta da cama de Carmen. A costumeira forragem verde que a babá vinha nos oferecendo há uma semana começava a me contrariar. De manhã, eu havia dito à horda que seria capaz de matar por um croquete; batata frita com molho de maionese misturada com pasta de amendoim, curry e ketchup; ou um prato chinês bem gorduroso. Pelo visto, eu não era o único, portanto, dei folga à babá à noite.

Maud e Frenk foram apanhar uma refeição bem gordurosa no restaurante chinês. Há muito tempo não comíamos nada que não fosse verde ou amarelo. Assim sendo, o *babi pangang* e *ku lu yuk* são consumidos com grande alarde no quarto de dormir. A homenageada, como Carmen costuma se autodenominar, contenta-se com duas colheradas de iogurte.

Alguns minutos mais tarde, ela está enjoada. Ela faz o que pode para vomitar, mas não consegue. Nem com o dedo na garganta, o que provoca contrações da laringe, ela consegue.

— Merda, por que esse troço não sai? — xinga.

De repente, sai tudo, incluindo as poucas colheradas de cereais de hoje de manhã. Parece até uma história em quadrinhos de Joop Klepzeiker.[51] Enquanto ela vomita, beijo sua cabeça. Estendo-lhe lencinho de papel. Silêncio. Depois de um último filete de vômito, sua voz ressoa no balde.

— Deus do céu, que silêncio é esse? Alguém morreu?

Há mais alguns instantes de silêncio, até todos caírem na gargalhada.

---

[51]Personagem criado por Eric Schreurs em histórias irreverentes sobre um perdedor. (*N. da T.*)

"Though nothing/will keep us together/we could steal time/just for one day/I/I will be king/and you/you will be queen/we can be heroes/just for one day"

David Bowie, "Heroes" (*Heroes*, 1977)

DEZ

— Por cima do vestido, vou colocar aquela nova jaqueta da Diesel — diz Carmen, ao acordar de manhã. — Só não sei que sapatos usar. Provavelmente meus Pumas.

Não faço idéia de quais são. Nos últimos meses, ela sempre chegava em casa com novos sapatos, botas e roupa.

— E você? Você também vai comprar alguma coisa nova, não vai?

— Vou. Só não sei o quê. Pouco tempo atrás, vi um terno cor de areia numa loja, que também posso usar no trabalho. Ou um terno da Joop!, bem moderno, creme, quase branco, que vi na P. C. Hooft. Mas esse só dá para usar em festas.

— Então, compre esse — escolhe Carmen, animada. — Prefiro que, depois, você me associe com festas e não com trabalho.

Sorrio enternecido e abraço-a. Ela está cheirando mal. Há uma semana que não toma banho.

— Vou mimar você e lhe dar um banho.

— Stijn, não, isso não vai dar certo.

— Confie em mim — digo e vou ao banheiro. Encho a banheira e coloco um pouco do seu óleo de banho predileto. Pego a toalha mais suave que encontro no armário, separo dois paninhos para ela se lavar, e deixo uma calcinha e um pijama limpos para ela vestir. Para proteger seu bumbunzinho esquelético, cubro o fundo da banheira com três toalhas de banho dobradas. Depois, volto para o quarto.

— Hora de levantar esse rabo.

Tiro a calça do pijama e levo um susto. Ela emagreceu ainda mais nos últimos dias. Seu bumbum sumiu e também aquele pequeno "V" tão característico entre os glúteos, que sempre me excitou tanto, desapareceu.

Ajudo-a a se sentar. Tiro a blusa do pijama e levo mais um susto. Dá para contar as costelas a olho nu. O peito que sobrou é um 46 murcho. Ela está tremendo de frio. Envolvo-a rapidamente num roupão. Depois, levanto-a e coloco-a na cadeira de rodas para levá-la ao banheiro. Deixo a cadeira paralela à banheira. Ela está com medo.

— Calma. Pode deixar que não vou derrubar você.

Tiro minha calça jeans e meias, piso com um pé na banheira e o outro no chão. Ao me certificar de que estou estável, levanto-a e digo que ela só deve colocar uma perna na banheira e que não precisa se apoiar nela. Depois, a outra perna. Vou me ajoelhando e digo para Carmen fazer o mesmo. Pouco depois, ela está na água quente. Seus olhos se enchem de lágrimas de prazer. Mergulho o paninho na água quente, esfrego no sabão e começo a lavá-la.

— Ah! Que delícia! — diz ela, com os olhos fechados. Morta de cansaço e profundamente satisfeita. Escorrego o pano ensaboado por seu corpo magro. Dos pés, passo para as pernas. A partir da virilha, subo para a barriga. Lavo seu peito murcho e, respirando fundo, vou para a direita. Então, encosto pela primeira vez no lugar onde, um dia, havia outro peito. O pano na minha mão passa por cima como se fosse um lugar qualquer. Ela abre os olhos e diz, baixinho: "Vem aqui...". Curvo minha cabeça em sua direção e ela beija minha boca.

— Amo você — sussurra ela.

Quando termino de lavá-la, seco-a e faço o mesmo que há pouco, no sentido contrário. No quarto, visto-a com o pijama limpo. Não leva dois minutos e ela está dormindo.

Sentado no vaso, mando uma mensagem.

Sinto-me acabado no momento, Roos. Adoraria ouvir notícias suas em breve. Bjs?

Ela telefona imediatamente. Conto-lhe o que acabei de fazer e caio no choro. Roos me consola e diz que estas semanas acabarão se tornando um presente para o resto da minha vida. E que Frenk ligou para ela hoje à tarde e contou-lhe em detalhes tudo o que está se passando aqui. Roos diz ter orgulho de mim.

Depois de desligar, vou para o quarto e beijo suavemente a cabeça de minha Carmen adormecida. Com um sorriso de felicidade, caio no sono.

"Baby, is there no chance/I can take you for a last dance"

The Troggs, "With A Girl Like You" (*With A Girl Like You*, 1968)

ONZE

— Stijn?

— O quê? — pergunto, sonolento. Noto que a luz está acesa. Olho para o relógio. É uma e quinze da manhã. Todos na casa estão dormindo.

— Estou com fome...

— De quê?

— De... panquecas.

— Até já, então.

Pouco depois, estamos comendo panquecas, no meio da madrugada, em cima da cama.

— Acho que vou acabar vestindo os tênis Gucci em vez dos Puma.

— Hã?

— No caixão. Com o vestido azul.

Demora um pouco até eu me conscientizar do que ela está falando. Aí, dou uma gargalhada. Não consigo parar de rir. Carmen também fica com o riso frouxo.

— Pára, pára, ou vou acabar fazendo xixi nas calças... — pede ela, soluçando de tanto rir. O músculo constritor não funciona mais como deveria.

— Que tal se eu puser uma música? — pergunto, quando consigo parar de rir. — O seu CD? Você acha que agüenta?

Ela diz que sim com a cabeça. Cantamos junto, por entre as panquecas. A sexta faixa é a música que tocou quando ela entrou na igreja para nos casarmos.

— Vamos dançar? — convido-a.

— Engraçadinho!

Levanto-a. Seus pés mal tocam o chão. Ela está pendurada nos meus braços; eu a rodopio com cuidado, balançando devagar. Dançamos mais devagar do que no dia do casamento, mas dançamos. Eu, de cueca; e Carmen, de pijama de seda. Baixinho, canto no ouvido dela.

"I want to spend my life with a girl like you...And do all the things that you want me to... I tell by the way you dress that you're so real fine... And by the way you talk that you're just my kind... Till that time has come and we might live as one... Can I dance with you..."[52]

Quando a música acaba, beijo-a na boca. A intimidade torna-se maior do que durante o sexo.

Meia hora depois, acordo. As panquecas estão saindo.

— Tudo bem — diz ela, de dentro do balde. — Elas estavam uma delícia.

Ela pega um lencinho de papel e limpa a boca.

— Pronto. Agora, vou dormir de novo. Bons sonhos.

[52]The Troggs, em "With A Girl Like You" (1968). (*N. do A.*)

"Waiting for that day"

George Michael, "Waiting For That Day" (*Listen Without Prejudice*, 1990)

DOZE

Já se passaram o oitavo e o nono dias do leito de morte de Carmen. De vez em quando, ela chora. Quando a dor nas costas se torna insuportável. Quando ela tem de tossir e percebe que não consegue conter a urina. Quando alucina por causa da morfina, da qual se tornou cada vez mais dependente para não sentir dor. A maior parte do dia, ela está tão inebriada quanto um turista italiano num coffee shop de Amsterdã.

Ela também tem chorado por Luna. De quem ela só pôde gostar e desfrutar durante três anos.

— Se, pelo menos, ela fosse uma peste — diz ela, rindo por entre as lágrimas, depois de ter assistido a um vídeo da Vila Sésamo, com o corpinho de Luna junto ao seu.

Às vezes, à noite, na cama, enquanto o resto da turma bebericа rosé na sala, nós dois choramos juntos. Quando relembramos nossas férias, nossos amigos, os belos momentos que partilhamos. Mas rimos mais do que choramos.

Toda manhã, Carmen pergunta animada qual será a programação do dia. Quem vem. Nesse meio tempo, ela viu todos que queria ver. Contei rapidinho: em nove dias, trinta e seis pessoas passaram pela sua cama. Alguns vieram uma única vez; outros, eu tinha dificuldade de tirá-los de lá.

Por vezes, amigas e amigos descem as escadas em prantos.

— Ela diz que sente tanto por nós, por nos sentirmos tão tristes — soluça Anne, depois de passar uma horinha com Carmen. Subo para ver se Carmen também está tão abalada. Quando entro no quarto, ela está na beirada da cama, fumando um cigarro. Suas perninhas finas balançam de um lado para o outro, a mão que segura o cigarro treme tanto que ela mal consegue levá-lo à boca.Todo seu rosto sorri. Como se não estivesse acontecendo nada. Mentalmente, sua força supera a de todos nós durante esses seus últimos dias.

E eles transcorrem conforme esse padrão regular. Almoçamos e jantamos juntos, no quarto; Carmen continua vomitando sem perder a alegria; a babá cuida da casa reclamando e suspirando; Maud, Frenk e a mãe de Carmen recebem os hóspedes e brincam com Luna; e eu levanto Carmen, algumas vezes por dia, para o vaso portátil, além de levar baldes com cocô e vômito para o banheiro.

Pelo visto, seu fígado entregou os pontos de vez: o cocô é cinza; a urina, marrom-escuro. Os olhos de Carmen estão amarelos como folhinhas de Post-it, e fundos nas órbitas. Hoje, fui buscar as fotografias que fiz de Carmen junto com todos que a visitaram esta semana. Acho que ninguém vai querê-las mais tarde. Ela está horrível em quase todas as fotos, principalmente as dos últimos dois dias. Parece que está pesando menos de quarenta quilos. E acho que é isso mesmo.

Quando estou esvaziando o balde de vômito pela enésima vez nesse dia, ouço-a chamar.

— Stijn, rápido... Estou apertadíssima, de repente...

A fralda geriátrica que comprei ontem funciona em casos de incontinência por tosse ou riso, mas não segura uma mijada completa. Corro em sua direção.

— Pode ficar deitada. Vou empurrar o vaso por baixo.

— Não... Não estou agüentando mais — grita ela, em pânico. — Já estou fazendo, Stijn...

Rapidamente, pego algumas toalhas no armário, desço a calça do pijama de Carmen, empurro uma toalha dobrada embaixo do bumbum e outra, entre as pernas. Ela molha tudo. E cá estou eu. Segurando uma toalha contra sua xerequinha. Aquela xerequinha que me deixava louco. Sua xerequinha, que lambi centenas de vezes. Onde enfiei meu pau, meus dedos, minha língua, tudo que nos dava vontade. Sua xerequinha, onde gozei uma vez e outra, e de novo, e mais uma vez, e ainda outra na primeira noite depois de ter saído com ela. Sua xerequinha, que ela segurava aberta, com as duas mãos, para me excitar ainda mais. Sua xerequinha, que ela me incitava a foder mais e mais, aos gritos. Aquela xerequinha, que estou secando agora, com uma toalha de banho, porque o meu amor não consegue mais conter sua urina. Carmen chora de vergonha.

— Não faz mal, querida... — sussurro. Seguro-a e beijo-a toda. Meu montinho de ser humano fantástico.

Depois de lavá-la entre as pernas e as coxas, deito-me com ela e passo a mão no seu rosto. Ela está triste.

— Você também não vai agüentar isso, não é, Stijn? Tenho medo de que ainda continue deitada aqui por semanas e que a situação só piore — soluça ela. — Não sei se quero continuar...

Um ligeiro choque percorre meu corpo. Procuro as palavras.

— Querida, sempre pensamos juntos antes de tomar uma decisão, mas esta só você pode tomar. Sinto-me feliz por poder cuidar de você e não me importo de continuar fazendo isso durante semanas a fio. Mas, se você não quiser continuar, também vou compreender. O que quer que você decida, aceitarei em paz.

Ela balança a cabeça.

— Que bom! Eu já vi todos que queria ver e fiz o queria fazer. Eu disse tudo o que queria dizer. Quero pôr um fim nisso. Amanhã.

— Você tem certeza?

— Tenho.

— Então, vou ligar para o médico agora.

"I've lived a life that's full/I travelled each and every highway"

Frank Sinatra, "My Way" (*My way*, 1969)

TREZE

Devagar, o nosso médico sobe as escadas na minha frente. Ele sustenta as costas com as mãos de forma significativa. Eu me recuso a fazer qualquer pergunta a respeito. Eu agüento os suspiros da babá porque me divirto ao reclamar deles com Frenk, Maud e a mãe de Carmen. Mas um médico não tem nada que ficar reclamando. Principalmente quando minha mulher está sob o efeito de morfina e com a morte marcada para amanhã.

— Como vão as costas? — pergunta Carmen quando ele entra no quarto.

Antes que ele consiga responder, lanço-lhe um olhar irritado.

— Estão indo. Mas as coisas estão retrocedendo rapidamente com você, não é mesmo? — apressa-se a perguntar.

— Estão, sim. Sinto ainda mais dor do que ontem e há horas que não me lembro de mais nada. Não quero continuar assim. Quero pôr um fim nisso amanhã — afirma, decidida.

Bakker a olha de forma penetrante.

— Está bem. Vou lhe dizer o que vai acontecer. Vou trazer um líquido para você tomar amanhã. Você deve beber tudo. Em meio minuto, acabou. Você não vai sentir nada.

— Soa convidativo — diz Carmen.

O médico ri.

— Você gostaria que alguém estivesse presente quando acontecer?

— Somente o Stijn — responde ela, sem titubear.

Fulguro de orgulho, como se ela tivesse acabado de me convidar para assistir à final da Liga dos Campeões do seu camarote VIP.

— Bem — conclui o médico — então, vou ligar amanhã de manhã e, se você não tiver mudado de idéia, volto no fim do dia.

Não quero nem pensar no momento em que aquela campainha vai tocar, amanhã à tarde. É como se o carrasco batesse à porta.

No andar de baixo, conto que Carmen pretende fazer eutanásia amanhã. Todos suspiram aliviados. Agora, está tudo acertado. Frenk, Maud e a mãe de Carmen ocupam-se em arrumar o quarto onde ela será velada. Anna leva Luna para o Centro, para comprar grampos com girassóis para colocar no seu cabelo. Sento-me no jardim, com o laptop no colo, para fazer o mais belo discurso que tenho dentro de mim a partir da carta de Carmen para Luna.

No fim da tarde, vou para o quarto.

— Terminei o discurso...

— Posso ouvir? — pergunta ela, com os olhos brilhando.

— Pode.

E eu começo a ler. Ela ouve, com os olhos fechados.

... Você escreveu para Luna que queria deixar algo para as pessoas próximas. Que elas devem desfrutar de cada dia. Desfrutar do seu enterro. Do resto de suas vidas. Do amor, da amizade, das roupas bonitas, das coisas pequenas e das elegantes. Desfrutar é uma arte de vida. Sua profissão foi ser artista da vida.

— E, depois, leio o texto que você escreveu para Luna.

Olho para Carmen. Ela enxuga as lágrimas.

— Você é meu herói — sussurra ela.

Carmen decidiu se despedir amanhã à noite.
Estarei presente. Você estará livre na terça
à noite para mim? Vou precisar de você. Bjs.

"Se você estiver mascando a cartilagem da vida/não reclame, assobie/a vida é uma gargalhada e a morte é uma piada. É verdade"

Monty Python, "Always Look at the Bright Side of Life" (*A vida de Brian*, 1979)

CATORZE

Naquela noite, fico acordado durante muito tempo. Por causa daquilo que não tenho coragem de dizer a ninguém. Na verdade, não me sinto à vontade de assistir ao vivo, pela primeira vez na minha vida, à morte. Já vi gente morta algumas vezes. Dois deitados num caixão e, uma vez, um na rua. Por sorte, esse estava debaixo de um carro e não consegui ver direito. Portanto, ele não conta.

Os dois nos caixões eram uma tia minha — e ela era tão feia em vida que nem me assustei quando a vi morta — e minha avó, que eu detestava. Mesmo não tendo nenhum vínculo mais forte com esses dois corpos, não posso dizer que me senti bem ao vê-los. Não, não sou fã da morte. E ver alguém morrer ao vivo não me parece nada divertido.

Devo dizer que considero esse meu temor um tanto maricas. Carmen não está com medo e é ela, afinal, quem vai morrer. Eu só vou assistir à morte. Mas não é só uma morte. Pela primeira vez vou ver alguém morrer, e tem que ser logo minha mulher. Quero dizer, quando se é um jogador de futebol, em início de carreira, você começa jogando num timeco de terceira, não é? Por que eu não posso começar a me acostumar vendo alguém morrer com quem não tenho nenhum tipo de relação? Um passante ou alguém enfartando na arquibancada do Ajax? Por que tem de ser logo a Carmen que vou ver morrer amanhã?

E tem mais uma coisa: devo ligar para a agência funerária amanhã e avisar que vamos, realmente, fazer uso da opção de embalsamamento e, de preferência — mas, também, com urgência —, logo depois da morte assistida de Carmen, digamos, por volta de sete horas? Com uma hora de margem mais ou menos; isso é possível ou é difícil de ser planejado? Ou será que temos que fazer reserva com antecedência? Ou pode ser que eu ligue para ele hoje à noite e ouça que deveria ter passado essa informação muito mais cedo, porque agora tem uma fila de seis mortos na nossa frente e só teremos vaga lá para o fim da semana.

E depois? Tenho que dormir, como se nada tivesse acontecido, naquela mesma cama em que Carmen morreu e foi lavada duas horas antes? Será que posso dizer que acho tudo isso um tanto lúgubre?

Está vendo? Essas coisas eles não contam naquele site sobre eutanásia.

"And I know it aches/and your heart it breaks/and you can only take so much/walk on, walk on"

U2, "Walk On" (*All That You Can't Leave Behind*, 2000)

QUINZE

Carmen me acorda. São seis e meia da manhã. Ela está chorando. Tomo-a nos braços e aperto-a contra mim.

— Este é meu último dia...

— Você prefere continuar?

— Não... Mesmo assim... É tão esquisito... Você ainda faria uma coisa para mim?

— O quê?

— Os visitantes extras que aparecerem hoje, você poderia mandá-los embora? Acho que eu não conseguiria fazer isso... E não quero perder tempo que poderia passar com a Luna e com você...

Carmen determinou ontem quanto tempo quer passar com cada um, quem deve vir junto e quem, separado. Como uma estrela do rock lida com entrevistas.

— E você pode ligar para o médico, por favor? Pode dizer que está de pé.

> Oi. Será um dia difícil. Todos estão tristes,
> mas também aliviados porque chegou o dia.
> Pense muito em mim e acenda uma vela
> extra para a Carmen. Bjs.

Os primeiros a subir são Thomas e Anne. Eles ficam mais de uma hora com Carmen. Depois, eles descem. Anne se segura. Thomas pergunta se não posso acompanhá-lo. Estamos na cozinha. Seus olhos estão vermelhos.

— Já sinto falta dela, merda!

Ele põe o braço em volta do meu pescoço, segura minha cabeça entre suas mãos grandes e me beija na testa. Pela primeira vez desde que o conheci, o "Urso de Maarssen" me beija.

— Stijn... Eu, hã... quero dizer que não tenho sido sempre, hã... um bom amigo neste último ano. Não sou muito bom com... as palavras quando a coisa é séria. E... quem sabe... eu também tenha me enganado um pouco, hã... no que diz respeito a você. Carmen me contou sobre aquela, como é mesmo o nome, Toos, do Muflão. Que ela e o marido estavam separados. E sobre as quimios, e que você sempre era o único acompanhante. E como você a ajudou todo esse tempo a segurar essa barra. E como você a tem feito feliz durante estas últimas semanas. Eu... Sabe, cara... Estou tão orgulhoso de você!

Ele me abraça com tanta força que temo acabar com o mesmo problema nas costas que aflige o nosso médico, mas acho o momento tão bonito que não pretendo começar com frescura. Choramos, os dois. Em seguida, caímos na gargalhada.

— Pronto, chega, sua bichona... — digo, rindo, com o nariz escorrendo.

— É mesmo, palhaço.

— Babaca.

— Veado.

Com os braços nos ombros um do outro, vamos para o jardim. Maud olha para nós como se visse Louis van Gaal cantar um dueto com Johan Cruijff.

Frenk está com um sorriso animado quando desce as escadas.

— Foi tão divertido. Ainda rimos à beça.

Maud volta soluçando.

— Foi maravilhoso. Ela parece aliviada.

A maioria não toma a iniciativa de descer e cabe a mim pôr, discretamente, um fim à sessão. Carmen deleita-se como uma rainha com todo o carinho que recebe e com as conversas comoventes. Não demora muito e estamos uma hora e meia atrasados em relação ao esquema. Eu realmente não tive coragem de me portar como um policial e expulsar do quarto aqueles que ainda não estavam prontos. Mas também não me agrada ficar com as sobras dos minutos de vida de Carmen e acabar me faltando tempo com ela.

— Você se importa se eu ligar para o médico e avisar que vamos nos atrasar um pouco? — pergunto.

— Nem um pouco. Está tão animado assim. E também não temos pressa.

Ligo para o médico e pergunto se ele não se importa em vir às sete e meia, em vez de cinco e meia, porque "ela está se divertindo tanto".

A mãe de Carmen é a última antes de Luna e eu. Ela volta do quarto em quinze minutos. Estou pronto para ampará-la, mas ela não está emotiva. Parece feliz.

— Nós já nos havíamos dito tudo — comenta ela. — Ela disse apenas: "Até sexta-feira, no enterro".

"Never forget who you are/little star/never forget where you come from/from love"

Madonna, "Little Star" (*Ray Of Light*, 1998)

DEZESSEIS

Hoje, Luna ficou na creche apenas na parte da manhã. Eu não queria confrontá-la o dia todo com pessoas aos prantos. A caminho de lá, expliquei que os médicos não conseguem mais fazer nada para que a mamãe melhore. Luna reagiu com um contido "Hum". Disse-lhe que ela veria a mamãe pela última vez logo mais, à tarde. E que mamãe ia morrer depois.

— Feito o passarinho? — perguntou ela.

— Isso mesmo — engoli em seco. — Feito o passarinho.

— E feito Elvis e Beavis?

— É — ri. — Feito Elvis e Beavis.

— Mas a mamãe não vai para o vaso. Ela não vai para o céu dos peixes.

— Não, a mamãe vai para o céu das pessoas. Lá, ela vai se tornar o anjinho mais camarada de todos.

Acabei de ligar para ela. As professoras da creche, que eu já vinha informando há algumas semanas sobre o desenrolar dos fatos no front, disseram-me que Luna havia contado às demais crianças, cheia de orgulho, que a mamãe ia morrer logo mais, à noite, e se transformaria num anjinho. De repente, Luna se tornara a menina mais popular do grupo.

Tenho um nó na garganta quando entro no quarto com Luna. Carmen começa a chorar assim que nos vê.

— Você não quer explicar? — pergunta ela, com a voz embargada.

Digo que sim com a cabeça.

— Luna, vem para o colo do papai, vem! — Nos sentamos ao lado da cama de Carmen. Luna está muito calma. Muito compenetrada, ela estuda a mamãe dela. Sem desviar o olhar, não pára de fitá-la.

Eu começo.

— Eu disse para você que a mamãe está muito doente e que ela vai morrer hoje, não foi?

A cabeça de Luna balança.

— O médico vem daqui a pouco e vai trazer algo para a mamãe beber. Assim que ela terminar de tomar, a mamãe vai dormir. Mas não vai ser um soninho de verdade, porque, depois, a mamãe não vai acordar mais. Ela não vai sentir mais dor nem vai estar mais doente.

— Ela não vai mais vomitar?

— Não, ela... — Tenho que interromper ao ver as lágrimas de Carmen tremerem sobre sua bochecha. — ...ela não vai mais vomitar.

Enquanto isso, Carmen pega a mãozinha de Luna e começa a acariciá-la.

— E aí ela morre, muito tranqüila.

— E aí ela fica num caixão?

— Isso mesmo. Ela fica num caixão.

— Feito Branca de Neve?

— Quase, porque a mamãe é muito mais bonita — digo, com o rosto encharcado de lágrimas.

Luna olha pra mim e me beija na bochecha. Eu continuo.

— Depois, colocamos o caixão na sala, com uma tampa de vidro. A mamãe vai estar com seu vestido mais bonito.

— Qual é o vestido? — pergunta Luna, curiosa.

— Aquele azul — responde Carmen.

— Espere um pouco, vou buscá-lo — ajudo.

Pego o vestido da Replay, que já está preparado há dias, pendurado do lado do armário, atrás da sua cama.

— Bonito, não acha? — pergunto.

Luna concorda.

— Aí, poderemos olhar para a mamãe durante alguns dias ainda, tanto quanto quisermos, mas ela não vai dizer mais nada.

A cabecinha de Luna balança de novo. Ao que parece, tudo soa bastante natural para ela.

— Depois que a mamãe passar alguns dias na sala, vamos para a igreja com uma porção de amigos dela, cantar e contar histórias bonitas sobre ela. Aí, vamos enterrar a mamãe. Igualzinho ao passarinho do livro, lembra?

Vejo que ela está um pouco desapontada.

— Mas a mamãe não ia para o céu?

Carmen ri.

— E vai, mas isso é muito difícil de explicar. Nem gente grande entende direito — justifico-me. — Acho que o corpo da mamãe fica enterrado, mas quando ela vai para o céu, recebe outro corpo.

— Claro! De um anjinho — grita Luna, toda animada.

— É... — concordo, mordendo o lábio.

— Mas eu acho triste que a mamãe vai morrer.

— Eu também, querida — sussurra Carmen. — Eu também.

— Aí eu não vou poder mais ver você?

— Não. Só mais tarde, quando você for bem velhinha e também morrer, acho que aí vamos nos ver de novo... — diz Carmen.

— Hum...

— Por isso, a mamãe e eu colocamos um monte de coisinhas da mamãe naquela mala ali. Depois, quando você for um pouco maior, você vai poder ler e ver tudo.

— E o papai sempre vai poder contar de tudo sobre mim para você. E uma mamãe nova, também, depois — completa Carmen.

Silêncio.

— E então? — pergunto a Carmen, sem saber como formular de outra maneira se ela está pronta para se despedir da filhinha.

— Vamos lá — responde Carmen, chorando.

Ela estende os braços. Coloco Luna no chão. Ela está de pé, agora, ao lado da cama da mãe.

— Amo você, querida — diz Carmen.

— Amo você — responde Luna, confusa.

E ela começa a beijar Carmen. No rosto todo. Enche-a de beijos. Como nunca havia feito antes. Luna beija a bochecha de

Carmen, seu olho, a testa, a outra bochecha, a boca... Luna enxuga uma lágrima de Carmen. Sinto meu coração doer. Daria tudo para poder reverter isso, eu faria..., eu faria...

Não há nada que eu possa fazer.

A não ser ajoelhar-me ao lado de Carmen e Luna e fazer um carinho grupal pela última vez.

Depois, desfaço meu abraço e caminho com Luna na direção da porta. Carmen se despede.

— Tchau, filhinha querida — repete ela, mais uma vez, com uma tristeza dilacerante.

Luna não diz nada. Ela acena para Carmen, com uma das mãos na minha. E manda um beijinho para ela. Carmen põe a mão na boca e continua chorando.

Luna eu saímos do quarto. Carmen nunca mais verá Luna.

Ó Deus, permita que haja um céu onde elas possam se reencontrar!

Por favor.

Por favor.

Por favor, Deus.

"Pode ir/vou ficar mais um pouco/mas ainda quero lhe agradecer/
pelo que você fez/a despedida sempre chega cedo demais"

Tröckener Kecks, "Een dag zo mooi" (*Andere plaats andere tijd*, 1992)

DEZESSETE

Já nos dissemos tudo o que tínhamos a dizer. Mesmo assim, ainda teremos uma hora e meia juntos, antes de o médico chegar. Como se estivéssemos de férias e tivéssemos de esperar aquela última hora pelo ônibus que nos levará ao aeroporto. Quero fazer uma despedida no estilo da Carmen. Pego a câmara de vídeo, ligo-a e filmo o texto que Maud e Frenk pintaram na parede da sala, hoje pela manhã. Tiro minha calça jeans e a camiseta e coloco a camisa que já está separada desde cedo. Da mesma cor do vestido de Carmen. Depois, tiro o terno creme quase branco da sacola de plástico da Oger e visto-o.

No quarto, fico em pé na frente da cama e estendo os braços.

— Olha aqui! "*Shopping is healthy!*" Ir às compras faz bem à saúde! — digo.

Seus olhos começam a piscar.

— Você comprou!

— Para você. O que é que você acha?

— Lindo! — Ela está emocionada. Ri e chora ao mesmo tempo. E faz um gesto para eu dar uma voltinha. — É lindo... E lhe cai como uma luva. Você sempre vai pensar em mim quando estiver com ele?

— Sempre. Para qualquer festa que eu for.

— Então, eu tenho certeza de que você vai pensar muito em mim — debocha ela.

Deito-me ao seu lado e abraço-a o quanto posso. Ficamos em silêncio minutos a fio.

— Estou curiosa para saber como é do lado de lá — admite Carmen, de repente. Ela diz isso como se estivesse a ponto de ir assistir a um filme do qual já se falou muito. — Estou feliz por ter chegado a hora. E, embora eu vá sentir saudades da Luna e de você, não gostaria de estar na sua pele. Sozinha com a Luna, sem você... Eu não teria forças suficientes. Não gostaria de trocar com você...

— Nem eu com você...

— Que sorte a nossa, então! — Carmen ri.

Conversamos, como tantas vezes durante as últimas semanas, sobre "Nós". O que fez com que nos apaixonássemos um pelo outro e do que nos orgulhamos no outro, o que aprendemos um com o outro e tudo pelo que passamos juntos. Estamos felizes por termos podido ser "Nós". Que se danem todas as brigas, os problemas, o câncer, a noite do acidente de carro, Pim, Sharon e todas as mulheres com que transei. Menos Roos. E Maud.

— Vamos tirar nossas alianças? — pergunto, com cuidado.

— Vamos...

Seguramos um a mão do outro e repetimos o ritual da nossa cerimônia de casamento. No sentido contrário. Coloco as alianças dentro de uma caixinha de jóias de prata e guardo-a na mala com lembranças para Luna.

Carmen olha para o anel que tenho no outro dedo anular.

— Posso colocá-lo mais uma vez em você? — pergunta ela, um tanto envergonhada.

Tiro o anel que ela me deu há meio ano e devolvo-o a Carmen. Ela tenta ler o texto que havia mandado gravar do lado de dentro, mas não consegue.

— "Para meu grande amor. Beijos, Carmen" — leio para ela.

— Ah, sim! — exclama ela, satisfeita, enquanto olha para o anel.

Ela tenta colocá-lo no meu dedo, mas faltam-lhe forças. Empurramos juntos.

— Você vai mantê-lo aí?

— Para sempre.

— Que bom! — diz, baixinho.

Silêncio.

— Ainda tenho mais uma coisinha para animar você — lembro.

Pego a câmara de vídeo. Nos últimos dias, filmei nossa casa toda. A casa que compramos juntos, da qual Carmen só viu este quarto durante os últimos onze dias, com exceção dos quinze minutos no banho. A minha voz na fita faz comentários.

> Olá, Carmen. Já faz um tempinho, portanto, se não consegue mais se lembrar: este é o nosso jardim. Aqui está o novo guarda-sol, sob o qual, mais uma vez, encontramos Frenk, Maud e sua mãe se embebedando desde às onze da manhã, enquanto sua melhor amiga e filha se encontra na cama, doente. — *Risos.* — Talvez vocês até consigam se esforçar para demonstrar um mínimo de educação e fazer um brinde a Carmen? — *Eles fazem o brinde, na maior algazarra.* — Dá para perceber que Maud mal consegue levantar o copo e que sua mãe já fala com dificuldade graças à bebida. — *Protestos...*

Carmen ri.

> ... Continuamos em direção ao saguão e veja só: o lustre que você já havia comprado semanas atrás e que Manus Rick tinha tanta preguiça de instalar... Ele acabou pendurando-o às pressas. Vemos — *estou subindo as escadas* — a exposição das belíssimas fotos que compramos na Irlanda e que, finalmente, estão na parede, exatamente no lugar onde você achou que não ficariam bem e eu, sim. Pensei que este seria o momento certo, já que você não consegue mais sair da cama...

Carmen dá uma gargalhada.

> ... E chegamos à sala. Cá estão Anne e Thomas, sentadinhos, comendo um croquete. Correção: vejo que Thomas tem dois, provavelmente como complemento da recém-servida papinha vegetariana preparada pela babá.

— Oi, Carmen!!! — *gritam os dois, de boca cheia, para a câmera.*

Como você pode ver, o ambiente está se corrompendo desde que começamos a receber freqüentes visitas dos nossos amigos. Comer de boca fechada ainda não é um hábito em Maarssen. E, aqui, ainda vemos uma foto de você nua, presente seu para o meu aniversário, que faz até o Frenk ficar excitado...

Carmen ri balançando a cabeça.

... E, finalmente, — *a câmera se vira para a outra parte da sala em L, onde vemos um espaço vazio, cheio de vasos nas laterais, metade dos quais ainda estão vazios* — aqui está o lugar de honra onde... — *a voz na fita de vídeo hesita por um instante e fica mais baixa* — ... onde você ficará em breve...

Carmen engole em seco e pega minha mão. Pergunto se devo fazer uma pausa, mas ela diz que não.

... Temos, aqui, uma foto de você, Luna e eu, que mandamos fazer pouco antes de você ficar careca pela segunda vez. Pendurei-a ontem, aqui na sala.

Carmen assente satisfeita e diz baixinho: "Ótimo lugar".

... E, finalmente, mas não menos importante — *a câmera faz uma panorâmica passando pela mesa em frente à janela, onde os vasos estão prontos para receber as flores, indo para a outra extremidade da sala* —, um texto que Frenk e Maud pintaram na parede, a pedido meu, e que sempre me lembrará de você, enquanto Luna e eu morarmos nesta casa... — *a lente da câmera se aproxima e mostra duas palavras que foram borrifadas com tinta cinza-prateada, em enormes letras maiús-*

culas; a voz se cala quando a câmera mantém as duas palavras durante segundos no foco.

— "Carpe Diem…" — sussurra Carmen, imóvel, enquanto olha para o pequeno monitor da câmara. Ela balança a cabeça e me olha, enternecida. — Maravilhoso. Até a casa já está arrumada.
A campainha toca.

"No alarms/no surprises/silence"

Radiohead, "No Surprises" (*OK Computer*, 1997)

DEZOITO

O nosso médico sobe as escadas com uma maletinha na mão. Ele está de bom humor e nos cumprimenta, todo alegre.

— Pronto — diz ele e se senta numa cadeira ao lado da cama.

— As suas costas melhoraram? — pergunta Carmen.

Ele começa a explicar onde as costas doem, quanto tempo vai levar até o incômodo passar de vez e como essa dor é desagradável. Carmen escuta educadamente. Dessa vez, deixo-o falar. Pelo menos, alivia um pouco a tensão.

— Mas não sou eu quem importa — ele muda de assunto. — Que coisa, moça... ter um câncer desses tão jovem, isso é raro. Você realmente teve um azar e tanto...

— É, acho que sim... — responde Carmen, olhando para mim.

Não acreditamos mais em azar. Azar não existe. Coincidência não existe. Acreditar em coincidências é ofender a vida. Aconteceu como tinha de acontecer. Algum dia, descobriremos o motivo. É possível que Carmen já saiba dentro de uma hora. Mais um pouco e eu seria capaz de invejá-la.

— Quer que eu prepare as coisas? — pergunta o doutor Bakker.

Balançamos a cabeça, sem dizer uma palavra. Ele tira uma garrafinha da maleta.

— Você teria um copo grande para mim, Stijn?

Desço correndo para a cristaleira e olho para os copos. Bem... E agora, que tipo de copo se costuma usar para isso? Pego um para drinques longos, que me parece neutro, e procuro memorizar "NÃO SE ESQUEÇA DE JOGAR ESTE COPO FORA DE-

POIS". Basta um descuido, alguém ainda bebe do copo hoje mesmo e eu terei dois enterros para organizar.

Com cuidado, Bakker esvazia a garrafa no copo. Ele está pela metade.

— Parece até água — compara Carmen.

— O gosto é de anis. Você deve beber devagar, de uma vez só.

Carmen compreendeu.

— E, dentro de uns dez segundos, você vai perceber que vai ficar sonolenta. Por isso, vocês devem se despedir antes de você beber. Porque, depois, tudo é muito rápido.

— Está bem.

— Você está preparada, Carmen? — pergunta o médico, cerimonioso.

— Completamente — responde ela, sorrindo.

— Então, é melhor vocês se despedirem agora.

Deito de lado e movimento minha cabeça na direção de Carmen. Ambos estamos rindo de nervoso. Sussurramos.

— Estou contente por ter sido sua mulher — murmura ela. — Estou muito feliz agora.

— As pessoas que não estiveram aqui, dentro desta casa, jamais vão conseguir acreditar...

— Mas é verdade. Muito obrigada por tudo, Stijn. Amo você. Por toda a eternidade.

Engulo em seco.

— Também amarei você para todo o sempre, Carm...

O médico permanece de braços cruzados, olhando para fora.

— Aproveite bem o resto da sua vida — aconselha-me ela e faz um carinho no meu rosto.

— Vou, sim. E cuidarei bem da sua filha.

— Até a vista, amor da minha vida...

— Até a vista, querida...

Nós nos beijamos e Carmen avisa o médico que está pronta.

— Stijn, você pode me ajudar a sentar a Carmen e colocar algumas almofadas atrás das suas costas? Fica mais fácil para ela beber.

Ajudamos Carmen a se erguer. Não precisamos fazer muita força.

O médico lhe dá o copo.

Carmen ainda olha para mim uma última vez. Ela sorri. Pego sua mão.

— É agora! — diz Carmen. Ela encosta o copo na boca e começa a beber.

Enquanto o médico olha concentrado e diz, calmamente, "continue bebendo... continue bebendo... continue bebendo", sinto, pela enésima vez nestes dois últimos anos, um orgulho indescritível da minha mulher.

O copo está vazio.

— O gosto não é nem ruim — comenta Carmen. — Parece até licor de anis...

— Pois é — concorda o doutor Bakker, enquanto retira os travesseiros de trás de Carmen.

Carmen se deita de novo. Mais uma vez, olha para mim. Satisfeita, calma, cheia de amor.

— Mmmm... Que sensação gostosa — diz ela, após alguns segundos, como se estivesse num banho quente. Seus olhos estão fechados.

Bakker olha para mim e pisca. Tudo bem, a intenção dele é boa.

Eu não paro de acariciar a mão de Carmen. Bakker toma o pulso da outra mão dela e olha para o relógio.

— Veja, agora ela se foi — diz ele, baixinho, olhando para Carmen.

Eu também olho para Carmen. Minha Carmen. Ela não se mexe mais.

— Nada disso, eu ainda estou aqui — diz Carmen, de repente, baixinho, e abre brevemente os olhos.

Eu não me assusto, só sorrio.

Depois, Carmen não diz mais nada. Sua respiração diminui. Seu pulso também, diz o médico.

— Mais um minuto, e ela irá — afirma ele.

Passa-se o minuto e a respiração de Carmen se torna irregular.

— Não se assuste — diz o doutor Bakker. — Ela não está sentindo mais nada.

Passam-se dois minutos e Carmen continua respirando de vez em quando.

— Vamos, mocinha, é hora de desistir — aconselha o médico.

Mais um minuto se passa.

— Como ela é forte, meu amigo!

De novo, sinto orgulho de Carmen, embora não saiba se orgulho é a palavra certa ao se referir ao corpo de sua mulher, que não quer desistir, enquanto a própria dona do corpo, Carmen, já desistiu.

Passa-se mais algum tempo. Carmen respira devagar. Ela gargareja de vez em quando.

— Tudo isso tem uma aparência mais aflitiva do que realmente é — consola-me o médico.

Eu não estou sentindo nenhuma aflição. Só acho duro para a mãe dela, que deve estar preocupada no jardim, perguntando-se o que está acontecendo. Talvez ela esteja até pensando que Carmen mudou de idéia.

Cinco minutos depois — enquanto o médico está falando sobre os aspectos jurídicos da eutanásia ativa e passiva, sobre suicídio assistido e outras miudezas terminais, e eu mal respondendo sem perder Carmen de vista — ele sugere dar-lhe uma injeção na veia.

— Ela não vai sentir nada?

— Não, nada.

— E aí, o corpo também desiste.

— Também. Ela morre de imediato.

— Faça isso, então.

Bakker remexe na maleta. Ele tira uma seringa, enche-a com um líquido igualmente incolor, coloca-a na mesinha ao lado da cama. Ele começa a procurar uma veia adequada... Que ele não acha. De repente, passam pela minha cabeça os problemas durante a quimioterapia. As veias de Carmen encontram-se, ao que parece, bem abaixo da pele. Bakker amarra um torniquete no braço dela e começa a procurar, procurar, e... Nada.

— Você pode chegar um pouco para o lado? — pede-me enquanto sobe na cama d'água, do outro lado, com a seringa em uma das mãos e todo o peso do corpo apoiado na outra. Ele está arriscando a vida naquela posição e não sei se devo olhar preocupado ou se começo a ficar com o riso frouxo. Se ele perder o equilíbrio, acabará injetando em si mesmo aquele líquido para eutanásia. Parece até um novo provérbio: quem prepara uma seringa para o próximo acaba caindo nela. E eu fico com um médico morto e um quase-morto corpo de Carmen. Vai explicar isso à polícia.

Bakker também não acha uma veia no outro braço de Carmen. Ele ainda tenta algumas vezes, mas em vão. A agulha não encontra uma veia. Não há como não rir da situação. O corpo dela está tão acostumado a gozar a vida que se recusa a partir.

— Então, terá que ser na virilha — informa Bakker.

Já se passaram vinte e cinco minutos desde que ela bebeu o líquido.

— Consegui! — grita Bakker, animado.

Quinze minutos depois, Carmen deixa de respirar.

Acaricio sua mão, beijo-lhe a testa e sinto uma lágrima descer pelo meu rosto.

— Adeus, minha Carmenzinha querida... — sussurro.

O médico já não me escuta mais. Ele está ligando para outro médico, que deve chegar logo para comprovar se a eutanásia ocorreu dentro das normas técnicas e jurídicas.

Vou ao jardim e digo que Carmen faleceu. Todos reagem resignados. Aliviados, mas sem coragem de dizê-lo.

Frenk e Maud apenas balançam a cabeça.

Thomas fita à sua frente. Anne segura sua mão.

Luna está animada, apertando o nariz da mãe de Carmen enquanto solta gritinhos.

A mãe dela, sua filha, a amiga deles, minha mulher morreu.

"Amor, o que é amor, então?"

André Hazes, "Wat is dan liefde?" (*'n Vriend* 1980)

"Às vezes, é melhor perder algo/melhor perder algo do que nunca ter tido"

Rowwen Hèze, "Heilige Anthonius" (*Water, lucht en liefde*, 1997)

EPÍLOGO

Assistimos, todos juntos, ao "The Artist Formerly Known As Carmen".[53]

Bem, o que se pode dizer. Não se parece com quem Carmen era. Carmen desapareceu — sabe lá Deus para onde — e, distraída, deixou seu corpo para trás. Independentemente do ponto de vista — o que aqueles assistentes da agência funerária estão fazendo com aquelas luvinhas horripilantes, sem um pingo de pudor?... Saímos depressa do quarto... —, aquilo não passa de um corpo. Mortinho da silva.

Ainda bem que Carmen está morta. Se ela tivesse visto os homens que estão... hã... preparando seu corpo, ela teria acabado enfartando. Quando os vi entrando lá embaixo, há pouco, seguindo o chefe sem fazer um ruído sequer, os braços piamente cruzados sobre a barriga, senti uns calafrios. Profissionalmente, deram-nos os pêsames enquanto estendiam a mão para a mãe de Carmen e para mim. Um deles fugiu direto dos quadrinhos do Lucky Luke. Bochechas caídas, cabeça raspada e postura e olhar de abutre. Curvado, só esperando a oportunidade de começar a trabalhar. Seu colega parece com o gordo da Família Adams. Naturalmente careca, inchado, e desconfio até que tenha se contido há pouco para não lamber os beiços diante da perspectiva de trabalhar com o corpo de Carmen. Tenho certeza de que fizeram do hobby um ganha-pão.

---

[53] "A artista que atendia pelo nome de Carmen". (*N. da T.*)
Adaptado de TAFKAP, The Artist Formerly Known As Prince. (*N. do A.*)

Enquanto o agente da funerária me explica, na parte Carpe Diem da nossa sala, como funciona o sistema de ventilação sobre o qual ficará o caixão de Carmen, vejo o abutre descendo as escadas. Vislumbro a maca que ele está carregando junto com o gorducho. Não quero assistir a isso. Saio para o jardim, mais que depressa.

Finalmente, a mãe de Carmen e eu somos chamados para olhar. Damos um profundo suspiro e entramos na sala. Logo, verei o corpo de minha mulher dentro do caixão.

Não está nada mal. O vestido de um azul intenso, da Replay, e o casaquinho jeans da Diesel lhe caem bem. Anne prometeu que a maquiará amanhã. Partimos do princípio de que o corpo de Carmen é tão vaidoso quanto ela mesma foi.

Anne e Thomas se despedem e vão para Maarssen. A mãe de Carmen vai dormir. Frenk, Maud e eu ainda abrimos uma garrafa de vinho. Conversamos sobre tudo que ainda temos que fazer nos dias que se seguem. O enterro será na sexta-feira.

— Vocês já ligaram para todo mundo? — pergunto.

— Já. Família, amigos, colegas. Todo mundo.

— Que bom! — digo, olhando para minha taça de rosé.

— A Roos já está sabendo? — pergunta Frenk.

— Ainda não — digo, balançando a cabeça. — Vou mandar uma mensagem para ela logo mais.

Frenk faz um gesto, concordando.

— Gostaria de perguntar uma coisa para vocês — digo, olhando Maud e Frenk nos olhos, alternadamente. — E quero uma resposta honesta.

Ambos assentem.

— Estou pensando em convidar a Roos para vir ao enterro.

Por instantes, os dois permanecem em silêncio.

— Faça isso — responde Frenk.

Maud espera um pouco e concorda em seguida.

— É, acho que você pode, sim.

Vou dormir às onze e meia. Chego a me sobressaltar ao entrar no quarto. Meu olhar dirige-se, automaticamente, ao lugar na cama onde Carmen ficou deitada por onze dias seguidos. Está vazio.

Tiro a roupa e entro na cama. A mãe de Carmen já colocou lençóis novos e jogou os outros fora. Mesmo assim, não me deito no meio, mas do meu lado.

Pego o celular.

> Carmen faleceu às oito e quinze, esta noite, calmamente. Fiquei ao lado dela. Na medida do possível, estou me sentindo bem. Ligo para você amanhã. Você poderia deixar a sexta-feira livre para vir ao enterro?

Depois, pego o controle remoto da televisão. Procuro no Canal do Tempo a previsão para amanhã. Vinte e um graus, ensolarado. Mmmm. Amanhã cedo, ler o jornal e tomar um cappuccino, ao ar livre, no Het Blauwe Theehuis, sozinho...

Ao colocar o controle na mesinha-de-cabeceira, vejo no canto do quarto um par de tênis branco, com três tiras verdes, uma vermelha e outra verde. Balanço a cabeça, sorrindo. São os Gucci's, que a deixaram na dúvida durante tanto tempo. Amanhã, não posso esquecer de ligar para o homem da funerária, para que ele providencie que ela os tenha calçados. Aliás, que bobagem! Saio da cama, visto um roupão e pego os tênis. Devagarzinho para não acordar Luna, desço as escadas. Com os sapatos na mão, abro — um pouco nervoso — a porta para a sala, onde o sistema de ventilação sob o caixão de Carmen trabalha, produzindo um ronco baixo.

"Você é tão convencido/aposto que você acha que este livro é sobre você/não acha/não acha/você é tão convencido"

Carly Simon, "You're So Vain" (*No Secrets*, 1972)

NOTA DO AUTOR

Não é impossível que alguns médicos, cirurgiões, psicoterapeutas e outros profissionais da área de saúde se reconheçam em determinados personagens, acontecimentos ou encontros. Isso não deve ser muito agradável para alguns deles. Eu os aconselho a se consolarem com o fato de que um romance é, por definição, uma obra ficcional.

Os demais personagens são fruto da minha interpretação e da combinação com pessoas reais. Essa combinação era imprescindível, afirmou minha editora depois de ler a versão original do manuscrito. Veja em www.kluun.nl/hetboek/themakingof ...: mais de quatrocentas folhas de papel A4, escritas de cima a baixo, com uma quantidade enorme de personagens supérfluos e mal-elaborados (com todos aqueles nomes para lembrar, mais parecia uma daquelas sagas familiares do Louis Couperus, mas — ainda bem — muito mais divertido e — infelizmente — menos bem-escrito), descrições intermináveis de incontáveis visitas a hospitais, cenas de sexo relatadas à extensão num estilo bem adolescente e, principalmente, uma incompreensível filosofia de principiante sobre a razão de viver.

Os hospitais, hotéis, restaurantes e cafés, além de demais locais, realmente existem. Veja www.kluun.nl/stijnsworld.

AGRADECIMENTOS

Brenda, Don, Kurt e Naat, pela leitura cruelmente crítica do manuscrito original.
Bart H, Bart V, Engin, Eric H, Eric L, Geert, Hugo, Jan, Marco, Mars, Sieb, Sikko e Yonneke, por seus esforços no que diz respeito ao manuscrito, à música, ao site, ao projeto, ao jogo e à apresentação.

JANNEKE E JOOST, PELA CONFIANÇA.

André, Bono, Brett, Bruce, F-Side, Hans, Huub H, Huub vd L, Jan, Johan, Michael, Rick, Milan, Ramses, Ronald, Sándor, Thom e outros heróis que me inspiraram e que eu adaptei.
Juut, por seu aval e sua força.
Naat, por tudo que você faz e deixa de fazer por mim.
Eva, por seu "eu-vim-lhe-dar-um-beijinho-rapidinho-papai" enquanto estava escrevendo este livro.

Você está faltando nesta página? Veja em www.kluun.nl → hetboek → kluunbedankt.

PS

O site do "Combate ao câncer dos Países Baixos/Fundação Rainha Guilhermina é http://www.kankerbestrijding.nl/specials/doneren.

Este livro foi composto na tipologia ITC Garamond,
em corpo 10.5/13.9, e impresso em papel off-white 80g/m²
pelo Sistema Cameron da Distribuidora Record
de Serviços de Imprensa S.A.